桃花醉

汪进/著

中国文联出版社
http://www.clapnet.cn

图书在版编目（C I P）数据

桃花醉 / 汪进著. -- 北京 : 中国文联出版社,2019.12
ISBN 978-7-5190-4243-1

Ⅰ. ①桃… Ⅱ. ①汪… Ⅲ. ①长篇小说－中国－当代 Ⅳ. ①I247.5

中国版本图书馆CIP数据核字(2019)第275271号

桃花醉

作　　者：汪　进

终 审 人：闫　翔　　复 审 人：卞正兰
责任编辑：褚雅越　　责任校对：潘传兵
封面设计：小宝书装　　责任印制：陈　晨

出版发行：中国文联出版社
地　　址：北京市朝阳区农展馆南里10号，100125
电　　话：010-85923068（咨询）85923000（编务）85923020（邮购）
传　　真：010-85923000（总编室），010-85923020（发行部）
网　　址：http://www.clapnet.cn　　http://www.claplus.cn
E - mail：clap@clapnet.cn　　chuyy@clapnet.cn

印　　刷：北京虎彩文化传播有限公司
装　　订：北京虎彩文化传播有限公司
法律顾问：北京市德鸿律师事务所王振勇律师
本书如有破损、缺页、装订错误，请与本社联系调换

开　　本：710×1000　　1/16
字　　数：221千字　　印　　张：17.75
版　　次：2019年12月第1版　　印　　次：2019年12月第1次印刷
书　　号：ISBN 978-7-5190-4243-1
定　　价：29.00元

一

喝了俺的桃花酒呀，一两二两漱漱口哇。
喝了俺的桃花酒呀，三两四两不算酒哇。
喝了俺的桃花酒呀，五两六两扶墙走哇。
喝了俺的桃花酒呀，七两八两还在吼哇。
…………

桃源乡最闻名的酒就是桃花醉，十里八村家家都喝桃花醉。一有客人或者过年过节，男女老少喝的都是桃花醉。桃花醉算不上烈酒，度数不高，小孩有时也能喝上几杯。对于爱喝酒的男人来说，这简直是喝水。每每有外来的客人，好客的村民就开始劝酒："喝吧，这酒就像白水，没多少度数，这比不上山外的好酒，我们小孩都能喝。"

不了解行情的客人往往喝多，因为酒的入口极好，一醉就是一天，醒来头还在晕。

"这酒是好喝，但是后劲足。"客人拍拍脑袋说。

桃源乡人狡黠地笑笑，说："后劲是有些足，不了解的人都会喝多，但是它口感好，好喝，人生难得几回醉呀！"

桃源乡的待客之道好像客人不喝醉，就算没有好好招待。因为怕客人走后说一些某某吝啬小气的闲话，所以往往客人喝醉了，主人自己也会喝倒的。

桃源乡的人天生就爱喝酒！

桃花醉是一种小吊酒，用稻谷蒸熟后，然后拌上酒曲，再撒上桃花瓣晾干发酵，发酵几天后等到稻谷变软就上木甑（一种下面大上面小的木桶）。上木甑是先用土砖砌一个灶，支上大铁锅，锅里注入大半锅水，锅上放上木箅子，再将木甄放到大铁锅上，接着把稻谷倒入木甑中。在接近盖子的上端有一个用竹子做的导酒槽，导酒槽连着酒缸。木甑的盖子下端是凸起的，只要下面的火加热到一定程度，酒蒸汽就变成酒水，顺着盖子的凸起点流到导酒槽里，然后流到酒缸。

桃源乡往往临到要过年时才酿酒，也并不是每家都会酿酒，几个村子也就一两家会酿酒的。每到这个时候，木甑周边就围满了小孩，都好奇酒是怎么出来的。酒分头酒，头酒度数就很高，而且非常醉人。酿酒的经常让一些淘气的小孩试头酒，据说肖长河的儿子二傻子小时候就是喝了头酒，睡了三天三夜，然后变傻了。等所有的酒都酿出来了，就将头酒和其他的酒混合在一起，这样桃花醉就酿成了。也有一些人家将头酒单独装在一起，专门招待那些酒量大的客人。有时，这家酿着酒，那家杀着猪，大伙吃着猪肉喝着热酒，这是桃源乡人最痛快的事，可这也只能到过年时才会有，大多的时候还是粗茶淡饭、节衣缩食的生活，只是到了过年时才能好好犒劳自己一年的辛苦。

桃花村唯一一次不是在过年时酿酒杀猪，那是肖长江的儿子肖伟考上大学的时候。这是桃源乡走出去的第一个大学生，而且是省城的名牌大学。肖长江准备好好地庆祝一番，因为这在桃源乡是无上的光荣，是他肖长江的光荣。那几天肖长江整天笑得合不拢嘴，村里的人见到他也格外尊敬，对他是无比地羡慕，他心里也是美滋滋的。

在桃源乡，各种大小事都是靠摆酒宴获得大家认可的，肖长江准备大摆宴席。这次乡里的领导都要来道喜，可不能太寒酸了，他都提前一个月准备，该酿酒的酿酒，该杀猪的杀猪。酒席就摆在祠堂前的广场上，他连下雨的帐篷都准备好了，以防万一。

广场的后面是肖家祠堂，这是肖氏宗族祭奠祖先和重大事情的场所。肖家祠堂是用青砖灰瓦盖成的，门前一边一个大石狮子，更衬托出祠堂的威严。祠堂的大门日常是紧闭着，除非有什么祭奠活动才打开大门。祠堂里天长日久不见阳光，显得阴森，再加上祭奠用的牛头、羊脑，更增加了一份恐怖。

肖家祠堂是肖氏的象征，是肖氏的尊严，神圣不可侵犯。每到逢年过节大家都来祭祀，摆上牛头、羊脑、桃花醉。大家都把家里最好的物品供奉出来，祈求祖先的庇护。

桃花村田野里的各个旮旯到处长满桃树，每到春季，东一片西一片的桃花煞是好看，也许桃花村的名字就是这么来的。桃花村属于桃源乡管辖，距离乡政府有三十多里的盘山路。桃源乡有别于县城里其他乡的地方：其他乡的乡政府都是建立在全乡的中心地段，唯有桃源乡的乡政府，靠近木子乡的乡政府不远，有五里路的路程。

这对于其他的子民来说是不能接受的，可对于桃源乡，这是天经地义的事，因为木子乡有一条直通往县城的公路，而桃源乡没有，就这一点封住了桃源乡所有人的嘴。况且桃源乡百分之九十的土地都被崇山峻岭覆盖，各个村庄之间比较分散，是全县交通最不发达的地区。

桃源乡最远的村庄便是桃花村。桃花村本来是一个村，由于村民不和就分成了两个村：一个是肖家冲，大多为肖姓，全村七十二户人家。一个是林家湾，村里有百分之七十是林姓，全村六十一户人家。肖家冲和林家湾中间隔着一座狮子山，山的形状像一只卧着的狮子，故名狮子山。通往林家湾的道路是在狮子山下巴下的一条不宽的小道，同时桃花河也经此向下游流过。

肖家冲的田地在小河的上游，林家湾的田地在小河的下游，两村都靠小河的河水养活。肖家冲和林家湾本来世代和睦，相互结亲，大家有福同享、有难同当。可这里是崇山峻岭，分到每家的田地都不多，都是开荒开出来的梯田。梯田宽窄不一，长短不同，也都是依山的各个角落开出来的。没有水源的梯田称为地，有水的梯田称为田，有水的田很少。为此，两村时不时因为小河的河水发生争斗。肖家冲和林家湾每每到过年时都特别喜欢放鞭炮，鞭炮的类型有七八种，每到大年三十的晚上他们便以这种特殊的方式交流着。肖家冲喜欢在狮子山的山顶上放，声音传播很远，以显示他肖家冲的实力。林家湾附近没有高山，他们便来到桃花山的山顶上放。说来也怪，桃花山和狮子山的山顶上都有一块平坦的大青石，好像是为两村准备似的。两村代代延续着这种方式，一到过年鞭炮便成了桃花村的宠物，以至乡外的人也经常到桃花村来卖鞭炮。

后来由于争夺河水的缘故，两村的人们打了起来，一直打了一天一夜，林家湾死了五个人，肖家冲的族长被打死了。从此，两村结下了恩怨，两村的人也不怎么来往。再后来两村就发展到每年过大年用放鞭炮的方式抗衡，以显示他们的不满和愤怒，一直延续到现在。

在桃花村的西南角有一个缺口——铜岭关，这是桃花村与外界唯一的交通要道，其实也不过是一条羊肠小道而已。铜岭关的关口两边堆积着巨石砌成的城墙，以前防御着外埠的侵略，现在已是荒芜一片，只是偶而令人会想到这里曾经发生过战争。

薄刀峰海拔九百多米，在这里算不上是高山，它是桃花村最南端的山脉，山脉绵延数十里，像一道天然的屏障将桃花村与世隔绝。桃花村的四周都围满了山，这绵延不绝的群山，像个铁桶一般，桃花村人的思想也似乎被围得喘不过气来。

肖长江家摆酒席的日子快要近了，村子里大家都在出力：有板凳的出板凳，有桌子的出桌子，每家出一些碗筷，就连一向吝啬的肖长海这次也破天荒地出了两桌碗筷，而且异常积极。村子里的人们都看在眼里，大家都想表现一下。等到肖伟毕业不定当个什么大官，到时也好办事，人人心里有一本账。桃花村的人们这次是异常团结，一改往日的吝啬，都愿意多出一份财和力。

场地的布置，肖长江就交给他弟弟肖老三负责，因为肖老三在桃花村就是一个闲人。这一下可把肖老三高兴坏了。他在广场上指挥着大伙，吆五喝六的，他觉得非常有成就感，这是他哥哥对他的认可呀，要是天天这样该有多好啊！摆完桌椅后肖老三检查得非常仔细，他可不能有一点马虎，今天就是体现他价值的时候。检查完，妇女们就开始擦洗桌椅。

“老三，你光指挥别人自己不干活，真把自己当盘菜了？”肖长海的老婆周二婶嘲笑他说，其他的妇女也笑了起来。

“我指挥、监督好不好，你一个妇道人家懂个屁！”肖老三没好气地说。

“哈，还真当回事了，看把你美得！”肖长水的老婆吴二妮接着说。

“干活！干活！这是我大侄子的喜事，你们犯不着对着我。”肖老三说。

“水仙花不开——你装蒜！”吴二妮白了一眼说。

大家懒得搭理肖老三，一个个弯着腰撅着屁股忙碌地擦洗着桌椅。屁股最大的要数周二婶了，肖老三走过去狠狠地捏了她一把。

“哎呀，你个要死的老三！”周二婶痛得大叫起来。

“肖老三，你就不是男人！怪不得你老婆跟人跑了。”周二婶说得口水喷了肖老三一脸。肖老三垂头丧气地走了。这一直是他致命的缺点，他一想到这件事就心痛。

最犯愁的就算肖长河了，他作为村主任和肖家族长，这次肖伟考上大学他该怎么表示呢？肖长河一边抽着烟一边思索着。

“送一些钱不就好了？”肖长河老伴赵梦桃建议说。

“光送钱显示不出我们的门面来，钱肯定要给，还得让人知道，毕竟我是族长啊！”肖长河说。

“族长！爱谁当谁当，多大的官呀！”赵梦桃不屑地说。

“你们女人就是头发长见识短！”肖长河说。

“多大点的官，谁稀罕！”赵梦桃说。

“二弟可不同往日了，肖伟一旦毕业，那桃源乡就要数他最有能耐了，到时你想求人家，他未必搭理你。所以咱们先要把好关系，省城那是什么地方？那是出大官的地方。况且以前肖伟上学借钱你就不同意借，导致关系很僵，虽然我们是亲兄弟，可是还不如外人，哎！”肖长河说。

“那又怎么，犯得着求他吗？”赵梦桃说。

“我懒得跟你说，没文化。”肖长河和他老伴争吵起来。

“你们别吵了，要不在办酒席时请一个皮影戏班，那样既光彩又热闹。”肖安提议道。

肖长河眼前一亮：“好，好，就这么办了，你去请戏班来。”

“还是儿子想得周到。”赵梦桃叹了一口气说。

“你说你们都是不争气的料，连一个初中都考不上，要像肖伟那样多好，哪怕考上差一点儿的大学，我至于现在这样吗？人前人后抬不起头来。”肖长河对肖安说。

“你说你怎么又怪我了，我就不该多嘴！”肖安气呼呼地走了。

二

桃花村的夜冷冷清清，远近的山岚迷离又深远，村村落落的灯光忽明忽暗，像散落在群山中的星星。

肖家冲的房子都是依山而建的，三五处一拨儿，七八处一伙儿。肖家祠堂所在的地势比较平坦，整个村子里，大家都共用祠堂前面一个广场。祠堂的边上住着六户人家：桃花奶奶家、肖长江家、肖长河家、肖老三家、丁老二家和吴老太太家。肖长河有三个弟弟：肖长江、肖老三、肖长海。桃花奶奶家和丁老二家是外族人，是过去逃荒过来的。在这里，只有大族才有祠堂，肖家的人一直就想将丁老二家和桃花奶奶家的人赶走，因为他两家占了肖家的风水宝地，所以受尽了肖家的算计和欺负。

肖家祠堂的前面是一个大型广场，是供村里人秋收时堆积稻谷用的，也是夏天人们乘凉的场所。每到夏天，场子四周坐满了人，大家手里拿着蒲扇，谈论着家长里短。

孩子们便在场子中间打闹，时不时传来哭闹声，大人们也懒得理他们，没有人跟孩子一般见识。

跟孩子们一起打闹的还有哑巴，他是吴老太太捡回来的，他只会发一些咿咿呀呀的声音。哑巴天生有一股蛮力，所以他杀猪是村里杀得最好的，他就靠杀猪为生。在桃花村杀猪是没有钱拿的，大家都给一块四五斤的肉算作是酬金，哑巴也不说什么。到年关，他就把杀猪得来的肉挑到桃源乡去卖，换一些日用品回来。

哑巴一边咿咿呀呀叫着一边打着手势，孩子们便围着他一起喊着叫着："哑巴！哑巴！"

对于这些，桃花村人已经习以为常、不足为怪了。

桃花村可以没有桃花，但不能没有桃花奶奶。

桃花村的小孩最喜欢桃花奶奶，桃花奶奶不但能讲很多好听的故事，而且她的谜语也是一绝。譬如：远看四脚麒麟，近看北斗归心，上有张良设计，下有韩信存兵，霸王抽刀不用鞘，韩信出散百万兵。这些谜语就让桃花村的人们想破脑瓜子也猜不出来。

桃花奶奶有着桃花村人没有的传奇经历，从嘉庆年间到现在，她该经历的都经历过了，不该经历的也经历过了。没有人知道这桃花奶奶是何年何月的人，也没有人知道她的姓名，更没有人知道她的娘家是哪里的，恐怕连她自己都不清楚。人们只是都叫她桃花奶奶。

桃花奶奶一出现，孩子们便一起围着她，缠着她讲故事。丁晓晓喜欢听奶奶讲故事和说谜语，姐姐桃花更喜欢奶奶的故事。在孩子们的心目中桃花奶奶有讲不完的故事和谜语。丁晓晓一手拉着奶奶的手，一边大声喊着："大家一排排坐好，不要说话。"

孩子们很听话地席地而坐。

傍晚，桃花村似乎没有夕阳，四周高高的山让太阳过早地失去了光彩，这时村子里便一片静寂。星星老早地出现在天空，提醒着夜晚要来临。

孩子们早就耐不住性子，不停地催桃花奶奶讲故事。

桃花奶奶慈爱地看了看周围的孩子，舔了舔嘴唇微笑着说："我给你们讲讲桃花妖的故事吧！"

"好呀，好呀，桃花奶奶讲故事了！"孩子们兴奋地叫了起来。

"你们看那桃花谷。"桃花奶奶用手指了指远方的桃花谷。

孩子们的目光都盯向了远方的桃花谷，桃花谷在朦胧的夜色中显得迷蒙而又虚幻。丁晓晓看了半天也没看出什么，便不由得问："奶奶，那不就是一座山谷吗？"

其他的孩子也没看出个所以然，也点了点头。

“对，那是一座山谷，以前山谷里有一株千年的桃树修炼成精，有一天，她变成一个漂亮的姑娘来到村子里。村子里的小伙子都爱上了她，后来那桃花妖爱上了咱们族的一位穷小子，族长的儿子就千方百计要破坏……”

孩子们都听入神了，广场一片静寂，像山一样静。

桃花奶奶顿了顿又说：“后来族长的儿子将那姑娘抢到手，当晚就和那姑娘成亲了，成亲后不久，族长的儿子就死了。后来族长知道了那姑娘是桃花妖所变，于是请来降妖的道士，那桃花妖和道士打了七天七夜。最后道士用法宝将那桃花妖压在山下，让她永世不得翻身。后来，人们就将那山取名为桃花山。你们看，桃花谷前的那座矮山就是桃花山。那桃花妖由于怨恨在身，于是每年在桃花山上开满了艳丽的桃花，结满了又大又甜的桃子，吸引人们去那里，然后她就吸食人的阳气和血。有时她也幻化成一个美艳的大姑娘，专门挖那些无恶不作的人的心吃。那时候，村子里的人晚上都不敢出门，怕桃花妖，桃花村不时就有人的心被挖了的事。后来那穷小子来到桃花山，在压桃花妖的地方修了一座庙，他就在庙里出家了，从此，村里就再也没有出现桃花妖了。再后来，那穷小子由于过度思念桃花妖而死了，他死后就变成了酒，就是今天大家喝的桃花醉，一喝就醉，一醉就醉到人的骨头里。”

桃花奶奶摇头晃脑地说着，桃花奶奶也醉了。

孩子们默默地看着桃花山，心中既有无限的惋惜又充满了恐惧。

今天最不高兴的要算肖老三，他可没心情听桃花奶奶的故事，周二婶的话刺痛了他的心，他又想起他的媳妇刘翠花。那是一个春光明媚的早晨，刘翠花讨饭讨到了他家里。他一眼就看上了她，便想方设法留住她做媳妇，当晚他就把刘翠花灌醉了，就这样，刘翠花成了他的女人。

他都快奔四十的人了，突然找到了一个媳妇，他能不高兴吗？以前村里人都骂他老光棍、老变态，现在没人再敢骂他了。为了娶媳妇，村里将祠堂的侧房借给他住。

“肖老三什么时候走了狗屎运？”

“怎么就没有女人去我家讨饭？”

“你说吃啥啥不剩、干啥啥不行的肖老三都能找到媳妇，真是的！”

…………

村里的光棍们愤愤不平，见到刘翠花，口水都流出来了。

吃过晚饭，刘翠花将餐具收拾完毕，肖老三又将目光盯到了他那刚满三十的媳妇身上。她体态丰腴，皮肤白皙，高耸的胸部随着她的走动在颤抖，肖老三的心也在颤抖，他一把抱住媳妇，疯狂地亲热起来。

“死鬼，刚吃完饭也不歇一会，猴急猴急的。”媳妇掐着肖老三的老脸皮娇滴滴地说。

“都快奔四的人了没一个娃儿，我能不急吗！”肖老三谄笑着说。

肖老三将媳妇抱到床上，突然他看到窗户外出现一个美艳的姑娘，眼睛还流着血，肖老三被吓得顿时瘫倒在媳妇身上。

“老三！老三！”媳妇见肖老三不动了，便呼唤道。

“桃——花——妖——”肖老三嘴里断断续续吐出三个字，就口吐白沫不省人事了，吓得他媳妇喊叫起来。满村的人都来了，好一阵折腾，肖老三才醒过来。从此，肖老三就落下了病根——阳痿。这几年来，他到处求医也治不好，最后他媳妇跟林家湾的林老二跑了，他恨死了林家湾的人，肖老三又成了老光棍。

肖老三一想到这些就心痛，那桃花妖真是吓人呀！可她又怎么偏偏出现在我家呢？肖老三一想到这些就头痛，还有些后怕，难道以前坏事干多了？遭报应？肖老三想不明白。

肖老三单身后，就和他娘李老太太一起过。肖长江见弟弟没有个一儿半女的，老婆也跑了，到最后只能将自己的儿子过继一个给他，到时为他养老。李老太太整天也为这个不争气的儿子唉声叹气的，哪怕娶个残疾或者寡妇都行，只要能为她的儿子生娃，她这一辈子就满足了，否则她死不瞑目。每每想到这些，李老太太就掉眼泪，一半是做给肖老三看的，让他争点气，另一半是做给肖长河和肖长江看的，让他们为弟弟想着点儿。

“妈，你别哭了，烦死了。”肖老三没好气地说道。

“我还不是为了你，你要是有用，也用不着我为你操心。”李老太太说。

“谁让你操心了，皇帝不急太监急！”肖老三嘟囔着。

“太监？我要是太监，也不会有你这个没用的东西！”李老太太气得指着肖老三的鼻子骂道。

肖老三没好气地一甩手，一下子将李老太太推倒在地。

“你这个不孝顺的东西！”正好赶来的肖长江看到了，不由破口大骂，他赶紧扶起母亲。肖长江顺手抄起了一把笤帚就要打肖老三，肖老三一把抓住笤帚，两人争打起来。

李老太太一看，赶紧将二人分开。

“别打了，你看你们像什么样！你弟心里苦啊，也没办法。”

“就他心里苦，我心里不苦？这破事我以后不管了！”肖长江气鼓鼓地走了。每次碰到这样的情形，他妈就向着肖老三，从小到大都这样，好像肖长江不是他妈亲生似的。

“你说你们每个人都看不起我，我在桃花村碍你们谁的眼了？你们不就比我多个老婆、儿子，比我有钱……”肖老三也气鼓鼓地走了，他感觉在这里没法待下去了，每个人都看他不顺眼。

“你冬天怕冷，夏天怕热，一年四季什么活都不干，整天好吃懒做的。哪有姑娘愿意嫁给你？有本事你也像别人一样，那我年年在祖宗面前给你烧高香……”屋里留下李老太太一个人一通数落，此时的肖老三早不知去向了。

天慢慢暗了下来，徐徐的晚风令人神往。肖老三没吃晚饭，他气都气饱了，也没心思吃了，他不知不觉来到了林家湾。他的老婆被林老二拐走了，他来了好几次也没见到林老二，有人说林老二搬到外村去了。

今天他又不知不觉来到了林老二的房前。林家湾也是依山而建，每家门前只有一小块平地。开阔的地方只有林家祠堂和秋收时打稻子和麦子的广场，这也是费了九牛二虎之力开山开出来的。

突然，肖老三看见林老二家里有亮光，难道林老二回来了？他蹑手蹑脚地走了过去。

“老二，你去喂猪吧。”屋子里传出了声音，是刘翠花的声音！肖老三心里一阵激动。林老二提着猪食桶朝屋后的猪圈去了。

肖老三悄悄地来到刘翠花身后，一把抱住了刘翠花。

“死鬼，叫你去喂猪，你怎么跑回来了？”刘翠花责怪道，她把肖老三当成林老二了，肖老三紧紧抱住刘翠花不吱声。

“放手，我得做饭吃，吃完饭有一大堆事要干的。”

肖老三不吱声依旧紧紧地抱着。

刘翠花突然发现有些不对劲，她扭转脖子往后一看，吓得大叫起来。

“怎么是你？赶紧放开我！”

“翠花，我想死你了，你跟我回家吧！”肖老三泪流满面，跪在了翠花的面前。

“我不可能回去了，你赶紧走吧，一会儿老二回来了，就麻烦了。”翠花说。

“我不走，你得跟我回去！”

“我不可能回去了，你不走，我喊老二了，赶紧走吧。”翠花双手拉着肖老三往外推，可她哪里推得动肖老三。

肖老三是铁了心不走，他死死拽住刘翠花不放。

“老二！老二！”

林老二听到翠花喊叫，赶紧放下猪食桶跑了过来，一看肖老三拽住自己的媳妇不放，他不由得抄起了一根扁担，朝着肖老三一通乱打。

“我打死你这个王八蛋！赶紧给我滚出去！”

很快这里惊动了林家湾，大伙拿着扁担过来了，肖老三一看只好放手，好汉不吃眼前亏。林孟华也赶了过来，他一看是肖老三，心里已经明白了一二。

“肖老三，这大黑天，你怎么到这里来了？”林孟华问。

“我来接我媳妇回家。”肖老三说。

“谁是你媳妇？真不要脸，主任你可得为我做主呀！”刘翠花哭诉着。

“主任，他来调戏我媳妇，你说这事该怎么办？”林老二恨不得吃了肖老三，以绝后患。

“肖老三，你听见了吗？翠花都不承认是你媳妇，她离开你都三年了，你不能再缠着人家了！”林孟华说道。

“我不管，她必须跟我回去！”肖老三是铁了心。

林老二一听，拿起扁担又要打肖老三，林孟华赶紧挡住了林老二，夺下了他的扁担。

“肖老三你赶紧走吧，翠花已经说得很清楚了，你再不走我可不管了，如果你出个什么三长两短就怨不得别人了！”

肖老三一看这架势，他不走不行了，转身对刘翠花说：“翠花，我改天来接你回家啊！”

“谁跟你回去？你死了心吧！”刘翠花没好气地说，她懒得搭理肖老三。

肖老三一看没戏，放下狠话：“林老二，你等着，你抢我的媳妇，还打我，我肖老三不报此仇誓不为人！”

肖老三跌跌撞撞地回到了肖家冲，他一进屋倒把李老太太吓了一跳。

“老三，你这鼻青脸肿的到底出了什么事呀？”

“妈，你可要为我做主呀，我被林家湾的林老二打了！他们一村子人都打我，还有那该死的林孟华！”肖老三一边哭一边添油加醋地说。

李老太太一看，这还了得，她也哭哭啼啼地去找肖长河了。

“长河，长河，开门！”

肖长河被这架势惊呆了，这还了得，有人竟敢欺负到他的头上了！

“我被林家湾的人欺负了！”李老太太哭着说。

“妈，谁欺负你？”肖长河不解地问。

“老三被林家湾的人打了！”

“妈，你吓我一跳，我还以为是你呢。”

“不是我。”

“那为什么打老三呀？”

“这个，我不太清楚。”

肖长河沉思了一下，他从骨子里讨厌肖老三，好吃懒做的，不干什么好事，被人打活该，可他嘴里不能这样说。

“你看这样好不好，现在天很晚了，大家都睡了，明天咱们开个会商议一下，好吧？”肖长河安慰他妈说。

“好吧，也只有这样了，明天再说吧，你一定要为你弟弟做主呀！你好歹也是个村主任，这不是打你弟弟，是打你脸呀！”

“我知道，妈早点睡吧。”

李老太太只好回家睡觉。

第二天一大早，林孟华就带着林老二来找肖长河。他思虑了一晚上，觉得这事没那么简单，尽管肖老三无理取闹，可他毕竟是肖长河的弟弟，肖长河是不会善罢甘休的。林孟华把事情的经过一五一十地向肖长河陈述了一遍。

“肖主任，事情就是这样，如果你不解气，你就打林老二一顿，人我带来了。”肖长河思索了一会儿，干笑几声道。

“林主任，你这样说是笑话我肖长河不懂事理了！”

“哪里话，肖主任，打人确实是林老二不对。”

“既然林主任都发话了，我肖某还能再说什么，林主任的面子我不得不给，就这样吧，下不为例。”肖长河大度地说。

“老二还不谢谢肖主任！还是肖主任通情达理。”林孟华对林老二说。

“谢谢肖主任，谢谢肖主任。”林老二作揖道谢。

肖长河摆摆手说:“算了，算了。”

今天肖长河给林孟华一个面子，以后他竞选副乡长时还得靠林孟华投票。

吃完早饭，肖老三来到肖长河家打听他的事情怎样处理，是将林老二打一顿，还是派人把他媳妇抢回来。

“你说你个不争气的东西，还有脸去林家湾？打你是活该！你都四十多岁的人了，还让妈为你操心，作孽呀！”

肖老三一进门就被肖长河劈头盖脸地骂了一通，这要是往日，大哥一定会为他报仇的，可今天这是怎么了？肖老三呆呆地站着不知所措。

“上次长海媳妇的事我还没找你算账，你整天就知道惹是生非。”肖长河生气地说。

“那你给我找个媳妇，我不就不惹事了。”肖老三耍着无赖。

“你，你，我们肖家怎么有你这样的人？”肖长河气得说不出话来。

“怎么，你嫌我给你丢人了？你不就是一个破村主任，有什么了不起的，拿着鸡毛当令箭！”肖老三说。

“滚，滚，你给我滚！”肖长河大喝道。

“滚就滚！”肖老三气呼呼地走了，肖长河气得肝都疼了。

三

月亮静静地从东边的山头上升了起来，四周黑魆魆的大山有了一丝亮光，夜空显得寂静又幽远。村子里不时传来几声狗叫，清脆又令人心悸。

月亮岩是这里最高的山，海拔一千八百多米。远远望去，月亮岩分为三层：上层是绿色的松林，下层是杂木林，中间是黑白相间的石壁。一到下雨季节，石壁上的流水就形成瀑布，反射着太阳的光芒，分外刺眼。黑白的岩石像条带子一样，将月亮岩紧紧地缠住。每到春季，杂木林里的桃花、李子花围着月亮岩跑了一圈，像一个花环紧紧箍住这座岩，生怕它哪一日要飞走似的。在石壁的缝隙里住着许多蜜蜂，年年秋季，蜂蜜从石缝里淌了出来，远远就能看见，惹得那些贪嘴的乡民爬上石壁，舔几口那甜甜的蜂蜜。

月亮岩到处是悬崖峭壁，人根本爬不上去，只有山后一条崎岖的山道直通山顶。从肖家冲到达月亮岩山下要翻越一座狮子山，来回十多里山路，如果到达月亮岩顶峰，恐怕一天的时间都不够。

“月亮走，我也走，我帮月亮提花篓。一提提到姐门口，打开花园摘石榴。石榴叶儿一坨油，姊妹三个梳油头。大姐梳个磨镰月，二姐梳个凤凰头。只有三姐不会梳，拿着梳子哭溜溜……”

桃花一边哼着儿歌，一边哄着弟弟入睡，弟弟就这样慢慢在她怀里睡着了。桃花看着熟睡的弟弟，她的脸上也露出了幸福的笑容。

“晓晓，你长大了，一定要考上大学，一定要走出这大山，要带姐姐看看山外的世界，弟弟加油！”

桃花那时才九岁，别人家的孩子像她那么大年龄时，还在母亲的怀里撒娇。她却没有感受到一天的母爱，就要像大人一样承担着整个家庭的重担。父亲眼睛瞎了，除了会拉二胡，什么也干不了。母亲整日疯疯癫癫的，生活不能自理。弟弟年龄又这么小，穷人的孩子早当家，命运呀！

桃花的家就在祠堂的边上，是三间破旧瓦房：一间做伙房（厨房、餐厅和客厅在一起的房间），父母住一间，奶奶和她，还有弟弟晓晓住一间。屋子外边下着大雨，屋内下着小雨。虽然这是大别山区，好在是亚热带气候，冬天不太冷，这屋子也勉强能住人。

桃花每天要干许多田地里的活，太阳落山后便回来做晚饭。照顾完父母，喂弟弟吃饭，洗完碗后就把白天采摘的猪菜放到锅里煮熟喂猪。往往这会儿，弟弟就会缠着她一直哭，她没办法只能一手抱着弟弟，一边干活。弟弟才两岁多，体弱多病，每晚都把桃花折磨得死去活来的。每晚喂完猪，桃花就抱着弟弟来到门前的广场上散步，夜晚的月亮岩离广场似乎又近了许多。

桃花一想到这些往事就不禁泪如雨下。如今，晓晓明年就要上初中了，桃花唯一的希望是供弟弟考上大学，只有这样，她才对得起父母，才算完成她的人生使命。可今天发生的事，她真想一死了之，桃花不由得号啕大哭。她不知不觉来到了村前的小河旁，小河的两旁长满了桃树。

桃花村四面环山，像是一个盆地，桃花河从村中流过。每到春季，河上飘满了桃花瓣，像一条彩带，煞是好看。

“哥哥，你在哪里呀？你如果在，桃花也不会被别人欺负了。你如果在，桃花也有人保护了。你如果在，家里就有希望了。哥哥，你想桃花吗？你能听见桃花说的话吗？桃花好想你呀！……”

河水和桃花一起呜咽，河水好像能理解桃花的悲伤。

“哥哥，你知道桃花今天被人玷污了吗？如果有你在，就可以保护桃花，帮桃花做主了。哥哥，你在哪里呀？”桃花痛哭着。

桃花有个哥哥，比她大三岁，哥哥在五岁时被来村里的货郎拐走了。这在当年的偏远山区是见怪不怪的事了。哥哥走了之后，母亲由于想念哥哥也疯了。桃花长大些也想过去找哥哥，可天地这么大，也无从找起，况且家里一刻也离不开她。

桃花已经十八岁了，出落成了一个大姑娘，身材凹凸有致，惹得几个村子的同龄女孩异常妒忌。桃花开朗活泼、坚强的个性使得好多小伙子找上门，桃花发誓弟弟一天没考上大学，她一天不嫁，村子里像她这个年纪的姑娘都早早地出嫁了。

更令村里姑娘气愤的是，桃花家缺油少盐的，吃饭也是饱一顿饥一顿，而桃花却长得如此标致和水灵，简直有些超凡脱俗。

对桃花追求最疯狂的要算林家湾村主任林孟华的儿子山子，他可不管两村的恩怨，他发誓非桃花不娶。他第一眼看见桃花就被她的美貌迷住了，甚至到了茶不思饭不想的地步，这一下可急坏了山子的父母。山子一直催着父母去提亲，可这两村的恩怨让林孟华不知如何是好。尽管这几年肖家冲的人没有去狮子山放炮，两村的关系有所缓和，但也没到毫无顾忌的地步。况且桃花的家庭也是个难事，这些令林孟华犯难了。

“桃花真的想死，桃花真的想死，可我死了，爸妈，还有奶奶和晓晓该怎么办呀？老天爷，你帮桃花做主吧！”桃花伤心欲绝，回想起白天发生的事，她肝肠寸断。

白天，桃花正在山上采猪菜，突然，二傻子来了。二傻子是肖长河的大儿子，肖长河不但是桃花村的村主任，还是肖家的族长，同时还是下一届副乡长的人选。二傻子从小就疯疯傻傻的，有人说是因为近亲结婚造成的。肖长河和她媳妇本来是表兄妹，为了亲上加亲，父母就指腹为婚。

二傻子尽管平日疯疯傻傻，满嘴胡话，倒也本分，不会乱来。他见人只会傻笑，嘴也歪了，笑得直抽抽，口水流得老长。

桃花见二傻子来了也没在意，平日里大家相处也比较和谐。

“二傻哥，你怎么来了？”

“嗯嗯，桃花。嗯嗯，桃花。”

二傻子的口水从嘴角不停地往下流。

“怎么了？”桃花问。

“我，我，我要吃馒头。”二傻子结巴地说。

“馒头？”桃花很好奇。

“嗯，嗯，馒头。”二傻子点点头说。

“我没有馒头。”

“你有，有。”二傻子一边说，一边抽抽着。

“我哪里有馒头？”桃花一边说着，一边翻着篮子里的野菜。

“你看，哪里有馒头。”

“你，你有。”二傻子用手在桃花的胸前比画着。

吓得桃花大叫：“二傻哥，不要乱来呀！”

桃花吓得转身就跑，可她哪里跑得过傻子。尽管二傻子智商有问题，但他是正常人的体魄，三两步，他就抓住了桃花的衣服。

“我要吃馒头！”

“救命呀！救命呀！”桃花哭着大叫。在这深山里面是没有人能听得见叫声的，桃花见没有人来，只好向二傻子求饶：“二傻哥，你放开我，回家我给你馒头，好不好？”

“不，我现在要吃你馒头。”二傻子不由分说，也不管桃花的哭叫，三两下就将桃花的上衣撕破了，露出了白皙的胸脯。桃花双手护住胸，不让傻子玷污她。傻子一看急了，挥起拳头对着桃花一通乱打。桃花一见反抗不了，哭着不停求二傻子。

“二傻哥，求求你放过我吧！二傻哥，求求你放过我吧！……”

“馒头，馒头。”

二傻子的口水滴得桃花满胸都是，二傻子双手使劲捏桃花的胸脯，痛得桃花浑身冒冷汗。

二傻子终于玩累走了，桃花躺在地上，她浑身痛，胸口上火辣辣的，满是牙印，有的地方还被咬出了血。

桃花彻底绝望了，她一个黄花大闺女就这样被一个傻子玷污了，这要是传出去叫她以后如何做人呀！

桃花不知道怎么回到家的，她孤零零地躺在床上。她不能哭，她害怕爸爸和奶奶担心，她不能说，否则她以后就没脸见人了，她只能认命了，她清楚地知道家里的处境。今天的遭遇，没准又是肖家的计谋，桃花忍不住流下泪来。

吃完晚饭，祠堂前的广场上又聚满了人。在大人群里最活跃的要数大嘴巴周二婶，每天东家长西家短的，不知道被她丈夫揍了多少顿，也改不了她那长舌的毛病。她家在村子东头，离祠堂比较远，每天晚上，她都来到祠堂的广场上。她仗着丈夫是肖长河的弟弟，所以说话就有恃无恐。她家和桃花家一直就有纠纷，她一直口口声声说，桃花家的屋基地是她家的，只是没有凭证不好强来。她的身材长得像一个陀螺，满脸的肉，今天，她好像异常兴奋。

“要死的二傻子，今天可有艳福了！”周二婶神秘地说，脸上的笑容将肉挤成了一堆。

“二傻子，能有什么艳福？”肖长水的老婆吴二妮不屑地说。

“大妹子，我告诉你，你可不能乱说呀！”

“看把你说的！”吴二妮一直有些讨厌周二婶，乱嚼舌根子，有些看不起她。

周二婶看出了吴二妮的脸色，为了引得大家的注意，她提高嗓门说：“今天，二傻子在山上把桃花给玷污了！”

“这可不能瞎说呀！”吴二妮大惊道。

“这可不比往日，不能败坏桃花的清白，以后她怎么嫁人呀！”

“这话能瞎说吗？在后山，傻子把桃花按在地上，把她的衣服都撕破了，把她给办了！”周二婶好像看见了一样，添油加醋地描绘，村里人都围了过来。

吴二妮一看这还了得，她可不愿蹚这浑水，赶紧起身回家去了。

“桃花，被二傻子霸占了？”

“作孽呀！二傻子怎么能干这种伤天害理的事呀！”

“桃花，那孩子以后怎么嫁人呀，可没人要了！”

…………

大家你一言我一语的。

“小声点，别让她家人听见了！”

她自己的声音整个广场都能听见。周二婶眉飞色舞地接着说：“没想到傻人有傻福呀！可惜了黄花大闺女，便宜了二傻子。”

正说着，她丈夫肖长海走了过来，肖长海一把抓住她的头发，抡起巴掌噼里啪啦给了她一通大嘴巴。

“叫你瞎说！叫你瞎说！”

周二婶和肖长海在广场上扭打起来。

丁晓晓也在一旁，他一听见姐姐被二傻子欺负了，他怎么能咽下这口气。回到家，他拿出砍柴的镰刀，直奔肖长河的家里，他今天就要砍死二傻子给姐姐报仇。

“都散了吧！作孽呀，作孽呀！”桃花奶奶驱散了人群，“她可怜的桃花啊！”

夜慢慢地深了，桃花村被四周黑魆魆的大山笼罩着，广场上的人陆续地散尽了，桃花奶奶也回到了屋子里。

丁晓晓来到了肖长河的家门外，肖长河家里早做好了准备。丁晓晓刚进门就被肖长河和他二儿子肖安按倒在地，肖安将他手里的镰刀夺了下来，将他捆绑起来。

“肖长河，你全家不得好死，老子要杀了你。”丁晓晓破口大骂道，有多难听的话，他就要骂多难听，他的心里充满了怒火。肖安冲上去照着丁晓晓就是几个嘴巴，血顺着晓晓的嘴角流了下来。痛！他可以忍受，他的心在滴血。

“别打了！”肖长河喝止住了肖安。毕竟是他们理亏，怎么说桃花一个黄花闺女就这样毁在了自己的儿子手里。这件事必须大事化小，况且大家低头不见抬头见。他倒不怕桃花一家人报复，她家人单力薄的没什么好怕的，他担心这件事在村里造成不好的影响。可这件事太棘手了，肖长河长长吸了一口烟。

“哎！”肖长河突然转身对着二傻子大喝道，“你给我跪下！”

“我，我，我……”二傻子吓得跪在地上不停地颤抖，他额头上的青筋鼓得老高，他就害怕肖长河一人。

“你说他就一傻子，他懂什么！”肖长河的老伴嘟哝着说。

“懂什么？你下次离桃花远点，不然我，我……”肖长河捡起晓晓的镰刀在傻子面前摇晃着，吓得二傻子大哭起来。

“你说我上辈子作的啥孽！怎么有你这样的儿子？”

二傻子一直是肖长河的一块心病。

这时候丁瞎子也来了，他听说桃花出事了，晓晓来找肖长河算账，他害怕晓晓吃亏，于是他也跟来了。

“狗子，你给我出来。”丁瞎子在门外大喊道，狗子是肖长河乳名，别人都称他村主任。丁瞎子可不管这些，他一定要为桃花讨回一些公道。

肖长河打开大门看到丁瞎子，赶忙说：“丁哥，赶紧进屋吧！”

“别碰我！”丁瞎子大喝道，肖长河只好放手。

“我家晓晓呢？你们把他怎样了？”

肖长河向肖安使了一个眼色，示意放开晓晓，肖安解开晓晓的绳子。

“丁哥，晓晓安全着呢！”

晓晓回到了父亲的身边，父亲伸手摸了摸，关心地问道："你没事吧？他们没打你吧？"

晓晓擦了擦嘴角的血哽咽着说："没有。"

"狗子，你看这事怎么办？"丁瞎子厉声说道。他没有能力保护自己的孩子，哪怕今天死在这里也要尽他最大的能力保护他们。

肖长河最不喜欢别人喊他的乳名，那么刺耳，可今天他只能忍着。

"丁哥，这件事我也很难过，你要知道他是一个傻子，我也没有办法啊！"肖长河为难地说。

"你是看我一个瞎子好欺负是不是？今天这事不解决，我就死在你家，我连自己的孩子都保护不了，我这个做父亲的还活得有什么意思！"丁瞎子说完，就往旁边的墙上撞，幸好晓晓及时拉住了，没撞着。这一下可吓坏了肖长河，今天瞎子要死在这里，那事情可就大了。

"丁大哥，你别吓唬我，这事……我……你说怎么办吧？"肖长河语无伦次地带着哭腔说。

"这件事你不解决，我就告你家二傻子强奸。"丁瞎子恨恨地说。

"丁大哥没必要吧？我家二傻子智力有问题，你可不要听信了外面瞎说乱传，况且那样对桃花的声誉也不好，大哥你得三思啊。"

肖长河说的不是没有道理，如果弄得满乡风雨，以后桃花还怎么活呀？那样会逼死她的，丁瞎子沉吟半晌，叹了一口气。

"这件事肯定会给你家一个交代的，哪怕赔偿或以后家里有什么事的，只要我能办到的，我一定办。"

肖长河额头的汗都流了下来，终于送走了丁瞎子，下一步事情就是求得桃花的原谅。

晓晓扶着父亲回到了屋里，夜很深了，姐姐不知了去向。

"晓晓，快去找你姐姐，她别想不开干傻事啊！"桃花奶奶着急地说。

"我死了算了，免得拖累你们，作孽呀！"桃花奶奶哭啼着说。

“妈，别瞎说，桃花没事的。”丁瞎子安慰他妈说，他祈求上苍保佑桃花，保佑她千万别想不开。

晓晓在河边找到了姐姐，姐姐一个人还在那里哭，她的眼睛都哭肿了。

“姐姐。”晓晓也哭了，姐弟俩抱头痛哭起来。只有河水在静静地流淌着。

“姐姐，我没有能力为你报仇，我真怕你想不开。”晓晓哽咽着说。

“傻孩子，姐姐不会被这点事击倒的，姐姐没有看到你考上大学是不会倒的。你要像肖伟那样考上大学，冲出这大山就没有人欺负你了，那样是给姐姐最好的报仇。”桃花抚摸着弟弟的头说，他是她的希望，她不会轻易去死的，她也不能死。

“好，我一定会的，那样就再也没有人敢欺负我姐姐了。”晓晓答应着。

桃花和晓晓回到了家里，父亲和奶奶还在昏暗的灯光下等着他俩。

“桃花，你没事吧？”父亲关切地问。

“没事，爸，你睡吧！”桃花强颜欢笑地说，她怕父亲为她担心。

桃花奶奶见桃花回家了，终于长长地舒了一口气。

桃花喜欢奶奶的故事，这是她唯一的精神寄托。奶奶现在年纪大了，只能做做饭、喂喂猪，她现在应该是安享晚年的时候了，可她不能，她还得在家里忙碌。

桃花一想到这些就心痛，可她也没办法，家里弟弟还在上学，自己是家里唯一的劳动力，她必须承担起家里的重担。每当干完一天的活时，桃花身上像散了架似的，她真想找一个人，靠在他怀里痛哭一场。可她不能，她知道她是全家人的寄托，她必须打起精神，不让家里人看出她的忧愁，否则她的情绪将会影响全家。桃花每天挺直腰板，强撑着，尽管生活依然是那么困难，还好，在她苦苦的支撑下也勉强度过。

桃花奶奶非常明白孙女的心情，她不止千百次地劝桃花：“桃花，村里那么多好小伙，你挑一个吧！你不要管家里，我和你爸妈有办法的。”

一提到爸和妈，桃花更伤心了，她怎么忍心抛下这家不管呢？

四

风波过后，桃花没有找肖长河，肖长河一家人见着桃花老远就躲着。尤其二傻子更不敢见桃花，每每看见桃花像见了鬼似的远远地躲着。村子里的男人就不同了，比以前热情多了，对桃花问寒问暖，眼睛总不离桃花的胸前。附近几个村子里的光棍也经常就跑到肖家冲来，没事找事地接触桃花，桃花懒得搭理他们。

这几天周二婶的嘴也闲着了，村子里实在是没有什么料可爆的了。她每每到广场上，大家都不爱搭理她，都躲着她。她不由得感到异常的失落，她还是喜欢爆料时那种众星捧月的感觉，那样太有存在感了。

“二婶，又出来溜达啊！”吴二妮打招呼。

“你看我这体型！再不溜达就更胖了，就这样我家长海可嫌弃了！”周二婶调侃着说。

“你那身体好，结实，在农村是一块好料！”

“好什么呀！男人不喜欢，都喜欢桃花那样的。”周二婶对桃花充满了嫉妒。

“你上次说，桃花和二傻子的事是你亲眼看见的吗？”吴二妮问。

“没有，那深山老林的怎么看？我听人说的。”

“听人说？谁说的？”吴二妮好奇地问。

“这事就这么巧，那看见的人就见死不救？”

周二婶沉吟了一会说道：“这人我还真想不起来了。”

吴二妮知道周二婶不愿意说出来，她接着说道：“你说这看到的

人，也不去阻止，真是够缺德的啊！”

“是啊！是啊！够缺德的，这人心都怎么了？”周二婶也附和着说，说完，她匆匆地回家了。她也好奇这事，今天吴二妮一问，她倒想起来了。

“春妮，春妮，你过来。”

“什么事啊？”

春妮是周二婶的大女儿，她一共两个女儿，小女儿叫春霞。由于她家没有儿子，她和她丈夫在别人面前就觉得低人一等。她丈夫也因为这件事经常打她，她只能忍气吞声，她在肖家也就没有什么地位。

“什么事啊？”春妮来到母亲面前问。

“你跟我说，桃花和二傻子的事是你亲眼看到的吗？”

“是呀！怎么了？”春妮不解地问。

“你看见了不去阻止？”

“我为什么要阻止？”春妮更不解了。

“你这孩子，你跟桃花得有多大的仇呀！”

“别提桃花，你看村里人看到她眼睛都放光了。这事是我计划的，我干吗要去阻止？我就要看到她桃花身败名裂！”春妮恨恨地说。

“你计划的？”周二婶有些惊讶了。

“是呀！我怂恿二傻哥去的呀！”

“你怂恿二傻子，傻子懂什么呀！能听你的？”周二婶不解，她也不相信春妮能干这种事。

“这你就别问了，反正我有办法。”

春妮可不愿意让她母亲知道这些，想到这些她还脸红心跳的。是她让二傻子去摸桃花的胸，吸她的胸，还要狠狠地咬她。回来后她会给他更多的糖吃，别说，二傻子还真听话。

这下，周二婶算听明白了。

“你这孩子，怎么能干这伤天害理的事？”

“你和爸不一直说我家和桃花家有仇吗？况且那山子喜欢桃花，喜欢得死去活来的，我看这下他该死心了。”春妮说道。

“哎！有仇也是上一代的事。你和山子的事我不同意，可别让你爸和大伯知道，否则扒了你的皮。”周二婶说。

“我不管，我就喜欢山子，我非他不嫁。”春妮回道。

“孽障！山子的事由不得你，桃花这事别说是你计划的，你就装作不知道，不然你就麻烦大了，我也管不了你。”周二婶训斥道。

春妮点了点头，她对桃花充满了怨恨，她和山子以前是一个班的，山子一直是喜欢她的。都是因为桃花，山子才不理她。

不久，村里又出了一件大事。二傻子被人打了，头被打破了，血流得满脸都是。这在桃花村不亚于一次地震，谁敢打肖长河的儿子，这不明摆着找死。况且，二傻子是一个老实人，与别人无冤无仇的。有人看见说：是林孟华的儿子山子打的。山子为什么要打二傻子？这令人百思不得其解。

春妮听说山子打了二傻子，她就知道是为了桃花，她恨桃花更恨得咬牙切齿的。

春妮很快就把山子为什么打二傻子的消息散布了出去，她计划着进一步报复桃花。

肖长河听说自己的儿子被打了，他从乡里连夜赶了回来，他带着肖氏年轻力壮的小伙子去找林孟华兴师问罪。来到林家湾时，天色渐晚，林孟华从屋子里迎了出来。

“肖主任。”

林孟华有些惶恐，今天的事情有些棘手。尽管这些年他和肖长河有些不和，肖长河一直压得他喘不过气来。但大家表面上还是过得去，今天这事大家看来得撕破脸了。

“林主任，我儿子被你儿子打了，这事怎么办？”肖长河忍住怒气问。

“我刚知道这事，我承担医药费。”

“光承担医药费这么简单？上次林老二打肖老三我都没有计较。”肖长河咄咄逼人。

“那肖主任，您看怎么处理？”林孟华反问道。

“山子在哪里？给我出来！”肖长河大吼道。

“我也找不到他，听他妈说，他跑了，离家出走了。”林孟华喃喃地说。

“离家出走？真是个孬种！别让我再碰到他，碰到他，打断他的腿。”肖长河怒气冲冲地说。

林孟华也没办法，谁叫他理亏，受制于人，这要在往日也由不得他肖长河这么撒野。肖长河见山子逃跑了，也只好作罢。他总不能把林孟华打一顿吧，况且林家湾也不是好惹的。最后讨价还价，林孟华赔给肖长河一百块的医药费才作罢。肖长河气鼓鼓地带人走了，林孟华看到肖长河走远，不由得破口大骂。

“我撞见了鬼，讹了我一百块钱。老子总有一天会收回来的！”

林孟华愤愤不平，明明二十元的医药费就够了，这纯粹是讹人。一百元钱在当时能买回一头猪，主任一个月的工资才二十八块钱，这确实讹人。可林孟华也没办法，要平息事情只能破财消灾。

“我算是给他肖长河买棺材了！”

林孟华越想越生气，最可气的是他那不争气的儿子。今天他要是在家，肖长河不打死他，他自己也会打死他的。

肖长江办酒宴选了一个黄道吉日：农历七月二十八。当天他家的七大姑八大姨都来了，附近几个村子里有点沾亲带故的也都来了。几个兄弟媳妇娘家人都出席了，这在往日简直不可思议，以往走道，别人都躲着他，害怕他借钱。在桃花村虽然饿不死，可就是缺钱。他家三个孩子上学，这是谁都承担不起的。肖长江咬牙挺着，就算饿死他也要让孩子们有出息。今天，终于能让他松一口气了。

酒宴在正午开始，按照桃花村的风俗，酒宴开始之前要在祠堂里祭天地、拜祖先，感谢天地的庇护和祖先的保佑。拜完祖先，宴席才开始，一般都得从晌午进行到晚上，大家喝着桃花醉，拉着家常。到晚上会醉倒一些酒量浅的人，酒量好的人会喝到深夜。

肖长河请来了皮影戏班，白天吹拉弹唱，晚上就演《孙悟空三打白骨精》《哪吒闹海》，这些都是桃花村人的最爱。肖长江的亲家也请来了黄梅戏班，唱《女驸马》《天仙配》，热闹非凡，锣鼓喧天。这可乐坏了村子里的孩子们，他们长这么大都没见过这阵仗。今天他们也可以喝桃花醉了，大人们都忙碌得没时间管他们了，孩子们欢呼雀跃。

最令肖长河惊讶的是，林家湾每家都来人了，还送上礼金。这在以往更是不可思议的。看来肖伟的面子比他大，他自己的孩子一个是傻子，一个不争气。想到这些，肖长河心里不是滋味。

出席酒宴的还有桃源乡乡长欧阳振华和副乡长李建文，欧阳振华刚调到桃源乡还不满三个月。

桃源乡，不过是大别山区里的一个小乡镇，小得在地图上也找不着名字。更别说桃源乡人，只有他们自己明白自己的存在。

桃源乡的乡长是一位四十岁左右的中年人，瘦高的个头，一双炯炯有神的眼睛，见人点头又哈腰，像一个书呆子，一点都不像以前的乡长。桃源乡人倒没觉得他有多好，老感觉他笑容背后的可恶，他的人也不像他的名字那么硬气——欧阳振华。

欧阳振华住在县城，老婆在县法院工作，他的女儿跟丁晓晓年龄相仿。听人说他完全可以在县政府工作，是他自愿要来桃源乡的。这一点，有些让人不解。不过，在桃源乡没有人关心这些无关痛痒的事。

桃源乡相对县城里其他的乡是非常偏远的，交通也是最不便的。

当初他欧阳振华要来到这里并不是他一时冲动，他自己心里有底，他有着自己的算盘。不过，这里的艰苦也出乎他的想象，人们落后的思想使他的工作寸步难行，他有时感到有些绝望，甚至认为桃源乡就这样无药可救了。可这是他欧阳振华的地盘，他是乡长，乡里的人们还得依靠他。尽管乡里的人们不理解他，可他理解他们，他不能就因为这些就失去信心。他相信，总有一天桃源乡的人们会理解他、支持他的。

说到支持，欧阳振华脸上露出了一丝痛苦的表情。他永远也忘不了刚上任时，他建议将乡政府往大山深处搬，搬到乡的中心地段，然后发动全乡的力量修筑一条基根路（也叫机耕路，是指耕地的农机所走的路，是土路）与外面接通，以带动桃源乡的经济。他的提议遭到了全乡人们的反对：一是工程量太过于庞大；二是公路通了山上的树木也会被变卖光了，以后的子孙靠什么吃饭？全乡的人都在辱骂他，他成了桃源乡的敌人。

欧阳振华的到来，让肖长江感到无上的荣幸。

“乡长，非常高兴您的到来。这是我们最好的酒——桃花醉，我敬你！”肖长江高兴地举起杯来。

“我不会喝酒，我只喝这一杯，祝贺肖伟前途似锦，希望以后为家乡多做贡献。”欧阳振华一口喝完了杯里的酒。

“乡长，我家肖伟以后不会回这里了，这里有什么好的？来，肖伟，给乡长敬酒。”

肖长江安排肖伟坐在乡长旁边，今天得让乡长喝好酒。

“这里多好啊！青山绿水的，城里人都羡慕不来的。”

欧阳振华不胜酒力，脸都红了。

“有什么好的，我们愿意和城里人交换。”

大家你一言我一语的，肖长河见此赶紧打圆场。

“来，来，喝酒。”

又一轮下去，欧阳振华有些晕了。这酒口感就是好，他还以为这酒没什么度数。这桃花村不但酒易醉，劝酒的技术也是一绝。

大家见欧阳振华不胜酒力，将火力转到副乡长李建文身上。李建文在副乡长的位子上干了七八年，本以为这次能转正，哪知道县里将欧阳振华调了过来。还是欧阳振华自己要到这里的，这不明摆着为难他，耽误了他转正吗？李建文心里老大不愿意，可他也没办法，他只能接受现实。

“来，乡长喝酒，以后桃源乡就要靠乡长了。”李建文说。

“不行，不行了。”欧阳振华有些口吃了。

“乡长不是教导我们不要老是说不行吗？今天乡长怎么不行了？来，我先干为敬！”

李建文一口喝完酒，倒转杯子以示他的酒喝完了。今天，他就要好好整整欧阳振华，就要让欧阳振华难堪。

“吃菜，吃菜，乡长歇一会再喝。”

肖长河明白李建文的心思。本来李建文转正之后，他就可以当上副乡长了，这么一来，他的副乡长也泡汤了。可今天是他肖家办酒宴，如果生出事来，他就没法交代了，于是他赶紧阻止。

欧阳振华实在是喝不下去了，酒气一个劲往上冲，他趴在桌子上睡着了。肖长河赶紧让肖伟将乡长扶到他家的客房去睡，然后叫他老婆泡一壶好茶等乡长醒来解酒。

“非常感谢大家来为我家肖伟捧场。肖伟，你一定要记住各位对你的帮助，我们是有恩必报的。老话说：三十年河东，三十年河西。我相信我家的困难只是暂时的，我们要把目光放远一些。今天，一些薄酒不胜敬意，我再次敬大家。”

肖长江一口喝完酒，刚才乡长在，有些话他没法说。这些话一直憋在心里好多年，他今天就是要说给那些看不起他的人听的。

“老二，你喝多了。”肖长河赶紧打断肖长江，以免他再说出不利的话来。

“我没喝多，你是我大哥吧？你也看不起我。”

“老二别瞎说，我什么时候看不起你了，我们是兄弟。”

“兄弟？你现在把我当兄弟，是……”

肖长河赶紧叫肖伟把他父亲扶回家睡觉，免得发酒疯。

“大家喝酒，我家老二喝多了，今天我陪大家一醉方休。”

“喝，喝。”

既然都送礼了，大伙才懒得管他家的闲事，大家放开吃放开喝，把礼金吃回来算是没赔本。

“五魁首啊！八匹马，六个六……”

广场上叫喊声震天，男人们喝酒划拳，女人和孩子们看皮影戏和黄梅戏，一直闹到很晚才散去。

肖长江醉了三天三夜，可把家里人急坏了，这是他有史以来喝得最痛快的一次。

五

天刚破晓，桃花村便沸腾起来了。大人们背着犁，牵着牛，向田野里走去，小孩们便早早地被叫喊起来。

“晓晓，晓晓……”桃花喊过好几遍，丁晓晓就是不想起来。

“我再睡一会，姐姐。”

“赶紧起来，太阳快要晒屁股了，你还睡？”桃花拿她这个弟弟真没办法。

“哎哟！我不想起来。”

“赶紧起来，不起来，我泼凉水了。”桃花吓唬他说。

丁晓晓揉了揉惺忪的睡眼，极不情愿地从床上挣扎了起来，他随手穿上打满补丁的裤子，然后穿上姐姐昨天用蓝布片补过的旧解放鞋。

这是他唯一的一双鞋，已经穿四年了，他还清楚地记得是姐姐卖竹笋时给他买的。那时他穿上新鞋也疯狂了一阵，炫耀了一阵。可现在，丁晓晓看了看脚上那蓝色的补丁与洗得发白的解放鞋是那么不协调。

他到水桶里舀了半瓢水，然后倒进木脸盆里，从晾毛巾的绳子上抽下毛巾，放进脸盆里。毛巾是一块的确良布按毛巾的尺寸裁剪成的，毛巾一直在脸上打滑。丁晓晓草草地洗过脸，牵着牛向田野走去。来到后山，丁晓晓将牛绳缠绕在牛的脖子上，然后在牛的屁股上狠狠地抽了一鞭子，牛像发疯似向后山跑去。

丁晓晓拍了拍手说道：“这牛还用放？”

不远处的二顺一边走一边牵着牛，牛蝇围着他和牛在打转。

“二顺，你怎么那么笨？将牛往山里一撵，吃饱了它自己会回来的。”

“会吗？”

“笑话？怎么不会？你看我就这样，多悠闲！”丁晓晓讥讽地说。

二顺想了想，点点头说：“对呀！我怎么就没想到？”

丁晓晓帮二顺系好牛绳，在牛的屁股上狠狠地抽了一鞭子。牛“哞”的一声，转眼消失在山林中。

“咱们去找肖武玩吧！”

丁晓晓和二顺来到肖武家，肖武正牵着牛往西山走。

“肖武。”丁晓晓喊住他。

“我放牛去。”

“别放了，我带你和二顺去玩。”

“不行，我爸会打死我的。”

“没事的，看我的。”

丁晓晓又用同样的方法将肖武家的牛撵入大山里。

“这样多省事呀！”

“那咱们玩什么呀？”肖武问。

丁晓晓想了想：“咱们去小河边乘凉。”

“好！”

三人来到村前的小河边，一看，肖老三也躲在这里乘凉。

地上的草绿油油的，麻雀叽叽喳喳地在桃树上欢跳。他们往河边草地一躺，十分惬意，丁晓晓拿出书来，那是他的精神食粮。

肖老三一想到往事就恨得咬牙切齿，他恨林老二，他恨桃花妖。要不是他们，他有个美满的家庭。他还是忘不了他的女人，她那丰满的身材……

“老三叔，你又在想婶婶了吧？”丁晓晓问。

"唉！"肖老三很无奈叹息道。

"当然想了。"二顺坏笑着说，二顺是肖长水家最小的孩子，他和丁晓晓在一个班上学。

"小孩懂什么，怎么没上学？"肖老三有些恼怒。

"学校倒塌了，老师也没有了。"丁晓晓无奈地说。

"那怎么行？你们明年怎么考初中，这可是百里挑一，严得很，这么大的桃花村这几年都没几个考上的。"肖老三说道。

桃花村的学校就像桃花村的房子一样，墙是用土砖砌的，屋顶搭上圆木做骨架，钉上木板盖上瓦。在梅雨季节，木骨架都发霉长毛了，再加上瓦里的沙眼，外面下大雨里面下小雨。天长日久，土墙也被风雨洗刷，不出三年就倒塌了。桃花村的房屋每年都得修缮，重新翻盖瓦片，保证不漏雨水，这样才能保住房子。可现在学校就没人管理了，大家都事不关己，倒塌是早晚的事情了。

桃源乡初中每年只有两个班，只招收八十人，而桃源乡的考生有四五百人。再加上外来的关系户二十几人，留给考生的名额不多。

"我也没办法！"丁晓晓很沮丧。

"反正我也不想上了。"二顺倒是很高兴，他一上课就犯困。

农村每天都是忙碌的，尤其在这贫穷的山村里，农民显得更加忙碌。孩子上不上学那已经无关紧要了，孩子们的书还没学习完，已经被父亲用作卷烟纸抽掉了。

"你个要死的，整天不干活，在家里欢秋（胡闹）。上学，上学，你自己去就是了。整天在家里闹，我又不是老师。你看人家晓晓多懂事，一天到晚帮家里忙，你也去跟他学学。"刘春云正在大着嗓门数落女儿晓霞。晓霞和丁晓晓他们也是一个班的，等到小学毕业后她妈就不让她上了，说女孩学多了没什么用。

"上学，上学，我要上学，整天在家里憋死了。"晓霞嚷道。

"学你个头，一个女孩家认识几个字就行了，书读多了也没用。

你看我这么大岁数了一个字不识，还不是过日子、吃饭。”刘春云说。

“你光知道过日子、吃饭、挣钱，听说外面我这么大的年龄的孩子，初中都快毕业了。”晓霞接着说道。

“我不挣钱？像你爸那样重活干不了，轻活不愿意干，嫁给你爸，我算瞎了眼。我不干，你们都得喝西北风去。”刘春云说。

“你看人家晓晓多勤快，哪像你。他在学校成绩第一，都不想上学，真是满罐不响半罐叮当！”

晓霞和她妈的争吵声传到了丁晓晓耳中。

丁晓晓的心里不是个滋味，他何尝不想上学，可……

透过浓绿的树叶，可以看到那深远的天空，天是那么蓝，没有一丝浮云。不时有几只鸟儿从树顶飞过，飞得那样自由，那么轻快。

“学校说没就没，唉！”肖老三惋惜道，接着又说，“你和我一样命苦，要不是那桃花妖，我又怎么会不干活在这里乘凉？”

“以前你和婶晚上正那个时，是不是看到了桃花妖在窗户外晃动呀？”丁晓晓问。

肖老三点了点头，惊愕地坐了起来，问:“你怎么知道？”

“那是林老二吓唬你们的。”丁晓晓答道。

“林老二？”肖老三不解。

“我看到林老二趴在你窗前，晃动着纸做的桃花妖。”

肖老三顿时愣在了那里，他做梦都没想到这是林老二在捣鬼，他还以为是桃花妖在作怪。他突然大哭起来:“你个遭天杀的林老二，看我不打死你，都是你拐跑了我媳妇。”

“晓晓，你怎么不早说呀！不然我媳妇也不会跑。”

肖老三拿起一个大棒子满村追打丁晓晓，就是打死也解不了他的心头之恨，丁晓晓要早告诉他，他也不会落到今天这个下场。肖老三最后也没追到丁晓晓，也只好作罢，悻悻地回到家里，他无法接受这样的现实，不由得又抱头痛哭起来。

“你们这些懒鬼，看我不打死你。”丁晓晓回到村里时，二顺的母亲吴二妮正拿鞭子抽打二顺，一边打一边骂。

“肖武，你个要死的，看我不打断你的腿。”肖武的母亲也拿着棒子追了过来，肖武赶紧撒腿便跑。

丁晓晓也赶紧跑回家，刚到家门口，他就看到了周二婶。

“你看你们的牛，把我家后山的庄稼全吃光了。你们放牛的人死哪里去了？上次我家的牛刚到你们地边上，你们就拿大鞭子抽它。你说你们该怎么赔？……”周二婶双手插着腰，唾沫星子四溅，村子里没人敢惹周二婶。她娘家是外村的，娘家哥还是县里当官的，连肖长河也让她三分。

“二婶，我村前的那块庄稼赔给你，你看行不行？”桃花含着泪说，她的心在刺痛，弟弟太让她失望了。

“姐姐。”丁晓晓天不怕地不怕，就怕姐姐流泪。桃花一见到弟弟，忍不住流下泪来。

“桃花，你也不能老惯着晓晓，这样会惯坏的！”周二婶数落道。桃花默默地流泪。

“晓晓，你也太不懂事了，你看你姐姐多辛苦。你要是我家的孩子，我早打折你的腿了。”周二婶在数落着丁晓晓，丁晓晓斜斜地盯着周二婶，心里极度地憎恨着。这时，肖武和二顺的家人也到了。

吴二妮指着丁晓晓怒气冲冲地说：“就是你将我家二顺带坏的，以前我家二顺不会这样的。”

“二顺，你说是不是晓晓让你将牛放入山里的？”吴二妮一手拎着二顺的耳朵一边恨恨地问。

二顺低头不语。

“你说呀！”吴二妮狠狠地掐着二顺说。

“哎呦！妈，你别再问了。”二顺哭丧着脸说。

“你们都到齐了，你看我家的庄稼怎么办？”周二婶盛气凌人地问。

“我不赔，要赔就让晓晓赔，都是他带坏我家二顺的。”吴二妮气鼓鼓地说。

“我也不赔，就让晓晓赔。”肖武妈也不赔。

周二婶看了看，气得直翻白眼：“我不管你们谁赔，反正我家的庄稼没招惹谁。如果你们都不赔，我明天也将牛赶到你们的庄稼地里去。”

大家不欢而散。

丁晓晓跟着姐姐默默地回到家里，他心里恨死了周二婶，今天要不是肖老三也不会出这档事。

夜很深了，丁晓晓睡不着，他还在为今天的事耿耿于怀。他穿好衣服，悄悄地溜出家门。

夜，清冷清冷的，丁晓晓不禁打了个冷战。

“没事的，姐姐理解你的。”桃花在小河边找到了弟弟，他们再一次成为桃花村人的眼中钉。

桃花理解弟弟的郁闷，他们一直小心翼翼地生活着，而每一次挫折都将他们逼入绝境。他们想尽了办法来摆脱眼前的困境，而唯一的方式就是考上大学，走出这层层的山峦。

而这条大学的路是多少农村学子的期盼，这不仅仅是能力的问题。这不亚于一个两万五千里的长征，披荆斩棘，而真正能到达终点的又有几人？

而丁晓晓的两万五千里长征才刚刚开始，他要像肖伟那样，最终实现自己的理想。可他的家庭又能让他走多远？他又忍心走多远？这不仅仅是体力和智力的问题！

欧阳振华醒来已经是第二天早上了，肖长河打来洗脸水。

“乡长，我们这里生活条件有限，比不了乡上，你就将就将就洗吧！”

“没事。”

欧阳振华洗完脸，吃过早饭，他准备回乡里去。李建文还没醒，这桃花醉就是厉害。

欧阳振华的目光落到了月亮岩上，月亮岩上有奇松怪石、飞流瀑布，还有很多的名贵中草药，这就是桃花村的财富。

谁说桃花村穷呢？

欧阳振华有些兴奋，一丝惊喜的光闪过他的眼角，二十年后的桃源乡将是富饶的桃源乡。可他又犯愁了，这一切对桃源乡太难了，他不正是因此才来到桃源乡的吗？难道现在他退缩了？这不是他欧阳振华的风格，现在该由他迈出第一步，他急忙回去，打算召集乡里和村里的干部准备实施他的宏伟计划。

太阳慢慢爬上了东边的山头，攀上了树梢，将一片光辉洒向了田野。那草尖上的露珠不时地闪烁着光亮，朝着太阳微笑。袅袅的炊烟在村庄的上空迷漫开来，村头传来了那沙哑的歌声：“春天里呀百花那个香，彩蝶那个双飞呀采呀采蜜忙。美景那个偏逢人心伤啊，小女子家想情郎呀泪汪汪；恶霸威逼爹娘啊也泪汪汪……媒人说个二流子俺不舒畅，俺看中了情哥好心肠；情哥看中俺心好又漂亮。”

声音一直拖得很长、很长，怪怪的，令人心悸。

“妈妈，回去吃饭，别唱了。”

桃花伸手将妈妈的衣服扣好，转身用手悄悄地擦去眼泪。

“俺劝情哥莫慌张，性急讨不到好婆娘。鞋底纳好上鞋帮，穿在脚上很利郎（方言：手脚麻利）。快步如飞连夜走，好在二流子撵不上！……”

“妈，别唱了。”桃花说道。

“妈妈折桃花给你啊！”

桃花妈折了一朵花憨笑着递给女儿说：“乖女儿，你看这朵桃花多美呀！像我的女儿一样美丽。”桃花妈说完，脸上露出了孩子般的笑容。桃花接过了妈妈手中的花骨朵，拉着妈妈往家里走去，丁晓晓默默地牵着牛跟在后面。在农村，每人都是忙碌的，哪怕是小孩，属于他们自己的时间也不多，大人们做什么，小孩必须跟在他们后面帮点什么的。孩子们生性喜欢自由，做事时不愿大人们干涉，只要有大人们的参与，一个很好的事便会马上弄糟。对孩子来说：唯一没有大人们干涉的地方是学校，在那里，他们可以去捉蝴蝶、抓蚱蜢，到河里去摸鱼…… 丁晓晓更喜欢学校，在那里他可以学到很多新的东西，在那里他的思想才能得到净化，全身心地投入学习。他最崇拜的人是姐姐，姐姐比他大七岁，未上过一天学，但她是多么渴望能上学啊！可是生活将她隔在了校门外。

老师走了已经三个多月了，村子里的孩子都待在家里做农活。家里大人们也乐得有人帮着做点什么的，以减轻生活的压力。

桃花村的学校就这样地败落了，没有原因地败落了，学校本来有两个老师，最后都走了。没有学上的日子里，丁晓晓只得待在家里。他太想上学了，晚上都梦见自己在学校里学习。

可是现在什么都没有了，他只能放牛，放那该死的牛，他痛恨放牛。

有了上次的教训，这一次，丁晓晓变聪明了，他号召肖武和村东头肖长根的儿子肖四分头守在庄稼地边上，然后将牛撵入西山。安排完毕，他现在可以安稳地去看书了。

“你们先守着，咱们换班，二顺跟我走。”

他和二顺又来到小河边，这里不容易被大人发现。

“这样好吗？”二顺战战兢兢地问。

“怕什么？有他们俩守着。”

“万一被发现我们在偷懒，我就死定了。”

“发现不了，胆小鬼。”

临近中午，丁晓晓感觉肚子在咕咕地叫，该吃饭了。

“你回去弄点饭来吃。”丁晓晓吩咐道，二顺跑回家拿饭菜。

吃完饭，他俩将肖武和肖四替换下来。日头慢慢偏西了，可牛还没下山，以前牛在这个时候早就回来了。肖武和肖四也没有心情看书了，不由得着急起来。

“着什么急？吃饱了就会回来的。”丁晓晓没好气地说。

太阳慢慢地下山了，牛还没回来。这一下，丁晓晓也着急了。

星星很快升上了天空，闪烁着心悸的寒光，桃花村静谧而又不安。

肖长河发动了村子里的所有人去找牛，可找遍了所有的地方，也没有牛的踪影。

“是不是在桃花谷？”肖长河问。

大家都沉默不语，没有人敢去桃花谷。

二顺妈吴二妮首先哭了起来：“牛如果找不回来，我们这日子怎么过呀？”

桃花也忍不住流泪，这牛是全家的命。牛没了，以后耕田耕地怎么办？

“谁叫你不听话？上次怎么跟你说的，叫你不要跟晓晓一块放牛，你就是不听。”肖长江首先将怒气发在肖武身上，他拿起笤帚劈头盖脸地抽打肖武，打得肖武直求饶。

“晓晓你就是扫把星，都是你才将我们家的牛放丢的。”吴二妮一边哭一边指着丁晓晓骂道。

“什么都怪我家晓晓，就你家二顺好，什么人？”桃花和吴二妮吵了起来，她可不愿意所有人指责她弟弟。

“桃花，看你平日挺老实挺可怜的，没想到你这么不讲理！平日里我们对你的好算给狗吃了。”

“二顺妈，不要以为我老实就可以欺负，你们家也没一个好东西，不要什么事都怪别人，你家二顺他自己没长脑子吗？”

吴二妮和桃花扭打在一起。丁晓晓一看就急了，他不允许别人打他姐姐。他冲上前去抓住吴二妮一顿踢打，吴二妮被丁晓晓打倒在地。

“要出人命了！要打死人了！”吴二妮躺在地上又哭又叫。

肖长河的老伴一见赶紧来劝架：“别打了，别打了。”

“二顺妈，你也是的，怎么能跟晚辈一般见识！”肖长河的老伴一边劝说，一边拉吴二妮起来，吴二妮说什么都不起来。

“二顺，你个没用的东西，赶紧去找你舅舅，我要被他们打死了。”

肖长河赶紧拦住二顺喝道：“赶紧扶起你妈，别没事找事。”

二顺吓得不敢再去找了，呆呆地站在那儿不知所措。

肖长河知道，如果找来他舅舅，这事情就闹大了，说不定闹出人命。二顺的父亲肖长水，是木子乡的副乡长，他舅舅家是木子乡的大族吴家，他肖家都畏惧三分。

“晓晓，太不像话了，还不去给你婶道歉。”肖长河阴沉着脸说。

丁晓晓尽管很害怕肖长河，但今天他是不会道歉的，他站着没动。

“桃花，晓晓不懂事，难道你也不懂事吗？”肖长河见晓晓没动，转脸对桃花说。

桃花突然明白过来，赶紧扶起吴二妮道歉说：“婶，都是桃花不对，您大人有大量。”

吴二妮说什么都不起来，她今天如果连这帮兔崽子都对付不了，那她以后还怎么在桃花村混。

肖长河见吴二妮倒地不起来，觉得事情就有点棘手了。

“晓晓，还不快给你婶道歉，给我跪下。”肖长河喝道。

丁晓晓看见肖长河冷冰冰的脸，心里不免有些打鼓，暗咬着牙跪下恨恨地说：“婶，都是晓晓的错，我给你道歉了。”

肖长河的老伴一把拉起吴二妮道：“你大人有大量，宰相肚里能撑船，就别和他们晚辈一般见识了。”

吴二妮也只好如此，肖长河的面子，她是要给的。

“看在肖主任的面子上，我就不和你们计较了，可我们家的牛呀……”

吴二妮又哭起来。

大伙都不作声，只有心里着急。

“都回家吧！这么晚了，明天再找。”肖长河说。

大伙都散了，也只能如此，只能干着急。

回到家里，桃花气得懒得搭理晓晓，他太可恨了！桃花气得晚饭都吃不下，如果牛找不回，她真不知道该怎么办。

丁晓晓也没心情吃晚饭，牛到底去了哪儿呢？丁晓晓百思不得其解。现在唯一没找过的地方就是桃花谷，桃花谷真的那么可怕吗？桃花妖真的像人们说的那样恐怖吗？

天下起了淅淅沥沥的小雨，小雨伴着风在天空中斜斜地飘着。

丁晓晓硬着头皮走进了桃花谷，桃花谷静悄悄的，很平常，并没有什么桃花妖。他经过桃花山时，不由自主往山上看了看。这是一座很普通的山，与其他的山别无二致，这就是传说中的妖山吗？丁晓晓不由得怀疑起来。

“晓晓，晓晓。”

丁晓晓突然听到有人在叫他，他向四周望了望也没有人。他正要转身离开，他身后又有人在叫他。

丁晓晓转眼望去，桃花山上开满了桃花，粉红色的桃花在冬日里分外耀眼。此时，雨也不下了。在桃花中站着一个白衣女子，宛如天仙般清澈脱俗：白皙的皮肤，鹅蛋形的脸，修长的身材。

“过来，过来。”那女子在向丁晓晓招手，丁晓晓身不由己地走了过去，他甚至能闻到她身上脂粉的香气。

丁晓晓突然发现她有些眼熟，像是在哪里见过似的，那女子突然依在了丁晓晓的怀里。丁晓晓感觉她的身子柔软无骨，皮肤如羊脂般的光滑，胸膛随着她的呼吸在抖动。

“我美吗？”那女子嫣然一笑，问，柔情万种。

丁晓晓紧张的口水都流了下来，他从来没见过这么漂亮的女孩，村子里的女孩跟她比起来简直是一帮俗人。

“美，太美了。”

她吹气如兰，丁晓晓整个人都陶醉了，他也慢慢张开了嘴。

“桃花妖，赶紧放开他。”突然，一个老婆婆的声音从不远处传来。丁晓晓突然一惊，赶紧放开那女子。

“老巫婆你又来管闲事。”桃花妖恨恨地说。

“你不要再害人了。”

“为什么？”

“你放了他，我告诉你一个秘密。”

“什么秘密？”

“关于你肖郎的。”

“好！”

桃花妖眼里露出了光彩。

“三百年前你所爱的肖郎，他已经投胎到桃花村。就因为你一意孤行，他在地狱里替你受尽了折磨，所以今世才回到人间。”

“我的肖郎？”桃花妖大哭起来，当年就因为他，她才被那破道士打伤。三百年来，她潜心修炼，她发誓要为她的肖郎报仇。

“老妖婆，请遵守我们的约定。否则，我让你生不如死。”桃花妖咬牙切齿地说。

“我会遵守的。”

“好，那我就放过他。”

桃花妖对着丁晓晓吹了一口气，丁晓晓打了一个冷战。雨又下了起来，斜斜地飘着，四周光秃秃的桃枝。

丁晓晓突然惊醒，原来刚才是一场梦。他突然感到下体黏糊糊的，赶紧擦掉免得弄脏了床。

“哞……哞……”

丁晓晓突然听到了牛的叫声，他一阵惊喜，赶忙穿上衣服出来。一看，牛自己回来了。

六

欧阳振华回到乡里之后，他决定召开一个会议，摸摸各村的底，以便部署桃源乡以后的发展。各村主任和乡里的干部都集齐了，对于今天开的会，大家都习以为常了，每次讨论都是一些老生常谈的问题。头痛的问题依然头痛，棘手的问题依然棘手，在桃源乡哪怕是一件小事，也令人喘不过气来。况且桃源乡没有小事。

“今天召集各位，想讨论一下桃源乡今后发展的事情。今后如何建设好桃源乡要靠在座的各位，不知各位对桃源乡的未来有什么想法和看法？”欧阳振华等大伙都到齐了，清了清嗓子说。欧阳振华的话刚说完，下面传来了阵阵的冷笑声和议论声。

“肖长河，肖主任有什么看法？”欧阳振华沉住气心平气和地问。

“看法倒没有，我们桃花村是最边远的，平日里支持也是最少。现在学校都倒塌了，老师也没有了，孩子们都待在家里，希望乡里能优先解决。”肖长河答道。

“我们村情况也不好，今年闹饥荒，希望乡里多支持。”罗家村主任叫苦说。

“他们桃花村都有人支持，为什么我们村没有呢？”

“我们村的校舍也快要倒塌了，希望乡里拨付资金维修一下，不然砸着孩子，那事可就大了。”

…………

众村主任七嘴八舌地叫苦。

李建文心里不由暗暗地骂。

“那么林主任呢？”

林孟华是林家湾的村主任，五十多岁，他嘴里一边吸烟一边看着欧阳振华。见乡长点到了自己，他深吸了一口烟，放下烟袋，慢腾腾地说：“乡长，只要是对我村有益的，我听你的。”

欧阳振华知道再问也白问，他站了起来面向大家，意味深长地说：“各位，我知道各村有各村的困难，可乡里也有困难，大家要想办法自己解决。希望大家将最主要最急切的汇报上来，我们会优先解决那些最迫切的。”

“乡长说的对，我们要想办法自己解决困难，各村都有一本难念的经。但大家都知道桃花村现在孩子都没有学上，你们有他们困难吗？”副乡长李建文说。

李建文是土生土长的桃源乡人，他是桃源乡唯一一个上过高中的人，高中毕业后他回到了乡里。其实他一直看不惯欧阳振华，尤其欧阳振华的清高。那他今天为什么突然支持欧阳振华呢？他想他也应该为桃源乡办点实事，他也希望桃源乡富裕起来。

下面的人不再议论了，都静静地吸着烟，唯有烟丝在嗞嗞作响。

欧阳振华看了一眼大家，继续说：“我们乡有三步打算：第一步是解决目前上学的困难；第二步是将乡政府迁到全乡的中心地段，修通新乡政府到木子乡的公路，将电引到乡里；第三步是开发桃源乡的天然资源，建立一个旅游区。这些都需要大家的支持。”

欧阳振华的话刚说完，下面就炸开锅了，首先发言的是肖长河。

“乡长，这恐怕不太可能吧？这哪一样不要钱？村子里人们温饱都未解决，吃了上顿没下顿的！”

“修路和建旅游区，这我反对！”

“乡长，还是先考虑考虑桃源乡的温饱吧！迁乡政府得修路建房，哪一样不要钱？可我们折腾不起啊！”

…………

人们都在反对欧阳振华的提议。

“我认为先要解决学校的事情，支持建学校的举手？”欧阳振华不管大家的反对举起手说。

李建文第一个举起手，肖长河也举起了手。林孟华见此，也举起了手，他并不愿意和乡长作对。其他的村主任尽管不同意，但也没办法地举起手来。

欧阳振华见大家都同意，长长出了口气说：“这次建学校是靠大家的力量，我到时写一份报告到县教育局，希望能解决教师的问题。由于咱们县是贫困县，所以建学校的事情，还得肖主任和林主任想办法。”

肖长河和林孟华默默地点了点头。

“选择校址及其他一切的手续，我和李副乡长商量过，由李建文负责。李副乡长有问题吗？”

李建文一拍胸口，大声地说：“没问题，这一切交给我，你放心。”

“至于乡里提出的三步走，我们会实现的。别人能办到的事，我相信我们桃源乡也能办到，别人有的，我们桃源乡也会有的。一年办不成，两年、三年……总有一天，我们会富裕起来的，这一切都得靠我们自己。”

欧阳振华说完转身走出了会议室，他得赶紧想办法解决教师的问题。他很清楚地知道，县教育局是帮他解决不了什么问题的。比如这个时候，每一个乡都缺教师，都等待教育局解决。

散会后，李建文留下了肖长河和林孟华，校址的事还得和他俩商量。他知道肖家冲和林家湾的特殊关系，在这一点上，他李建文是做不了主的。弄不好，自己饭碗丢了不说，还得遭村里人臭骂。

“肖叔，林叔，这学校的事还得麻烦二老。你们看校址是建在肖家冲，还是建在林家湾？”

李建文以一种晚辈的身份在征求两位村主任的意见。论年龄辈分，他的确是晚辈。

肖长河看了看林孟华，他对眼前这位对头，今天的表现还算满意。以往每次开会都是不欢而散，而最主要的原因就是他们两人的对立。他赞同，对方就反对；他反对，对方就赞同。这不仅仅是他俩的个人问题，主要是桃花村留下的积怨太深，两村的积怨太深。

“李副乡长，这事情我得回去跟大伙商量商量。我名义上是个村主任，可一切都得听大家的，我谁也惹不起。从我个人的角度说，学校建在肖家冲或林家湾都无所谓，这毕竟是为了下一代人。”肖长河表态道。

林孟华对肖长河今天的大度很吃惊，况且，他也不是一个不明事理的人。他清了清嗓子说：“肖主任说的对，建学校是件好事，造福子孙。我想在这件事上，我们林家湾愿意听李副乡长的安排。”

今天的结局有些出乎他李建文的意料，要是在以往他俩又得一番争斗，说不定闹出什么事来。在这良好的气氛下，李建文趁热打铁，他可不愿放过这个大好机会。

“肖叔，林叔，我有一个主意说给你们参考参考，你们看行不行得通。我认为，村小学就建在两村的交界处：一来两村没什么异议；二来将两村的小学合并在一起。这样不但节省财力物力，同时也节省师资。”

肖长河看了看林孟华，林孟华暗暗向他点了点头，表示赞许。

“好吧！先就这么定了。”肖长河的这次回答倒爽快。

“这是乡长的意思。”李建文又微笑着说。

夕阳的余晖染红了西山的天边，铜岭关罩上了一片红色。这是桃花村的出口，也是太阳的入土处。

肖长河走到铜岭关时，天快黑了，四周的山掩映在薄雾中，更幽深静谧。近处的稻田金黄黄的一片，煞是惹人喜爱，他突然之间发现桃花村是这样的美。他找了一块大石头坐下，掏出烟袋装上一袋烟吧嗒吧嗒吸了起来。他虽然是这儿的村主任，说心里话，他也不指望升官发财，只要每年风调雨顺有个好收成，他就满足了。可这天气一会儿闹干旱，一会儿闹水灾，他突然感到自己的担子越来越重了，回想今天乡长的计划，他感到自己的心在突突地跳。这些是桃花村人想都不敢想的事情！乡长敢想，他不是桃花村人，难道乡长是为了捞起功绩，好升官发财？这些他管不了，他只喜欢桃花村，在桃花村他才是主宰。眼下他要做的第一件事就是完成乡长交给的任务，将学校建立起来，到时孩子们可以上学了。想到这里，肖长河心里热乎乎的，他感觉轻松了许多。

肖长河正在想着心事，他突然听到附近有动静，他大喊了一声："谁？"

"是我。"肖安从大石头后走了出来，他一看是父亲，赶紧迎了上去。

肖长河磕了磕烟灰问："是你？鬼鬼祟祟的。"

"我方便方便。"肖安胆怯地说。

"我怎么听有人说话呀？"肖长河怀疑地问。

"就我一人，你听错了吧？"肖安回答。

"我听错了？回家吧，老了不中用了。"

他们父子俩向村子里走去，走到肖长水家前，他俩突然停住了。屋子里亮着灯光，窗外有个黑影在晃动。

这是谁呢？这么大的胆子？

肖长河心里暗暗想，只看到对面的背影，看不出来是谁。

"谁呀？"肖长河大喝道。

黑影吓得一哆嗦，板凳一滑，摔倒在地。

"是我，是我，别叫。"肖老三小声说。

"爸，走吧！别管了。"肖安拉着父亲就要走，肖长河转身给了肖安一耳刮子，喝道："给我滚回去！"

肖安捂着脸，气愤地走了。一边走一边嘟囔着，心里极度的不服气。可他有什么办法呢？谁叫肖长河是他的父亲。

"谁呀？谁呀？"屋子里传来了吴二妮的叫声。

"鬼鬼祟祟的，干什么呢？"肖长河不解地问。

"我，我，没干什么。"肖老三支支吾吾地说。

这时吴二妮也出来了，她手里拿着扫帚。

"死老三，你偷看我洗澡，我打死你！"吴二妮一边打，一边骂。

肖长河算明白了，原来他在偷看吴二妮洗澡。

"有病，打死你活该！"肖长河气得脸色都发青，气呼呼地走了，他懒得管这破事。

第二天，吴二妮骂骂咧咧就回娘家去了，临走时放下狠话。

"肖老三，我不阉了你我不姓吴！"

吴二妮的丈夫肖长水在木子乡当副乡长，家里就他一人是吃商品粮的，他也是桃花村唯一公家户口的人。肖长水是从部队转业回来的，同时转业的还有肖长江。本来，肖长江分配到邻县较远的一个乡镇当武装部长，可他老婆死活都不让他去。一来每月八元钱的工资太低，二来离家太远了。当兵那几年，她已经够苦了，她不想再这样分离下去，家里老人和孩子她也照顾不过来。肖长江老婆还威胁他，如果他不回来，她就不跟他过日子了。肖长江看到家里的困难，没办法就回来务农了。过了多少年后，资历比他低的都高升当大官了，他后悔当初不该回来，这就是命呀！

肖长水正想方设法把全家搬到县城里住，免得和桃花村的人搅和在一起。他已经打通了关系，下半年他就要调到县城里去。只要能到县城，先站稳脚再说，事在人为。虽然商品粮户口眼前解决不了，但这不是一时的事情，况且有多少人都梦想着转成商品粮户口啊！肖长水算是桃花村里最有能力的人了。

肖老三走了，是被吴二妮吓走的。

“作孽啊！作孽啊！”桃花奶奶叹息着。

“老嫂子，谁作孽呀？”李老太太人未到，声音已经到了。

丁晓晓连忙搬了一把椅子给李老太太预备着。李老太太经常到他家串门，两位老人在一起拉拉家常，有说有笑。

李老太太走进了丁晓晓的家门，晓晓连忙将她让进来，倒上茶。

“老妹子，你身子骨可还硬朗？”桃花奶奶笑盈盈地说。

“老了，不中用了，能挺几年就是几年了！哪像你，你看桃花和晓晓多孝顺你！”

“唉！倒也难为两个孩子，你比我有福多了，听说村里要重建学校了。”

“听说建学校每家还得出人出物吧？”

“那是自然的事了。”

“晓晓爸妈到哪里去了？”

“他俩在外边晒太阳，我前生作孽呀！今生老天爷惩罚我，可别让孩子们遭罪呀！”桃花奶奶痛苦地说。

远处传来了二胡声，是晓晓父亲的二胡，清脆悦耳、怡人心神，充满了生命力。丁晓晓是在父亲的二胡声中长大的，父亲一直以这种方式在感染着他、激励着他。尽管父亲眼睛看不到他，但从父亲的二胡声中他感到了父爱的温暖。他也听到了母亲的歌声，从他记事起，他便听母亲的歌声。那是他的催眠曲，这么多年来一直伴着他入眠。

“为救李郎离家园，谁料皇榜中状元。中状元着红袍，帽插宫花好啊好新鲜。我也曾赴过琼林宴，我也曾打马御街前。人人夸我潘安貌……”

李老太太也听到了歌声，她擦了擦眼睛，叹息一声说：“人的命运真是天注定，以前的金童玉女，没想到现在……作孽呀！老嫂子，人这一生呀就那么回事，想开点。”

桃花奶奶擦了一把眼睛说："我什么都想开了，你说我这一生什么没有经历过？眼泪已经流干了，我现在就放心不下两个孩子呀！"

"也没什么放心不下的，儿孙自有儿孙福。你我都老了，放心不下又怎么办？我家老三孤家寡人一个，不过现在可惨了，说不定沦为了乞丐，真是活该！"李老太太说。

"老妹子，话也不能这么说，老三也怪可怜的，得饶人处且饶人！"桃花奶奶接道。

"老三也真是！那么大把年纪，偷看二妮洗澡，多丢人呀，也怪不了别人了。"李老太太说完也叹了口气。

"吴二妮是什么人？谁敢惹？走了是好事，桃花村算是清静了。"

"听说，二妮家都要搬到县城里去了？"桃花奶奶神秘地说。

"还不是肖长水找关系送礼，我家老二当初比他官大，都怪媳妇闹的，现在只能在家种田了。"李老太太怨恨地说。

"这就是命，什么人什么命啊！"桃花奶奶安慰她说。

桃花村再也没有见到肖老三，肖老三到底去了哪里？他是不是还活着？

桃花村也慢慢将肖老三淡忘了，也许桃花村的牛能想起肖老三。

七

时间已经到了一九八七年了，改革开放已过去了八九年，山外一天一个变化，桃花村依旧闭塞没有一点变化。这年头，桃源乡的女孩都不愿意嫁到桃花村去了。没有人愿意去那闭塞的地方，谁不想嫁到县城或者其他发达的地区去呢！

欧阳振华相信他能改变桃花村的面貌和落后的思想，这不过是他自己认为，他的这种想法一直不敢和别人交流，他可不愿意遭别人的嘲笑。肖姓和林姓的世代结怨，不是仅凭三言两语就解决的，解铃还须系铃人，只要桃花村的文化素质提高了，这些问题便迎刃而解。所以他有些事情睁一只眼闭一只眼，顺其自然，他在等待着时机。

今天，建学校的事，他可不能睁一只眼闭一只眼，这可关系到整个桃花村孩子的命运。由于原来的学校地势比较陡，比较偏僻，离两村都比较远。重新选址选在了两村的交界处，他已经同肖长河和林孟华商讨过，在开工之时举行一个奠基仪式。

一大清早，丁晓晓和村子里的孩子们将建校基的草地打扫干净，摆上桌子，砌上茶水，等待着乡长的到来。

桃花村的秋天依然有些热，快近晌午薄雾才散尽。

欧阳振华带着副乡长、妇女主任及乡里领导来到了桃花村。欧阳振华一看，草地上集聚了许多人，有肖姓的，有林姓的，人们议论纷纷。

人们都在数落着欧阳振华，在这一点上，肖姓和林姓倒没有分歧，达成了共识。

欧阳振华对下面的议论装作没听见，他用手理了理那为数不多的头发，慷慨激昂地说：“各位乡亲父老，我到桃源乡三个多月了，非常感激大家对我工作的支持，在此我向大家鞠一躬表示感激！”

欧阳振华鞠了一躬，李建文和乡里领导鼓起了掌，下面的人们不屑一顾。

欧阳振华鞠完躬接着说：“百年大计，教育为本！这是党中央的号召，今天桃花村有幸有了自己的学校，这是我们桃花村的光荣。我宣布，奠基仪式开始。”

欧阳振华的话刚说完，鞭炮齐鸣。李建文叫人拿来铁锹，递给乡长说：“乡长，你来动土吧！”

欧阳振华接过铁锹，等鞭炮鸣尽，大声说：“我今天来不是做形式主义，是希望大伙做一个见证。我这儿有合同，一式三份，是关于学校的事，我向大伙将大致内容说一下，同时也征询大家的意见。”

李建文拿了一杯水递给了欧阳振华，欧阳振华接过水喝了一口，接着说：“这上面的大致内容是，学校的砖、瓦、石由肖家冲出，门窗及桌椅由林家湾出，建学校由双方共同完成。这一点我不担心，我担心的是建成后的修缮工作，以免引起矛盾。我们经过商讨之后也写在合同上，在此我给大家念一下，这是重点。”

欧阳振华又喝了一口水，将杯子放在桌子上，清清嗓子念道：“学校建成后的修缮工作由双方共同完成，肖家冲承担房屋的结构维修，林家湾承担桌椅门窗的维修，学校由二村共同管理。同时，我要告诉大家一个好消息，县教育局同意借调两名教师来我们这儿教学。”

李建文鼓起了掌，他今天太兴奋了，悬着的心总算可以放下了。广场上的人也鼓起了掌，他们不得不佩服欧阳振华想得周到，不但解决了眼前的问题，同时也解决了日后的隐患。

肖长河和林孟华都在合同上签了字，欧阳振华也签了字。签完字，他将合同一份给了肖长河，一份给了林孟华，学校就这样尘埃落定了。

天蓝蓝的，耀眼的阳光普照在桃花村的山山水水上，空气中弥漫着泥土的气息。

建学校的活，丁晓晓家也分到一些，别人家出砖出瓦，丁晓晓家出力，他整天在工地上帮忙打下手。在工地上打下手的还有林晓雯，这是她自愿的，他俩见面只是相互笑了笑，算是认识。他俩是同一年级，丁晓晓早闻林家湾有个林晓雯成绩一直是班里的尖子。丁晓晓忍不住多看了她几眼，林晓雯正挑着水向他这里走来，她穿了一件黑色的外套，外套上打了许多补丁，显得有些寒酸，但是很干净，在那时的乡村这是再平常不过的了。林晓雯挑着水从架子下走过时，架子上堆满了砖，工匠们在砌墙。突然，丁晓晓看见架子上的砖在倾斜，摇摇欲坠。

“小心！”丁晓晓大喊着冲了过去将林晓雯拉在了一边。

砖在他俩的身前从架子上滑落了下来，将水桶砸碎了。

“多长个眼睛，看着点。”架子上的工匠头也不回地喊道。

“谢谢你！”林晓雯道完谢，吓得跑回家去了，丁晓晓也吓得心在怦怦地跳。

快近中午时分，工匠们都回家吃饭去了。丁晓晓还在想着刚才的惊险，他找了一块干净的石头坐下。

“喂，怎么不回家吃饭呀？”肖安也没回家吃饭，他和桃花同龄，肖安在丁晓晓对面的草地上坐下。

“没，没有，我不饿。”丁晓晓不愿搭理他。

“还在记挂着我上次打你的仇？”肖安说。

“你别太得意，否则我就将你和林玲的事情告诉你爸，看你爸不打断你的腿！”丁晓晓威胁肖安说。

肖安一紧张，连忙四顾看了看，见没有人小声地说：“这事可不能让别人知道，你可不能害我呀，否则看我怎么收拾你！”

肖安正在和林家湾林孟华的女儿林玲谈恋爱，这事本来是他俩的秘密，不料被丁晓晓撞见了，也就成了他们三人的秘密。这事要是让肖长河和林孟华知道了，说不定两大家族又闹出个什么不好的结果来，丁晓晓知道事情的严重性。可这样下去也不是办法，万一有一天被别人发现了，那他肖安怎么办？

“你这事总不能一辈子瞒下去吧，你得赶紧想办法呀！”丁晓晓提醒肖安说。

“能有什么办法，谁叫咱们生长在这样的地方。听说外面都自由恋爱了，可我们这里……”肖安很无奈，他有些愤怒，气愤地说，“大不了，我和她私奔。”

私奔也许是他俩唯一的出路，肖安反复地思索过，三叔的出走更坚定了他私奔的念头。他在等待着时机，时机一旦成熟，他和林玲就远走高飞，离开这是非之地。

学校转眼建成了，五个班级，丁晓晓和林晓雯都在五年级班里。林晓雯自从上次走后，她一直未出现，丁晓晓多方面打听都没有她的消息，她像在人间蒸发了一样。

欧阳振华也在找林晓雯，他可不希望在这关键时刻林晓雯辍学，不能落下每一个孩子。他和李建文来到了林家湾，林家湾的房屋依山而建，高低错落，土砖灰瓦粗石墙。在林孟华的带领下他们来到了林晓雯的家，进屋一看，屋内黑黑的，只有屋顶上的天窗射进少许光亮，四周的墙壁像发了霉一样，黑得叫人害怕。屋内没有生火，也没做饭，只有两个小孩，两个小孩见有人来了拿了些干草放在火盆里，用火柴点着。在门的背后是灶，是用几块土皮砖砌成的，上面支了两口铁锅，黑黑的灶面能反射出光亮。灶台的背后是一个装碗筷的木柜子，上面积满了灰尘。柜门上一副红红的对联已变成了黑色，上面依稀写着：碗盛三江水，柜存五味香。柜子的旁边是两只水桶，一只水桶里还剩下半桶水，上面飘着厚厚一层灰。

欧阳振华看到这些眼眶湿润了，他长长出了口气说："这是我的工作没做好，是我的责任。"

"乡长，我们也没有办法呀！"林孟华很为难地说。

欧阳振华拍了拍林孟华的肩说："不用说，我理解，自家能吃饱都不错了，也难为你了，你把她家的情况说说。"

林孟华舔了舔干裂的嘴唇说："晓雯她妈年初生病过世了，她父亲整日不回家，在外赌钱，这是晓雯的弟弟妹妹。"

欧阳振华看了看两个孩子弯下腰问："你爸呢？"

两个孩子木然地摇摇头说："不知道。"

欧阳振华来到屋外，他从未感到如此的压抑。他狠狠地呼吸了几口新鲜空气，从口袋掏出三十元钱递给林孟华说："给孩子买点衣服和吃的吧！"

"乡长，这怎么可以呢？你手头也不富裕，还是我出吧！"

"我知道你一个月工资就二十八元钱，还得养活一家人，已经够紧巴的了。好歹我家是双职工，这三十元钱算不了什么，况且我是给这两个孩子的，又不是给你的，你就代他们收下吧。"

林孟华收下了欧阳振华的钱，他知道乡长的经济也不宽裕，孩子上学要钱，吃喝都得靠钱买，他也不容易。在农村尽管穷，可有田有地，只要勤勤恳恳，一份汗水一分收成，倒也能吃饱。可他欧阳振华哪一样不花钱买，人情往来都得花钱。临走时，林孟华将自家地里种的大豆装了一袋子送给欧阳振华，这要是在以前是不曾有的事情，尤其在他林孟华的身上，他一不请客送礼，二不巴结领导，做人就得有骨气。可今天，他诚心诚意送给乡长。

欧阳振华说什么也不能要林孟华的大豆，正在欧阳振华推托时，有人喊了起来："林玲上吊了，快来人呀！"

欧阳振华和林孟华匆匆忙忙跑进了林家，房门被砸破了。林玲躺在地上，林孟华的老婆正号啕大哭："林玲，我的乖女儿，你不能走啊！有什么事好商量，你为什么要寻短见啊！……”

林孟华呆呆地站在房屋中间，嘴张了半天也没说出一个字来。

林孟华的老婆李志云见林孟华来了，她擦了一把眼泪站了起来，愤怒地看着林孟华，她用手指着林孟华狠狠地说：“是你！是你害死了她，我今天跟你拼了。”

刹那间，李志云像疯了一样揪住林孟华又抓又打，林孟华的脸上被抓出了几道血印，欧阳振华赶紧将二人分开。

林孟华的老婆见是乡长，拉住欧阳振华的手哭着说：“乡长，你可得为我做主啊！”

“老嫂子，别激动，有什么事我帮你解决。”欧阳振华安慰道。

大伙儿一会儿掐人中，一会儿摇晃林玲。过了一会儿，林玲慢慢睁开了眼睛，喉咙一阵抖动，长长出了一口气。

李志云见林玲睁开了眼睛，抱着女儿又号啕大哭起来。

欧阳振华见林玲没事，转身沉下脸喝道：“林孟华，到底怎么回事？”

林孟华蹲在地上泪流满面，哭诉着说：“她和肖长河的儿子肖安好上了，她俩还要私奔。于是我就将她关在屋子里，不让她出去，哪知道她……”

林孟华将头埋在两膝之间不停地抽泣着，他的老婆也在一旁哭喊着。

“乱弹琴，这两人好上不是很好的事吗？可你们……桃花村的思想该改改了！”欧阳振华气得在屋子里来回踱步，他从来没有这样生气过，他感觉肩上的担子很沉重。

“走，到肖长河家去。”

欧阳振华带着李建文和林孟华，一路上林孟华不停地流泪。李建文也不敢吱声，这是肖家冲和林家湾的事，外姓人不便于插手。

来到了肖家冲，肖长河迎了出来，他今天的脸色也不太好。欧阳振华一见肖长河狠狠地问：“肖安在哪儿？”

“他，他跑了。”肖长河惶恐地回答着。

“真是个孬种！”欧阳振华在骂着。

“你知道林玲上吊了吗？”

“刚知道。”肖长河小声地说，平日里他说话粗声粗气，今天他连大气都不敢出。

“你们知道干涉婚姻是违法的吗？”

“不知道，只是祖上的规矩我们也不敢破坏，不然村里人怪罪我们。”

“难道现在没人怪罪你们？”欧阳振华怒吼着。

肖长河和林孟华低头不语。

欧阳振华看了看他俩，好半天，才平心静气地问：“你们俩看这事怎么办？”

肖长河看了看林孟华，林孟华木讷地站在那里像木头一般。

“乡长，我听你的。”

“那林主任呢？”

林孟华点了点头。

“那好，你俩先握握手，再也不得干涉他俩的婚事了。”欧阳振华命令道。

肖长河看了看欧阳振华，迫于他的威力，他伸出了手。

林孟华没有伸手，他突然大吼道：“我跟肖家冲没完，我女儿不会嫁给姓肖的。”

欧阳振华一把抓住林孟华威胁道：“林主任你冷静点，干涉婚姻就是犯法。现在有两条路：一条是握手言和，两村从此结亲自由。第二条就是跟我走，我将你送到司法，这事由司法处理。”

林孟华狠狠地瞪着欧阳振华，冷笑着说：“乡长，你不用威胁我，我不是三岁小孩。”

“林主任，我想你是明白人，难道这种悲剧你想再重演吗？你真想逼死林玲吗？你想做林家湾的罪人？”欧阳振华狠狠地说。

林孟华激灵一下，不由得打了一个冷战，迫于无奈，他伸出了手和肖长河的手握在一起。欧阳振华抓住他们俩的手，长长地嘘了口气。

林孟华虽然和肖长河握了手，可他打心眼里就不会将女儿嫁给肖安。他更痛恨自己的女儿，他万万没想到，一向听话的林玲竟敢违背他的意愿，让他林孟华下不了台，丢尽了面子，回到家里，他一定得狠狠管教林玲。

林孟华气呼呼地回到了村子，他家漆黑的大门紧闭着，他抬腿气冲冲一腿踢开了大门。家里没有人，他女儿和老婆都不知去向，一打听才知道老婆带着女儿回娘家了。林孟华一屁股坐在门槛上，心里不是滋味，他的怒气没有消，在心中涌动。他更加恨肖长河，恨肖安，这个天打五雷劈的！他感到心口隐隐作痛。

太阳慢慢地接近了西山的山头，将最后一缕霞光留给了桃花村，留给了林孟华。林孟华可不在意霞光，今天的夕阳别无二致，像桃花村的草木一样自然，一样没有变化，变的只有心情。

转眼秋收到了，秋风阵阵，稻浪欢腾。

大自然的鬼斧神工就这样造就了桃花村的山山水水，世世代代的男耕女织也铸就了桃花村人的传统思想。

秋天充满了成熟的诱惑，人们只有在这时才感到收获的喜悦和劳动所带来的欢欣。丁晓晓也不得不从学校回家抢收。

秋天的田野铺满了金黄，人们正忙碌地收割着稻子。

村里的稻子全部割完了，静静地躺在田里，饱受着太阳的炙烤。贪婪的太阳从早到晚吸收着它们体内的水分，使它们饱满的身材慢慢变得坚实。

稻秆晒干后，被捆成稻把子，然后各家堆成一个个圆形的稻垛，

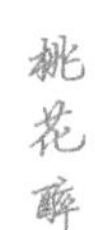

围着祠堂的广场上转了几大圈。各家都有固定的稻场，都离自家住房较近。这里堆满了一年的希望，也是下一年的口粮。等到闲时，大家就把稻垛打开，将稻穗铺到广场上，让牛拉上石磙一通碾压，稻粒便从稻穗上掉了下来，然后把稻粒装到竹筐里。大家约好某一天一起去桃源乡打米，将稻谷放到碾米机里，一会儿白的米和糠都从碾米机出来了。糠是喂猪的好饲料，稻秆是冬天引火和喂牛的饲料。总之，在桃源乡没有一样东西是浪费的。在桃源乡打米要两元钱一百斤，早上四五点出发到夜里十二点才能回来，桃花村的人们年年如此。一起去打米的有男女老少，为了打发一路的辛苦和寂寞，总有一些二吊子喜欢讲一些黄段子，引得大伙儿一通大笑，姑娘们脸羞得红彤彤的不敢笑出声来。这样大家好像都忘记了山路的崎岖和肩上担子的沉重，大伙也靠这些解困。

祠堂广场上的稻垛越堆越多，每个稻垛之间只能容一人挤过去。这里也是村里孩子们捉迷藏的好场所。有一年，二顺和小伙伴捉迷藏，二顺钻到稻垛的顶端上藏了起来，不知不觉睡着了，惹得村里人们一通好找。二顺因为这件事还被肖长水一通打，以后孩子们捉迷藏再也不敢往上爬了。

春妮走到广场上看到孩子们在稻垛里钻来钻去的，突然眼前一亮，她的复仇计划有了。

夜里，整个桃花村静悄悄的，四周的群山连绵不断，在夜色中幽暗又迷离，连那狗也不叫一声。

“稻垛着火了，快来救火呀！”突然有人大叫起来。

祠堂广场上顿时火花冲天，肖家冲的男女老少都提着水桶拿着木盆一起来灭火。

火烧了大半天，终于浇灭了，大伙儿都累得喘不过气来。

“我家稻垛烧没了！”桃花突然发现自家的稻垛烧得最惨，她忍不住大哭起来。

这时大伙儿突然转过神来，慌忙去查看自家的稻垛。

“我家也烧了。”

“我家烧了一半。”

大伙一统计，共有四家的稻垛被烧，桃花家的最严重。其次是丁二哥的，烧了一半，其他两家只烧了一点点，算万幸。

“这叫我怎么活下去呀？谁这么缺德！不得好死！”

丁二哥的老婆刘春云跪在广场上痛哭流涕。桃花也哭得不省人事。

大伙儿这时议论开了。

“这是故意放火，还是孩子不小心玩火的？”

“大家的稻垛都堆在这里，没有人故意放火的，不然连自家的都一块儿烧了。”

“估计吸烟，扔的烟头引着的。”

…………

最后大家得出的结论是孩子不小心玩火烧的。

“很晚了，大家都回去吧！”肖长河打着呵欠说。

大伙又困又累，慢慢散去，只有桃花和刘春云还在广场上哭。这是一年的心血和未来一年的粮食，转眼就化为乌有，怎能不伤心。

“天啊，你叫我怎么活下去呀！”

桃花的嗓子都哭哑了，晓晓赶紧扶着姐姐说：“姐，回家吧！相信我们会渡过难关的。”

肖家冲火烧稻垛的事，最后不了了之。这相当是一个无头案，也查不出是谁放的火。

刘春云为这事哭了几天，她家的稻垛烧了一半，她一家人该怎么活下去呀？全家一年的粮食都靠这一季的收成，可偏偏发生这天灾人祸的！

丁二哥像没事的人一样，他该喝茶喝茶，该抽烟抽烟。他要喝上好的绿茶，抽五分钱一包的大前门烟，他可不要像村里其他的人一样叼着一个大烟袋。

“粮食都没了，你还有心思喝茶抽烟！”刘春云没好气地说。

“那你叫我怎么样，车到山前必有路！”丁二哥慢条斯理地说。

“我嫁给你家，算我这一辈子倒了霉，你好歹也干些活呀！”

刘春云抱怨着，这是她一辈子的错，当初要不是被他的花言巧语蒙骗，她也不会到这穷山沟里来。要不是看在孩子的分上她早想一走了之，可她又能去哪里呢？

“晓霞就别让她上学了，女孩子上什么学，回家还能帮家里干一些活，你整天就一甩手掌柜的。”刘春云说。

“不上就不上吧！”

丁二哥喝了一口茶说。他最喜欢听黄梅戏，要是一边听着黄梅戏一边喝着茶，那该是一件多么美好的事情啊！

丁二哥有一个儿子，一个女儿，女儿上五年级了，明年考初中。考上就接着上，考不上就回家务农。丁二哥对他们没有太大的期许，在桃花村大家的日子都这么过，没有太大的变化。唯一有变化的是肖长江的儿子肖伟，他考初中考了两年，高中考大学考了三次。桃花村里没有他那么有毅力的，况且也没有那经济实力。别说桃花村，就是桃源乡也找不出第二个肖伟。

“肖伟算是出人头地了啊！”丁二哥叹气道，他要有个这么个儿子该有多光荣呀！

“羡慕别人家儿子了吧！”刘春云也羡慕，可她家没那个命。

“羡慕有个屁用，咱们没那个命！”丁二哥吸了一口烟说。

“你去把猪喂一下吧，猪都饿得嗷嗷叫了。”刘春云说。

“你去喂吧！”丁二哥推托说。

“你说你什么都不干，重活吧你说你干不动，喂猪吧不重，你又不愿意干，你到底能干什么呢？”

“老婆呀！这喂猪都是女人干的活，你说我一大老爷们去喂猪，村里人看见不笑话我嘛，那样也给你丢脸是不是？”丁二哥诡辩着说。

“你呀！你呀！我就是对你太好了，都惯坏你了。”

刘春云只好自己去喂猪了，虽然她嘴上抱怨着却也由着丁二哥。

刘春云的娘家人都看不惯丁二哥，觉得他好吃懒做的，还死要面子，穷讲究的。刘春云的父母也没来过桃花村，当初她父母就不同意她嫁给丁二哥，是她私奔到丁二哥这里的，父母一见生米都煮成熟饭了，也没办法只好如此了。

丁二哥的父亲以前在村里是一个私塾先生，丁二哥也算是有些文化的人。他有两个姐姐，都嫁到外村去了，他是家里的独子，从小都没吃过苦受过累。他三十多岁时父母都病故了，他不会种田，也不会种地，田地都荒废了。直到他媳妇来了，他家的田地才又捡起来了。村里人背后说他是吃软饭的，弄得他脸都没地方放，他发誓总有一天大家会看得起他的。他不知道在他老婆面前发过多少誓，可过不了几天，他又回到了原来的模样。他认为自己是不属于田地里的人，要么像父亲一样是个教书先生，要么有个一官半职的。总之，他不属于桃花村的。可在桃花村要有个一官半职那还真难，难于上青天。他就很羡慕肖长水吃公粮的，觉得那样才算做人，那样才有尊严。

不久，桃花村又有一件大事。丁二哥的老丈人和丈母娘来了，这在桃花村算是太阳打从西边出来了。大家都知道，丁二哥和他的丈母娘家关系不好，气得他丈母娘一家都不到他家来。

刘春云的娘家是在湖北的胜利镇，离桃花村八十多里地，回一趟娘家得走一整天，自从她来到桃花村后就没回去过。

刘春云听说自己的父母要来，高兴坏了，老早就在村口等着。

刘春云一看到自己的父母，眼泪就下来了，她母亲夏老太太也忍不住哭了。

“我和你大听说你家的稻垛烧了，就赶过来了。”

夏老太太擦了一把眼泪大声说，她就故意让全村人听见，她女儿是有后台的。

“别着急，到时，让你哥哥给你家挑几担粮食过来啊！”夏老太太接着大声说。

刘春云赶紧将父母让进家里，丁二哥赶紧沏上茶。

“给我来一大杯子，在农村就别再穷讲究了。”丁二哥老丈人看见丁二哥手里的小瓷杯说。他极度地看不惯丁二哥。在农村大家都是一大壶茶，大碗喝茶，只有丁二哥用一小泥壶，用喝桃花醉的杯子喝茶，一喝就是一下午，谁家有这闲工夫啊！

丁二哥赶紧给他老丈人换了一个大碗，不停地给他倒茶。老丈人见此也不好再多说些什么了，毕竟外孙都那么大了。

丁二哥的老丈人有个爱好，就是喜欢喝桃花醉。晚饭前刘春云就悄悄告诉丁二哥要好好陪她父亲喝酒，她知道娘家人一直都看不起他。

晚上丁二哥听了他媳妇的话，放开了酒量和他老丈人喝。别的本事他没有，要说抽烟喝酒，他还是可以的。几轮下去，他老丈人就找不着北了。

刘春云和她的母亲聊了一整晚，她们母女俩有太多的话要聊了。刘春云这么多年的委屈也得到了一次释放，她感觉轻松了许多。

刘春云的父母住了一晚就走了，她家里实在是没地方住。三间瓦房，一间做伙房，两间卧室，现在孩子都大了。他们这一来，孩子都打地铺睡地上，夏老太太实在看不过去，还是回家吧！

刘春云眼泪汪汪地送走了父母。她和丁二哥商量，现在孩子都大了，住在一起实在不方便，要不在房屋东边搭一个简易的木棚，那样也能睡人，大人孩子就可以分开睡了。

丁二哥房子东边是一小块菜地，菜地紧挨着肖长水的家。

刘春云和丁二哥花了一星期的时间，将木棚搭了起来，木棚顶盖上瓦，木棚里就可以住人了。

第二天，丁二哥去盖瓦，他一看木棚没了，木梁和木板散了一地。他大吃一惊，这到底是谁干的？这么缺德！刘春云也很惊讶，这都是在自家的土地上，招谁惹谁了。

“谁这么缺德啊？把我家的木棚拆了，你全家不得好死。”刘春云张开口大骂。

“叫什么叫，是我拆的，你这木棚挡了我家的风水，知道不？”吴二妮从屋子里跑出来吼道。

“怎么挡了你家风水？离你家还远着呢，真不讲理！”刘春云也毫不退让地吼着。

吴二妮和刘春云吵了一上午，大家只是听着，没有人愿意搭理这事。丁二哥也躲得远远的，他一个大男人可惹不起吴二妮，只有他媳妇和她干没事，因为她们都有娘家人做后台。

她们二人僵持不下，一同去找肖长河评理，肖长河早就躲到乡里去了。

刘春云第二天又将木棚支了起来，不久又被吴二妮拆了。就这样三番五次的，刘春云的木棚也支不起来了，她实在是惹不起吴二妮，她家一个儿子怎么斗得过吴二妮家两个儿子，就这样，两家也结起了仇。

刘春云一看，木棚支不了。她回来气得大哭，大骂丁二哥。

“都怪你没用，连个木棚都没能力支起来，我嫁到你们这里来，算受尽了欺负。”

丁二哥只能默不作声，任由他媳妇骂，刘春云骂累了也就解气了。

“这孩子都大了，以后该怎么办呀？”

刘春云犯愁了，她家房屋的西边是大石头包，半寸都挖不进去，屋后是山基，也没有半寸土地。只有东边一小块菜地可建木棚，而如今也行不通了，实在是太欺负人了，刘春云越想越生气。

“你要是能让我离开你们这个鬼地方，我就算做牛做马都愿意！”刘春云说着气话。

“媳妇，会有办法的，日子会好的啊！”丁二哥宽慰刘春云说。

搭木棚的事也就不了了之。丁二哥该喝茶喝茶，该抽烟抽烟，最近他改抽大公鸡牌的烟了，价格还是一样的。

在桃花村，这种事情是常见的，有时两家为了一尺来的地方打了起来。桃花村的村民惜土如金，哪怕空在那里也不能让别人占有了。桃花家屋后的一片菜园就被肖长海霸占了，在这里，兄弟多的人家说话就硬气，桃花只能忍着，肖长河兄弟几人她是惹不起的。

八

转眼到了三月，这是桃花开放的季节，也是农忙的季节。三月的早晨，是充满梦的早晨。

当北国的柳条刚刚披上淡淡的绿时，桃花村的桃花便开放了，绿油油的叶子托着粉红色的花瓣，惹得成群的蜜蜂和蝴蝶在上面飞舞。

在这大山中的一个小山村里，这是极其普通的一种桃花，山上、田野里随处可见。一夜之间不知要花开多少，花谢多少。早上打开大门一看，啊！绿绿的青山变成了粉红色的海洋，偶尔还有些不知名的白花零星地点缀其中，像是在这粉红色的地毯上镶上了几缕白色的花纹。

春风阵阵，白云游荡，十里桃花香。

对于一个从小就生长在这片土地上的人们来说，年年春天都是如此，也就不足为奇了。

天蓝蓝的，几缕白云悠闲而又散漫地飘浮在天边，村前的小河在鸟的欢鸣中也唱起了欢快的歌。远近的山上是粉红色的海洋，村前的桃花在晨风中飘飘落落。桃花飘进了小河，惹得那些鱼儿在水中嬉戏。静谧一夜的田野动了，不时传出牛叫和人们的吆喝声。不知哪家调皮的孩子坐在山坡上，吹着那呜呜怪叫的柳笛，惹得大人们一阵喝喊。农人依旧有规律地忙着。

丁晓晓早早地将牛拉到田里，以往是肖长江帮他家犁田，现在人们为了抢种，也就顾不到他们头上了。丁晓晓将拉犁的鞍架在牛背上，学着大人们的动作吆喝一声，牛开始向前走。可犁在他手中完全不听使唤，一会儿犁尖钻出土面，一会儿直向土里钻，累得老黄牛直喘粗气。在远处犁田的肖长河看到此情景不禁哈哈大笑起来：“晓晓，跟读书比怎么样？”

丁晓晓苦涩地摇了摇头。肖长河来到他面前，接过犁尾说：“犁田时手要平稳，使劲要均匀，当犁尖向上钻时，手要将犁尾上提。当犁尖向下钻时，手要用力按犁尾，来试试。”

丁晓晓接过犁尾一试，果然如此，但也并不像肖长河说的那么简单。

丁晓晓一整天犁了两块小田，晚上回到家里，浑身像是散了架子似的，手上火辣辣痛，一看上面磨起了两个白亮亮的水泡。

丁晓晓早早地洗完澡，又拿出了课本。由于去年稻垛被烧，他家今年只能节衣缩食，尽管村里有一些接济，可每家都没有多余的粮食。他不得不离开教室回家干活，他的心不属于这儿。如果在农村，过几年他也会干得很出色，使光景好起来。可他不能，他要上学，他要上大学。

“晓晓，来，吃饭。”姐姐招呼他吃饭。

丁晓晓接过了姐姐递给他的饭碗。

“哎呀！”丁晓晓不由轻轻地叫了起来，他手上的水泡被饭碗烫得生疼。

“怎么啦？”姐姐关切地问。

“没什么，没什么。”丁晓晓把手放在背后无所谓地说。

“把手拿过来。”

“晓晓，怎么啦？”丁瞎子说话了。

“没什么，只不过喝水喝得太急把嘴烫了。”丁晓晓一边撒谎一边向姐姐使眼色，希望她能明白他的用意。

“桃花，真的是这样吗？”

“是，是这样的，爸爸。”姐姐也撒谎说。

“真是个急孩子！”

吃完饭，姐姐将丁晓晓拉到里屋，小声地说：“明天你不用去犁，让我去吧！我一学肯定会，我的手掌皮比你的厚，不会起泡的。”

姐姐说完伸出了那双粗糙的手，丁晓晓不看还好，一看眼泪忍不住掉了下来。

这是一双什么样的手，黑中泛白，没有光泽。而她同龄人的手是那样白嫩，充满弹性，正是这双手支撑着这个家。

这是姐姐的手吗？

丁晓晓再也忍不住了，抱着姐姐伤心地哭了。

姐姐抚摸着他的头哽咽说：“只要你能上学，能考上大学，姐姐苦点累点也就无所谓了！”

今年的雨水比往年吃紧，好多家里都下不了秧苗。村子里已经没有了往日的热闹劲，肖长河也唉声叹气。他家的儿子肖安走得了无消息，这要是在往日是万万不能的事。他感觉桃花村彻底变了，肖家冲的人也不再听他使唤，连他自己的儿子都背叛了他。最让他不能忍受的是，肖家祠堂也在风雨中破落了，没有人搭理。这一直是肖家冲最权威的象征，而今要败落了，败落在这帮年轻人身上。

肖长河最近的脾气也大了，见谁就骂败家子，他还是比较适应往日的桃花村，他一声令下没人敢违背。如今世道变了，村里人都懒得瞧一眼他这个村主任。

肖长河感觉村主任越干越不是滋味，他找到了欧阳振华，想辞去村主任的职位。他万万没料到欧阳振华同意了他的请求，一句挽留的话都没有。

肖长河气愤地离开了乡政府。临走时，欧阳振华还说要投票选村主任，他肖长河是绝不能让欧阳振华得逞的。肖长河从乡政府回来的路上一路思索着，他哪方面得罪了欧阳振华，连挽留都不挽留他？

难道他肖长河的思想真的落伍了？

难道他肖长河以往所为做得不够好？

肖长河想不出所以然。

转眼放暑假了，满山的野桃像生活一样含满了酸、甜、苦、涩。

村里老爷爷们不时来几段《打金枝》《赵太祖斩红袍》，唱那“孤王酒醉在桃花宫”。

这对于丁晓晓来说是听不太懂的，只觉得他们声音铿锵有力，有着一种气势。

一大早，桃花对丁晓晓说：“晓晓，家里揭不开锅了，我俩到桃花沟去挖一些葛根回来煮着吃吧。还可以捡一些松脂回来，节省点买煤油的钱，以后要用钱的地方很多。”

桃花沟在月亮岩的山南面，山上的石壁很陡峭，人很难爬上去。月亮岩上有厚厚的松脂，村里也时常有人在峰下拾些回来用作引火和照明。山下有很好的葛根可挖，从村子里到月亮岩下要翻一座狮子山，来回十多里路。

快近中午，丁晓晓和桃花来到了月亮岩下。丁晓晓抬头望了望这陡峭的山岩，心里犯嘀咕了，这么陡怎么上去？他在山下转了好半天，也不知怎么爬上去，而岩下也不像村里人说的有松脂可拾，只能爬上岩半腰采摘。突然，丁晓晓看见有一根葛藤从山腰一直垂到岩下一棵桃树上，黑黑的葛藤有碗口粗，蜿蜒地缠绕在桃树上。

“姐姐，你在下边等着，我先上去采松脂，然后再挖葛根。”晓晓对姐姐说。

“小心，注意安全！”桃花叮嘱道。

“我知道，没事。”说完丁晓晓顺着葛藤晃悠悠地往上爬，葛藤不停地拍打着岩石，丁晓晓在上面像荡秋千一样，他的手被挤压得生疼。丁晓晓小心翼翼地向上爬，葛藤晃得越来越厉害了。突然，丁晓晓重心一倾，头重重地撞在了石壁上，顿时失去了知觉。

不知过了多久，丁晓晓慢慢醒来了，他首先听到了姐姐的哭声。

“晓晓，你醒醒，别吓我，都是姐姐害了你。”桃花一边哭一边摇晃着弟弟。

丁晓晓感觉头和四肢钻心的痛，强忍着睁开了眼说：“姐姐，我没事。”

他感到浑身无力，脑袋沉沉的，他又梦见了那白衣女子。

丁晓晓在梦里叫喊起来，说着胡话。

桃花可着急了，她赶紧找来村东头的赤脚医生肖老栓。肖老栓并不老，才四十多岁，只是长着一张六十岁的脸。他在肖家冲可算得上是红人，没人敢得罪他。有一年，周二婶得罪了他，后来，周二婶生病找他治病输液时，他说为了达到更好的治疗效果，必须先喝三大碗白开水。这一下周二婶可惨了，不但嘴烫得难受，更要命的是一输液肖老栓就让她垫上三层棉被，最后棉被都被尿透了。过后，周二婶一打听才知道喝水垫棉被那些根本就是瞎扯，明明是肖老栓在报复她。可周二婶也有口难言，只能忍气吞声，害怕下次找他治病时，万一再弄个比这狠的法子，那就更惨了。从此肖家冲没有人敢得罪肖老栓，还得好酒好肉款待他。

肖老栓给晓晓把完脉说：“可能伤着脑袋了，我开几服中药先吃着。”

说完他拿出白纸开了七天的中草药。

“你去你婶那里拿吧！”

“老栓叔，多少钱？”桃花忍不住问。

“桃花，这都是我自己上山采的，你拿来煎给晓晓喝就行了。”

“这怎么好？你看你，每次给我家看病都不收钱。”

“桃花，你老栓叔是看人的，你家这么困难就算了吧！”

肖老栓收拾完就走了，桃花拿回中草药，赶忙煎给晓晓喝。一个星期过去了，丁晓晓的病情没见好转。肖老栓又来过几次，他也无能为力。这一下桃花可犯难了，她心急如焚。

"我看得去乡医院，那里大夫水平高。"肖老栓说。

丁晓晓再次醒来时已经是夜里，他听见屋子里很吵，姐姐在哭诉着。

"大夫，你救救我弟弟吧！我求求你，我求求你。我那苦命的弟弟呀！……"

丁晓晓眼睛睁开一条缝，他感到自己好累，好累，多想有个温暖的草地让他躺一躺。和煦的阳光照在他身上，微风带着桃花的气息令他神往。

丁晓晓在医院里躺了四五天，还是不见好转，家里的钱包括借的钱都花光了。

"姐姐，我还是回家吧！"

"不行，你放心，姐姐会有办法的。"桃花强装出笑容说，她要弟弟治病，她会有办法的。桃花已经问好了卖血的价格，她只有这样才能支付弟弟的医药费。

"姑娘，你不能再卖血了，否则你身子吃不消的。"抽血的大夫说。

"没事，我身子好得很。"桃花挽起袖子笑着说。

"你抽得太频繁了，不能再抽了。"

"没事，你抽吧！"

大夫面有难色，叹气说:"你得好好休息！"

抽完血领完钱，桃花高兴地来到晓晓的病房，这几天的医药费也该缴了。

刚出门就和一个人撞在了一起，桃花感到一阵眩晕就晕倒在地上了。

"桃花，大夫！大夫！"那人叫喊起来。

桃花醒来，她正躺在病床上，她的床前坐着一个穿黑衣的男子。

"你醒了？"那男子见她醒来问。

"我这是在哪儿？我怎么了？"桃花很诧异，她什么都记不起来了。

“你刚才晕倒了，医生说你要好好休息。”那男子高高的个头，浓眉大眼，白皙的脸上还带着羞涩。

“山子，是你？不行，我得起来。”桃花依稀记得刚才发生的事，说什么也不能躺着。

“不行，你得休息。”山子固执地说。

“没事，我顶得住。”桃花坚持要起来。

“那好吧！”山子见拦不住，只好由她了。

山子替他们交完医药费就离开了，他知道桃花是一个坚强的女人，她的尊严比什么都重要。

山子决定去一趟省城，见见大世面，反正他有家不能回。可他放心不下桃花，他爱她爱得那么深，尽管他和她还不熟悉。可他一想到他的父母和桃花村，他就想远走高飞，远离这是非之地。他只得含泪离开，他知道要想冲破父母的阻碍和实现他的愿望，他只有变得强大起来，才能保护他的桃花。

“桃花，我很快会回来的。”

山子走时他给桃花留下了一封情真意切的信，他希望她能明白他的心。

桃花来到晓晓的病房，她面露倦容，双眼布满了血丝。丁晓晓一看忍不住掉下泪来，他暗暗发誓以后一定要出人头地，要好好报答姐姐。

好不容易打发走姐姐，丁晓晓决定回家，他就是爬也要爬回家，他不能再连累姐姐了。

木子乡通往桃花村的路是一条只能通过一人宽的泥土路，高高低低，坑坑洼洼，一到雨天满是泥泞。可这也是桃花村最好的路。

丁晓晓一步一滑，在快要淹没鞋帮的泥泞的路上艰难地行走着，他是从医院偷偷溜出来的。外面下着雨，在风里斜斜地飘着。丁晓晓一路时而清醒时而昏迷，歇了好多次，累得腰都直不起来了。再走十里路就到肖家冲了。

风小了，雨停了，丁晓晓有几次摔倒了，都无力爬起来。

“快到家了，快到家了。”

他在不停地给自己打气。

当丁晓晓再次跌倒时，他已经无力爬起来了。他耳边又响起了姐姐那甜蜜的声音:“月亮走，我也走，我帮月亮提花篓。一提提到姐门口，打开花园摘石榴。石榴叶儿一坨油，姊妹三个梳油头。大姐梳个磨镰月，二姐梳个凤凰头。只有三姐不会梳，拿着梳子哭溜溜。……”

在这样的雨天里，这里是没有人的，即使是晴天这里也很少见人。他已经到达了这山的第一阶梯，再转一道弯就是村子了。

“晓晓，晓晓。”

丁晓晓又看到了那白衣女子，她正在向他招手。

二胡声，断魂的二胡声。

丁瞎子使劲地拉着、拉着，节奏那么强，那么充满生命力。丁晓晓慢慢向村子里爬去，二胡声越来越清晰，他看到了自己家那黑黑的木门，他终于回到了家。

“爸……”丁晓晓晕了过去。

等他再醒来，姐姐桃花正在哭。

“姐姐，我不能在医院里躺着，你不能再卖血了。”丁晓晓说完也忍不住哭起来。

“桃花，你卖血了？”父亲问桃花，一行老泪从他那干瘪的眼角滑了下来。

“你说，你是不是真卖血了？”父亲追问着。

“爸，我……”桃花哽咽着说不出话来。

“都怪我没用！是我和你妈连累了你们。”父亲一边说一边捶打着自己。

“爸，你不要这样。”桃花拉着父亲忍不住大哭起来，屋里所有人都忍不住流泪。

夜很深了，屋里人都散了，桃花忍不住问弟弟:“你怎么知道我卖血？”

“我闷得慌出来溜达看见了。”

“既然你不愿意住院，我明天去医院办一下出院手续，只能再想其他的办法了。”桃花叹气道。

“姐姐，你早点睡吧，我会好起来的。”

桃花太累了，她需要休息。

丁晓晓不知不觉地睡着了，在睡梦中他听到肖家祠堂的广场上在唱着皮影戏，在演着《梁山伯与祝英台》。大人和小孩喊叫着，打闹着，人声鼎沸。

九

丁晓晓在家躺了几天，慢慢地好了起来，姐姐桃花高兴坏了。

“姐，我说没事吧！”丁晓晓拍拍胸脯说。

“是，你是钢铁巨人！养好身体，赶紧上学，这段时间的课耽误了得赶紧补上，下半年就要考初中了。”桃花兴奋地说。

“晓晓，我祈祷菩萨和祖宗，他们显灵了，今年过年祭祖时，你一定要多磕几个头。”桃花奶奶说。

桃花奶奶认为是菩萨保佑了她的晓晓。

“桃花，我要吃大米饭，吃这窝头，我这几天都拉不出屎来了。”桃花妈拉着桃花说。

家里缺米已经一个多月了，整天吃野菜和糠做的窝窝头充饥。桃花也好几天没拉了，再这样下去，大家都顶不住了。可她又有什么办法？家里仅有的一点米，只能给奶奶和晓晓熬粥。奶奶牙口不好，咬不动硬的东西，晓晓现在正是长身体的时候。现在如果有人借她一担粮食，明年她还他两担都可以。可除了跟丁二哥家关系好点，是指望不了别人的，但丁二哥家的粮食也被烧了。肖长河兄弟几人都恨不得她家搬走，更别说借她粮食了！在桃花村，大家都没有太多的余粮，田地的粮食产量都不高，大家勉强填饱肚子。桃花实在是想不出来有谁家能借给她粮食，本来想上山挖葛根改一下口味，没想到出了这档事，还搭进去好多钱。幸亏山子帮她交了晓晓的住院费和医药费，不然她都不知道日子该怎么过下去。

我们再来说说春妮，自从上次她火烧桃花家稻垛的事以来，这半年她就没好好睡个觉。她本来是想惩罚一下桃花，哪知道大火一发不可收拾，当时她就吓傻了，她害怕得躲在屋子里不敢出来。后来，事情慢慢平息了下来，她都不敢见桃花，一直就躲着桃花，她心里有鬼。

有一天，她从桃花的门前走过，看到桃花奶奶在啃野菜和糠做的窝窝头，她心里就崩溃了。那本来是猪吃的东西，人是难以下咽的，这一切都是她造成的。春妮偷偷地将家里的大米装了一蛇皮袋子，偷偷地放在了桃花家门前。放完大米，春妮一口气跑到村前的小河边大哭了一场。她本不是一个恶人，都是一时鬼迷心窍，让她干出这伤天害理的事来。哭完之后，她感觉心里舒服多了，她决定离开桃花村。既然山子都走了，她留下来有什么用，她要去找山子，爱情是要靠自己去争取的。

春妮一说要出外闯一闯，周二婶和肖长海就是不同意。

“你一个女孩家怎么能出外，外边太危险了。”周二婶反对说。

“这从古到今哪有女孩出外的，你还是好好在家吧，家里有吃有穿，你还不满足呀？”肖长海不明白地说。

“爸，妈，现在的社会不一样了，我都十六岁了，你们就让我出去吧！”

不管春妮怎么求，她父母就是不答应，答应才是怪事，这在桃花村是没有过的事，也是不可想象的事。

春妮一看软的不行，她只好强行出走，可她的父母早做好了准备，把家里的钱都藏了起来，没有钱，她就寸步难行。肖长海还和村子里人们打好招呼，任何人不能借钱给春妮，否则就是和他过不去。春妮一看所有的路都堵死了，只有干着急。

周二婶突然发现家里的大米少了一袋子，家里的大米本来不多，何况少了一袋子。

“这米去哪里了呢？”

周二婶暗暗思索，她突然想到丁二哥和桃花家。去年都被火烧了稻垛，丁二哥家有刘春云娘家的支援没问题了，可桃花家……

“难道是桃花偷的？”

可没有证据，周二婶不好声张，她决定亲自走一趟，一探究竟。

“桃花，桃花。”周二婶在桃花家门外喊了起来。

“二婶，什么事啊？”桃花放下手头的活，迎了出来。

“二婶，进屋喝杯茶。”桃花将周二婶让进了屋里，周二婶环顾了四周，都是一些破烂的家什。

“桃花，你说你真不容易，去年稻垛都烧了，你能挺到现在真不简单。”

“二婶，都靠村里邻居的帮衬，不然我们早饿死了。”

“是呀，远亲不如近邻呀！”

周二婶一边说一边踱到米桶前面，她打开米桶，满满的一桶白米。

“桃花，你家的白米挺好的呀！”

周二婶突然看到不远处有一个蛇皮袋子，那不正是她家的吗！那是她买化肥的袋子，她一眼就认了出来。

“桃花，你这袋子哪里来的？”周二婶指了指墙角的袋子问。

“哦！那是装米用的。”桃花随口应道。

“装米？是装我家的米吧！”周二婶怒道。

桃花不明白周二婶的用意，惊讶地问：“装你家的米？”

“别再装糊涂了，我家的米少了一袋子，今天让我探了一个正着，看你还有什么说。”周二婶大喊起来。

“二婶，你是怀疑我偷了你家的米？”

桃花总算明白过来，周二婶是无事不登三宝殿。她也奇怪自己家的门前突然多了一袋米，她以为是哪位好心的邻居接济她的呢！

“不是你偷的，袋子和米怎么在你家？”周二婶问。

“这米是我在门口捡的！”桃花辩解。

“捡的？怎么偏偏在你家门口，我长这么大都没碰到这好事，骗鬼呢？”周二婶没好气地说。

“真是捡的！”桃花急得快要哭出来，这事情怎么也说不清楚。

“桃花偷我家的米了啊！大家快来看看。”周二婶来到门外大喊起来。

一会儿引来了村子里的人们指指点点的。

“二婶我真没偷，要不你将米拿走。”桃花急得哭了。

“妈，回家吧，别再闹了。”这时春妮过来将周二婶拉回了家。

“你这孩子，今天是怎么了？她偷了咱家的大米。你整天对桃花愤愤不平的，今天反而帮她了。”周二婶不明白。

“妈，不就一袋米吗！桃花家也怪可怜的，得饶人处且饶人，你大人有大量别再计较了。”

周二婶丈二和尚摸不着头脑，今天春妮怎么了，尽帮桃花家说话。

“姑娘，你怎么了？没发烧吧，你怎么胳膊肘往外拐呀！你是不是有什么事瞒着我呀？”

周二婶好奇地问。

“没有，妈你别瞎想。”春妮又接着说:“妈，米是我送给桃花的。”

“你？你送米？”

“是呀！”

周二婶张大眼睛，她似乎不相信自己的耳朵。

“我没听错吧！为什么呀？”

“因为她家稻垛烧了，整天吃那些猪吃的，咱们作为邻居是不是该帮一帮呀！”

周二婶终于明白了，春妮是要做好事，还不想留名。

“可姑娘，她家和我家有仇，她家的宅基地是从你爷爷那里霸占过去的。”

“妈，你不是说那是上一辈的事吗？”

“不行，这米我今天必须要回来，这一大袋米够一家人吃两个多月的呀，给那没良心的太可惜了！”

周二婶说完就要去桃花家，春妮赶紧拦住她妈。

“妈，我求求你别去了。”

“春妮，你一定有事瞒着我？”

周二婶发现今天春妮不正常，像以往，她都巴不得她妈去桃花家闹得个天翻地覆呢。

春妮见这事要瞒不住了，不然她妈和桃花一定会闹下去的，那样事情就更麻烦了。

“妈，那火是我放的，我感觉对不住桃花。”春妮说完，眼泪都流了下来。

“春妮，这可不能瞎说啊！”周二婶大惊，这下她可是吓着了，她的手都在颤抖。

“我只是想教训一下桃花，哪知就变成这样了。”

“哎！孩子，我家和桃花家是有些过节，可不能干这伤天害理的事啊！”

“妈，我知道错了。”春妮哭了起来。

“哎！事情已经这样了，这事还有别人知道吗？”

“没有，就你知道。”

“好！好！千万别告诉别人，不然这事可就大了。”

周二婶好一阵子心情才平静下来，在农村，大家尽管有些过节，可都是邻里乡亲的。今天她的春妮干出了这等事，这要是让村里人知道，她一家人都没法在桃花村待下去了。

“妈，那米怎么办呀？”春妮问。

“送给她吧！”周二婶无奈地说。

“可你这一闹，怎么给呀！”

周二婶一想也是，她该如何收场呢？

“妈，你看这样行不行，你去跟桃花说，我家的米找着了，刚才是弄错了。”春妮建议说。

“我不去。”

“妈，求你了！”

“我没脸去，要去你去，祸是你闯的。”

“我不敢见桃花，我见她心慌。”

“你呀，你呀，作孽呀！我只能舍了这张老脸了。”

周二婶又来到了桃花的门前，桃花还在流泪，她太委屈了。这一家的重担都压得她喘不过气，这接连的事情让她始料不及，她已经累得筋疲力尽了。

“桃花，桃花。”周二婶轻声地喊道。

桃花奶奶走了出来，用拐杖指着周二婶：“你，赶紧给我走，不要再欺负桃花了，她已经够可怜了。我给你跪下，求求你了！”

桃花奶奶跪在了门前，周二婶赶紧扶起桃花奶奶。

“桃花奶奶，你别这样，我是来向桃花道歉的。”

“道歉？”

“是，是我冤枉了桃花，我家的米找着了，你告诉桃花吧！”

周二婶说完赶紧逃回了家里，她希望这种事是最后一次，再也不要发生了。

十

桃花村的暮色又是一番景致，金黄色的夕阳，黛青色的山，炊烟袅袅，桃花村如诗如画。

林孟华回到村口时，他的心中没有风景，他的儿子山子出走快一年了，没有一点音信。有人说在桃花庵见到了他，还有说在县城见到了他。众说不一，他老婆天天跟他吵，这日子简直没法过了。

最犯愁的要算林老二了，他和翠花都在一起好几年了，都没见翠花的肚子鼓起来，村里的大伙都笑话他。

“老二，你媳妇的肚子怎么还没有动静呀？”

“老二，你是不是还不如肖老三呀！”

“老二，你那不管用吧！不行要我帮忙吗？哈哈。”

…………

林老二的肺都气炸了，说什么的都有，连他的父母都为他着急。林老二心里很乱，他只能找他媳妇说这些事情。

“媳妇你看咱们一直都没有孩子，怎么办呢？”

“唉！我也想要孩子，可该想的办法都试过了也没用啊！”

“是呀，这该怎么办呢？林家不能断了香火，爸妈的意思是得要有香火的。”

“可这我也没有办法呀！”刘翠花也无奈。

“那我明天就去趟乡医院检查检查身体，看是不是我这块有问题？”林老二说道。

“好吧！”翠花应道。

林老二从乡医院回来后，几个月过去了，翠花的肚子终于鼓了起来。翠花怀上了，这下可高兴坏了林老二。林老二的父母也无比的高兴，盼了这几年终于怀上了，林家算有香火了。

还有一个好消息是丁晓晓和村里的肖武、肖二顺被初中录取了，录取的还有林家湾的林四。丁二哥的女儿丁晓霞没有考上，她家种地从此多了个帮手。

丁晓晓录取的消息很快传遍了桃花村，桃花心中异常的兴奋，弟弟真是很争气，她的愁容此刻也一扫而光。

开学对于丁晓晓是很兴奋的事，他和肖武、肖二顺一起来到了学校。丁晓晓分到了一班，肖武和肖二顺分到了二班。他们铺好自己的床铺，用饭盒洗完米，然后去蒸饭，以便明天早上吃。在农村，学校只提供蒸饭，蒸饭是用一层层的铝制蒸笼，学生将自己的铝制饭盒洗好米，放上适量的水，然后放到蒸笼里。菜是自家炒好的腌菜，用一个铁桶装好，每星期六回家一次，星期天便带上米和新炒的腌菜回到学校，一吃就一礼拜。有时腌菜冬天结冰了，夏天发霉了，就这样一年一年的，一批一批的学生毕业。大家的经济条件都差不多，也没觉得日子和生活多难过。

丁晓晓和肖武、肖二顺突然感到异常亲切，尽管他们不在一个班，可陌生的环境里将他们的关系拉得更近，他们要开启全新的学习征程。

转眼冬天到了，桃源乡的冬天阴冷阴冷的，瓦上结了白白的一层霜。冬风像一位顽童在窗户上拍打着，发出一阵阵声响。

过年的日子越来越近了，丁晓晓放寒假回到了桃花村。走到村口，他又听到了父亲的二胡声，那是欢迎他的声音。人们都在忙碌着，桃花村没有不忙碌的季节，哪怕是在过年的日子里。

丁晓晓首先碰到了肖长河，肖长河没有了往日的神气，见人也不愿意搭话。他除了叹气之外就是看看天色，看看太阳是否要落山了。

“晓晓回来了。”肖长河茫然地说。

“是，肖叔忙什么呀？”丁晓晓问。

“瞎忙。”肖长河一边吸着烟一边说。

肖安的离家出走对他是个打击，而且欧阳振华对他的不待见也令他伤心。他自己的儿子不争气，令他没脸见人，他更不愿见到丁晓晓一家人。

肖长河话锋突然一转问：“晓晓，你见识多，你说肖叔这村主任做得怎么样？”

丁晓晓做梦没想到肖长河问这问题，他一时语塞，不知如何回答。

肖长河看出了晓晓的难处，笑着说：“你尽管说，肖叔没什么知识，我也想吸收吸收你们年轻人的思想。”

丁晓晓见肖长河很诚恳，便开口说：“肖叔以往做村主任，做得好坏那已经是过去了。关键是现在，作为一村之长是要处处为民着想，使大家团结一致奔小康。比如现在吧，您作为村主任知道哪家没米揭不开锅，哪家孩子没钱上不了学，桃花村今后从哪方面着手才能实现小康，这些问题您想过吗？”

这些问题肖长河从来没想过，他只知道上面怎么说，他就怎么做，只要桃花村不出什么问题他就没责任。他从来没想到作为一个村主任还要考虑这么多的事，看来时代真的不同了，他肖长河真的落伍了，真的老了。他不服气，他在桃花村干了十来年的村主任，在这些年，他肖长河从来没认输过。可今天，他输了，输在自己的手里，输得是那样的惨不忍睹。

夜幕降临，肖长河揣上手电筒，急匆匆一言不发向村口走去。

“肖叔，你干吗去？”

丁晓晓以为他说错了什么惹肖长河生气了，可他生气也没有必要要走啊？

肖长河回过头哈哈大笑着说：“一语提醒梦中人，我去乡政府将我丢失的村主任要回来。”

“原来如此！”丁晓晓长长出了口气，脸上露出了灿烂的微笑。

肖长河又做回了村主任，不过有个条件，欧阳振华要求他修通桃源乡的公路。

欧阳振华清楚地知道要想桃源乡富裕起来，必须修通各村的公路。只有这些硬件设施上去了，才能吸引外部的资金来开发这里的资源，使这里富裕起来，单单靠桃源乡是行不通的。

依旧没有肖老三的音信，在桃花村人的心目中他已经死了，除了桃花奶奶和李老太太叹息肖老三的不幸外，桃花村已经慢慢将他淡忘了，像他那种游手好闲的人，早就该忘了。

村子里的男女老少也不再听肖长河的使唤了，连小孩都敢跟他顶嘴。这在以往是万万不能的，早就拉到祠堂里接受家法的惩治，而今祠堂也在风雨中凋零了，破落了，连维修的人都找不着。

肖长河一想到这些，就感到不是滋味，他还是比较喜欢以前的日子，那样他才叫族长。祠堂里的宗祖如今也没人供奉了，要是以前这是绝对不可以的。更令肖长河生气的是，每年过年的祭祀都没人参加了，这帮不肖的子孙简直遭天杀！肖长河每天看着祠堂叹气，他这个族长越来越不像族长，他甚至不忍心看到那破落的祠堂。

临近年关，两村的人们都在较着劲，都要在鞭炮上见过高低。这一下，可高兴坏了夏大炮，他请了好几个人来挨家挨户送鞭炮，今年鞭炮的价格也比往年贵了不少。也有不少外地的商贩到村里来卖的，可是由于不能赊账，大家只好在夏大炮那里买，等到来年谷子成熟了，换了钱再给他。

今年肖长水高升了副县长，过年时，他家也得显摆一下实力：他从武装部长那里借来了几支步枪，到过年时也可以虚张一下声势。等他的儿子肖二顺初中毕业，他全家就要搬到县里去住了，他家就是正经地吃商品粮了，这在桃花村都是无上的荣耀。

最看不惯肖长水的是肖长江，想当初他的职位比他高，而今他当上了副县长，吃着公粮，而他只能在家里种田。想到这些，他不由得又怨恨他那个目光短浅的女人。肖长江的老伴李氏也装聪明了，她任由肖长江怎么骂，她都不回嘴。幸亏他的儿子肖伟考上了大学，不然他一张老脸在桃花村都没法见人。

“长水回来了啊！”肖长江见到肖长水强装笑脸问。

“回来过年。”肖长水答道。

“恭喜你高升了！”

“哎！你要当初没回家，现在应当比我的官大啊！”肖长水惋惜地说。

“一失足成千古恨，不提了。”一提这事，肖长江就痛心。

“你家肖伟有出息了，他过年回来吗？”

提到肖伟，肖长江精神一振。

“过年不知道回不回，好像说不回来了。”

肖长江又有些失落。

“太远了，回来一趟得好几天，不回来省事啊！”

肖长水说得没错，肖伟也这么说，不回来，他可以节省来往的车票钱，也好减轻一些家庭的压力。

“你家孩子有出息啊！小儿子也考上了初中。”肖长水羡慕地说。

“什么出息不出息，你家老大在县里上班了吧！”肖长江问。

“没办法，不像你家肖伟，我只能找个工作让他上班了。”

“有工作就可以了，你那都是铁饭碗，旱涝保收呀！”

“各人有各人的道。”

肖长水这话说得没错，各人有各人的道，难不成大家要一棵树上吊死。

“今年过年咱们热闹热闹，咱村出了大学生和副县长。过年一定跟林家湾比比排场，一定要将林家湾压下去，好显示咱们肖家冲的威风！”肖长河说得眉飞色舞，一扫近日的郁闷。

“好呀！好呀！”肖长江和肖长水同时应和道。

丁晓晓知道肖家冲和林家湾的矛盾又要开始了，以前就是因为这事才弄得现在这么僵，中间有几年，他们没再放鞭炮，可今年又要开始了。他丁晓晓也没办法阻止，肖长河决定的事，谁也更改不了。

第二天，肖长河就将鞭炮比赛的风声放出去了，肖家冲的男女老少听到这消息都无比振奋。丁晓晓也振奋，他振奋的是他和父亲又可以一起拉二胡了，桃花村需要他父亲的二胡声，因为那已经成为桃花村的一部分。

转眼农历腊月初八到了，腊八节桃花村每家每户都要吃腊八粥。腊八粥里放有红枣、花生、绿豆、糯米，家庭好的里面还放有莲米、人参等滋补品。腊八粥的热气弥漫开了，空气也变得热了起来，丁晓晓家是吃不到腊八粥的，桃花要节省每一分钱供晓晓上学。

腊八节过后，在大年三十这一天，最解放的属于孩子，大人不再干涉他们做任何事，同时他们还能穿上新衣服、新鞋，尽管这些都是自家亲手缝制的，在桃花村这些已经足够令孩子们欢喜大半年。

夜幕很快降临到了桃花村，在冷冷的夜空里，寒星在闪烁。桃花村的每个角落都打扫得干干净净，在村头的草坪上燃起了几个火堆，很快烟雾弥漫着桃花村，桃花村的人们认为这样才有过年的气氛。

肖家冲的老老少少都聚集在肖家祠堂的广场上，祠堂也两门大开，祠堂里放满了供奉祖先的供品。祖先供奉完毕，肖长河一声令下，人们挑着鞭炮向狮子山出发了，那里才是放鞭炮的圣地。

丁晓晓没有心情去狮子山，他更没有心情放鞭炮，他不希望两村一直这样斗下去，这样对谁都没好处。他隐隐约约地看到了桃花山的火光在一闪一闪，看来林家湾也做好了准备，不甘示弱。

夜半子时，丁晓晓是被鞭炮声惊醒的，今天桃花村没有夜，桃花村只有鞭炮声。在大年三十，桃花村每家灯火是通宵达旦的，每间屋子里都生上炭火，这是祖上一直流传下来的习惯。

三十的火，十五的灯，桃花村一直延续着这条古老的传统。这不单单是辞旧迎新，而更多的是驱邪用的，因为他们相信火光能够驱走一切不吉利的东西。

鞭炮声响彻天空，狮子山上的气势更盛，林家湾是比不过肖家冲的，因为肖家冲有肖长河。今天最高兴的要数肖长河，他好长时间没有这么开心过，放纵过。

肖长河高兴地唱了起来："大寨主人称打虎将，某家绰号小霸王。非是狂言自夸口，盖世无双好刀枪……"

在这鞭炮声中，没有人能听见他的歌声，也许鞭炮能听见。

肖二顺带着几个伙伴，扛着步枪也上了狮子山，今晚是他们最高兴的节日。四周鞭炮响声震天，连说话的声音都听不见了。肖二顺打手势，大家拉上枪栓，他大喊一声："放！"

大家都对着桃花山扣动了扳机，他们每人只有一弹匣五发子弹。放完枪，他们又接着放鞭炮，好一阵热闹。村里年纪大的体力实在顶不住了，都早早提前回家，在家里守着大年夜。

正在他们放得高兴时，他们突然看到林家湾一条火龙在向他们的村里进发，是林家湾的人打着火把来到了肖家冲。大伙都停止了放鞭炮，赶紧下山，估计林家湾是来找麻烦的。

打着火把的领头人是林孟华，他们在肖家祠堂前的广场上停了下来。桃花村到处弥漫着火药的香味，只有不远处淘气的孩子们，时不时地放一个炮仗，断断续续地响着。

在林孟华的人群里还躺着一个人，大腿上不停地流着血。

"这是怎么回事？"肖长河带领大伙也来到了广场上。

"你问问你们自己吧！"林孟华怒气冲冲地说。

"我们自己？"肖长河一头雾水地问。

“你们人用枪把我们的人打伤了！”林孟华说。

肖长河突然想起来肖长水的步枪。

“二顺，枪是你们放的吧？”

“是。”二顺回答道。

“你们是怎么放的？”肖长水问道。

“我们对着桃花山一起放的。”

肖长水感到后脊背发凉，这可是大事啊！

“你，你们，你们怎么能对桃花山放，现在伤着人了吧！”

肖长河气得说不出话。

“林主任，是我的错，枪是我带回来的，是二顺放的，我忘了告诉他们不要对着有人的地方放。”肖长水赶紧道歉说。

林孟华看了看肖长水，他现在是副县长，林孟华也不好再说什么。

“肖副县长，人受伤了，这事该怎么处理？”

“赶紧治，一切费用我承担。”肖长水表态说，他赶紧叫人将受伤的人抬到乡医院治疗。

“你说这好好的年，出这事，不吉利啊！这年还怎么过？”肖长河抱怨道。

大家见此也就散了。

十一

风波过后，桃花村又恢复了往日的平静。林孟华的儿子山子离家快两年了，音信全无，他只有这么一个儿子。林孟华一想到这些，他的心就发酸，不由得又暗恨肖长河，都是他们肖家冲作的孽。可现在肖家冲已经不同往日了，出了大学生，肖长水还当上了副县长，他们林家湾就是不争气，连对抗肖家冲的资本都没有了。

“哎！今日不同往日了。”林孟华自言自语。

自从儿子走后，林孟华的老伴整日以泪洗面，她太思念山子了。幸好有林玲的陪伴，这日子才能过下去，可林玲也老大不小了，该嫁人了。到他家提亲的倒不少，可林玲都相不中，她的心里只有肖安，可肖安像山子一样消失了，消失得一点音信都没有。

“冤家呀！”林孟华想到不争气的两个孩子，他的心里像堵了一块大石头，喘不过气来。

不久，林孟华接到了乡里的通知，说欧阳振华要考察月亮岩，让他和肖长河一起去。他可不愿再见到肖长河，他恨死了肖长河，只好装病不去了。

乡长和副乡长爬月亮岩，这在桃花村是没有过的事，村子里人们很快就传开了。人们对欧阳振华有了一些好感，尽管他不能带领桃花村脱贫致富，可他做的这些已经远远超过历届乡长的功德。就说今天这一点，也令桃花村人佩服的。

桃花村人不是傻子，这里是贫困县最偏远闭塞的村庄，可以说是最贫瘠的地方。要想脱贫致富是何等的难事，如果他欧阳振华办到了那才是奇事。他今天为桃花村人办的这些事，已经远远超出了他们的想象，他们可不愿失去这位好乡长。桃花村的村民都为乡长捏了一把冷汗，希望他俩平平安安回来。

肖长河也装病不去，他对此不屑一顾，只是一次普通的爬山而已，没有什么大惊小怪的，不过他长这么大还真没上过月亮岩。

桃花村最美的是暮色，红红的太阳一半在山的那边，一半在人的视线里。四周的山静静地矗立着，百鸟已经回归山林，村民也收工回家。袅袅的炊烟在空气中弥漫开来，夹杂着松针的味道。

欧阳振华和李建文在太阳落入西山一半时到达了顶峰，他俩已累得气喘吁吁，满身大汗。月亮岩的顶峰地势平坦，四周有一米高的城墙，城墙都是方石砌成的，像长城一样留有凹口。听桃花奶奶说，这里当年是一座城楼，守城的是长毛，长毛节节败退后，便躲到了月亮岩。官府的大军整整将月亮岩围困了七天七夜，也未攻下月亮岩。第七日的夜里，官兵发现有东西从山上滚落下来。第二天，官兵的将领发现滚落的是驴子，便叫手下剖开驴肚，驴肚里面满是粮食，显然驴子是吃得太多撑死的。首领见此，认为再围困七天七夜也没有希望攻下月亮岩。于是，首领回到县衙谎报土匪已经全部剿灭。长毛就这样侥幸生存了下来，其实当时他们已经弹尽粮绝，官兵如果再多围困一天，不用官兵打，他们自己就被饿死了。所以才不得不出此下策，蒙退了官兵。

桃花村人很佩服长毛的机智，所以故事一直流传了下来。

欧阳振华也很佩服长毛的计谋，他抚摸着城墙的巨石，心里不由一阵感叹。长毛当年是守城，守住这月亮岩，而今他要开放整个桃源乡，这是何等的艰巨任务啊！

放眼望去，桃花村笼罩在暮色中，远处连绵的群山使得桃花村闭塞落后，薄刀峰像一柄刀一样将桃花村与世隔绝。

欧阳振华望着这群山，长叹了口气："这可能不是件坏事！"

李建文在寻找着传说中的韭菜，据传，这种韭菜可治百病，他想验证一下传说的真实性。他在西北角的城墙下发现了那种韭菜，墨绿色的叶子，开满了小白花，他嗅到了韭菜的香气，他激动得大叫起来。

"乡长，我找到了，我找到了。"

欧阳振华转过身来问："找到什么了？"

"那传说中的韭菜。"

欧阳振华来到了韭菜旁边，这是很普通的一种韭菜，跟桃花村地里种的别无二致。他俩弯下腰掏出随身带的小刀将韭菜割尽，韭菜也不像传说中的那样很快长出来。韭菜没有长出来，每一棵上流出了像露珠一样的液体。李建文很失望拍了拍身上的泥土说："就一丛普通的韭菜，害得我爬了一整天的山。"

欧阳振华也顾不了浑身的酸痛，他四处观望。他喜欢这儿，更喜欢这凉凉的风，这月朗星稀的夜晚，还有桃花村的点点灯火。

夜慢慢深了，有了些凉意，李建文支起帐篷，欧阳振华也有了些倦意。爬了一天的山，他俩很快进入了梦乡。

"乡长，快来看呀，真神了！"

欧阳振华睡得正香时被李建文叫醒，他揉了揉睡眼，打了个呵欠。

"看什么呀？我浑身痛死了，赶紧睡吧！"

"韭菜长出来了。"

李建文兴奋地说。

"韭菜？"

"对，对呀！是韭菜。"

欧阳振华的睡意全没了，他披上外衣来到韭菜前。韭菜嫩绿的叶子在晚风中抖动，它们嫩得那么可爱。

欧阳振华简直不相信自己的眼睛，这就是刚才被割的韭菜？他疑惑地看着李建文，李建文点了点头。

欧阳振华相信了那传说，他有些兴奋，呼吸也变得急促，他感觉喘不过气来，他张开了嘴大喊了几声，声音在山谷里回荡起来，山谷也叫了。

突然，土里长出无数根藤蔓将他俩缠绕起来，他俩越挣扎藤蔓就缠得越紧。

“完了，这可能就是传说中的食人藤。”欧阳振华惊恐地说。

李建文早已吓得不知所措。

“乡长，咱……咱们怎么办？”李建文说话越来越吃力了，食人藤将他缠得越来越紧。

“唉！想不到我俩会死在这里，要是听他们的劝告也不会来这鬼地方。”欧阳振华后悔莫及。

这时肖长河也爬了上来，他浑身一点力气都没有了，一到山顶，他就瘫倒在地，在月色里，他看见两个人影在动。

“谁呀？不要过来，这里有食人藤。”欧阳振华见有人上来大叫道，他已经快透不过气来。

肖长河听见叫声，知道是乡长和副乡长，他爬过去一看，他们两人被食人藤裹得严严实实的。

“有什么办法吗？”肖长河着急地问。

“你有火柴吗？它们怕火。”欧阳振华说。

“没有。”

“那……那没办法了。”欧阳振华绝望了。

肖长河也顾不了许多，他爬过去抓住食人藤就开始咬。奇迹发生了，食人藤像是很害怕肖长河似的，很快就缩进土里不见了。欧阳振华和李建文惊得睁大了眼睛，眼前的状况太令人匪夷所思了，两人惊骇地看着肖长河。

“乡长！乡长！”欧阳振华被李建文叫醒了，他满头大汗，喘了一口气坐了起来。

“你吓死我，又是蹬腿又是叫。”李建文说。

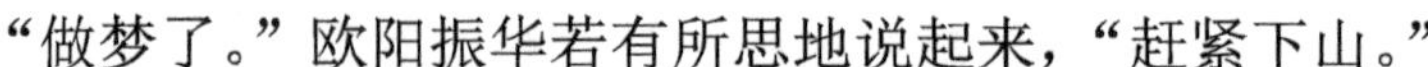

“做梦了。”欧阳振华若有所思地说起来，“赶紧下山。”

“再睡一会儿，我浑身痛。”李建文极不情愿地说着。

“要睡你睡，我先下山了。”欧阳振华穿上外衣就要下山。

李建文一看不起来不行了，他打着呵欠折叠好帐篷，装到背包里不满地问：“多睡一会多好，干吗急着下山呢？”

“下山有要紧事干。”

“什么事，这么着急？”李建文更不明白了。

欧阳振华见李建文理解不了他的意思，静心地解释说：“昨晚的韭菜呀！”

“昨晚的韭菜？你要带回家炒鸡蛋吃呀？”

“我是说昨夜韭菜的事，我得赶紧下山找县电视台，将这事以及这里的山山水水拍一个专题，也就是为桃源乡做广告，让更多的人了解桃源乡，那样桃源乡就有出路了。”

这回李建文彻底明白了乡长为什么急着要下山，他对乡长佩服得五体投地，他一定要跟着乡长好好干，桃源乡的兴旺是不远的事了。

天慢慢亮了，月亮岩在一片云雾缭绕之中。

欧阳振华回到了乡里，通过这次的考察，他对桃源乡的情况有了大体的了解。桃源乡贫穷的根源就是交通不发达、思想太封闭。首先要解决交通问题，可这就难于上青天了，单单靠桃源乡是完不成这项巨大的工程的。可政府也无能为力，现在全国都很穷，都缺钱，尤其是在这个大别山地区，他们只能靠自己。

欧阳振华召集全乡的村干部开会，他有一件重要的事情要宣布。

“今天召集大家来开会，桃花村到这里三十多里地，最近的都得十多里吧，大家翻山越岭不辞辛苦的，我在此非常感谢大家。”

下面一片鸦雀无声，欧阳振华接着说：“要想富，先修路。改革开放也有九年了，可我们这里变化太慢了，外面是一天一个变化呀！”

下面一片议论纷纷。

“我计划搬迁乡政府，报告已获得县政府批准，首先，咱们要修通公路，咱们的资源是全县最好的，譬如天然温泉、茶叶、桃花醉酒、中药材及风景旅游点等等。公路修通了，就能带动整个乡的经济发展。我算了一下，大概十五里左右路程，要翻三座山，架两座桥，今天就是想征求大家的意见。”

欧阳振华话音刚落，下面就炸锅了，这件事没人敢想也没人敢干。

“这修路是好事，是县政府帮咱们修吗？”肖长河首先说话了。

“这个？县政府帮不了咱们，只能靠咱们自己了。”

“县政府都干不了的事，我们怎么可能完成？”

“这工程不是一般的事，就说架桥吧，沟那么深，怎么完成，用什么材料架？”

…………

这一切是那么难，这些欧阳振华都知道。也就是因为这么难，县政府才没有这么多经费来完成这条公路。

“我知道这很难，难到大家都不敢想象，可大家难道一辈子就这样吗？肖主任你就愿意出去买一包烟要走一天，买一袋盐要走一天，子子孙孙都在这盘山路上走吗？”欧阳振华问。

“我们不去做，这问题怎么解决；我们不能留给下一代去解决吧！上次大家学习的红旗渠，大家忘了吗？那跟咱们这情况不一样吗？别人都能完成，难道咱们就不行，不如别人吗？”

下面一片沉默，欧阳振华说得有道理，道路畅通便利也是大家所期盼的，可这些已经远远超出了他们的能力。

“乡长，这修路的事肯定是好事，怎么个修法呀？”赵家村的村主任赵孟如问。

“我们先要修一条基根路，只要车能开进来就行。公路那是以后的事情，咱们现在这情况还远远达不到。最麻烦是修桥的事，这个必须是政府找专家修了，我会向上面申请解决的。”欧阳振华喝了一口水，又接着说，“路修通了，咱们就可以把电引进来了，那时大家都能用上电灯了，前途就一片光明了！”

大伙都不再作声了，心里都没底，不知道这是好事还是坏事，一时也分辨不清。

“好，事情大家已经知道，那这样吧，赞成修路的举手。”欧阳振华说完，第一个举起了手，大伙也都犹犹豫豫地举起了手来。欧阳振华一看，大半人数通过了，他心里松了一口气。

“好，通过，接下来，我们会成立一个工作组。我任组长，李建文任副组长，把工作细分下去，一步一步去完成，相信我们一定会成功的！”

欧阳振华把工作分成四个组：爆破组由林孟华负责，勘探组由肖长河负责，架桥组由他欧阳振华负责，测量组由李建文负责。测量组主要负责占用田地和山林的测量，以及补偿事宜。各村的村主任还得动员各家按人口分配劳动力，不愿意出劳动力的出物资和钱都可以。

欧阳振华还得去一趟县里，解决架桥的事情，这可不是小事，他心里都没底。

桃源乡的村民听说要修路的事，大家都感到兴奋，但一听说每家都要出人力去干活，还得每人出十元的费用，大家都不高兴了，对欧阳振华又是一通骂。骂归骂，他们也改变不了要修路的事实，虽然极度不高兴，也只能出钱出力。

欧阳振华来到了县里，他向县委书记王洪涛说明了他的想法和来意。

“修路是好事，可县里目前实在是没有这个经济能力啊！”县委书记王洪涛意味深长地说。

“书记，我知道，我只想要县里解决架桥的事情，其他的我们自己想办法。”欧阳振华说。

“好吧！架桥的事我今天就能答应你，同时还支援火药雷管。如果这件事都做不了，县里也太对不住你们桃源乡了。”

县委书记命人安排架桥事宜，到时候和欧阳振华对接。

临走时，县委书记将欧阳振华叫到自己的办公室。

“还有件事，你必须给我办了。”

“什么事？”欧阳振华很惊奇地问。

“这件事，省里很重视，有一位台湾老伯寻找亲人，就在你们桃源乡，他的亲人叫方林桃。据老人说，他逃荒时带着妻子来到桃源乡，后来他到了台湾，妻子留在了桃源乡，一别五十多年了。他也不知道他的妻子还在不在，要在也七十多岁了。”

欧阳振华回到了桃源乡，他把寻找方林桃的信息都发到了各村。一个月过去了，各村的人都来汇报，根本就没这个人。难道是老人记错了？欧阳振华很纳闷，毕竟五十多年了！

十二

修公路成了桃源乡所有人茶余饭后谈论的话题。年轻人情绪高涨，现在他们每家都分到一段路基，在这个繁忙的季节里要完成乡里交给的任务是何其的艰难，况且在桃源乡，天天是农忙。

路，是桃源乡的路，当然得由桃源乡的人们来修，别人才懒得理会这些。

修路别人可以不管，欧阳振华不能不管，他的报告虽然县政府都批示了，但县政府也只能批给他一些火药雷管，其他的就只能发动群众。

欧阳振华明白这项工程的艰巨和重要，不能有丝毫的差错。桃源乡人的修路积极性本来就不高，还有一半人反对这种劳民伤财的工程，还有桃源乡的恩怨，世代的恩怨。这里的一切是那样的错综复杂，一点的疏忽就会酿成大祸。

会已经开了无数次，该准备的都准备好了，该考虑的都考虑了。现在只要听说开会，乡领导的头都大了。

但欧阳振华还想开一个会，最后一次的准备会议，他必须做到万无一失，那样他才放心开工。

人员都到齐了，欧阳振华首先问李建文："李副乡长，每家分的路基大家都没意见吧？"

"有几家有意见，我根据实际情况做了调整。乡里有一些比较困难的和缺劳动力的家庭，我将比较平坦的路基分给他们，其他没什么了。"

欧阳振华很满意李建文的工作，这个问题每次开会他都提到过，这也是这次修路的关键。

欧阳振华继续说:“县里批给咱们的火药雷管已经下来了，各村等开完会后去仓库领取。在这里，我要再次强调安全问题，尤其在放炮过程中，各村负责各村的安全。同时，我们乡领导每天会派人现场监督。我再次提醒肖主任和林主任，希望你们暂时放下恩怨，以大局为重，也算我求二位了。”

肖长河和林孟华都没吱声，算是默认了。

“这次施工总负责人是我，我不在，由李建文代管，我工作比较忙。下一步，我打算将电引进桃源乡，所以这段时间我去县政府，希望他们能给予支持。在此，拜托各位了。”

开完会，欧阳振华去了县政府，他确实是桃源乡的大忙人。

桃源乡最热闹的事是修公路，整个桃源乡的男女老少都出动了。各村各修一段路基，最后各村路基一合就算完工了，各村互不干涉。

二傻子是不修公路的，人们也没指望他能出一分力，他没日没夜地在新挖的路基上晃荡着，没有人理会他。

整个桃源乡的人都出动了，这在桃源乡是前所未有的事，桃花奶奶也未经历过这种事。

桃源乡轰隆隆的炮声一声接一声，就像当年两村比放鞭炮一样，都不甘示弱。

沉寂的桃源乡动了，一动就是大动，连群山也阻止不了桃源乡的声响，声音一直传到山外。

丁晓晓也听到了隆隆的炮声，他知道乡里已经动工修路了。他甚至没有心思上课，他的心在桃源乡。

转眼，时间进入了四月中旬。桃源乡的人们忙得热火朝天，脚下的路也在一步一步向前延伸。

丁晓晓也忙碌着，距离中考越来越近了，他必须全身心地学习。桃源乡人在修着桃源乡的路，他在修着他的路，一条看不见的路，不是一条路，是一座独木桥。

二傻子在路基上远远地望着桃花干活。桃花的衣服都被汗浸透了，紧贴在身上。

“喝水。”二傻子端一碗水递给桃花，然后赶紧逃跑了，弄得桃花异常的尴尬，二傻子在路的尽头傻傻地笑。

“哎哟，二傻子还知道关心人啊！”吴二妮又拿傻子取笑道。

“他才不傻呢！”周二婶接茬道。

“是不傻，给我倒一碗，二傻子！”丁二哥妻子刘春云笑着说。

“我，我不，我不。”傻子结结巴巴地说，又引得大家一阵大笑。桃花见此情景也没法干活了，她找一个地方休息一下，免得在这里被大家取笑。

“放炮了，大家注意一下啊！”隔壁的路基传来了喊声。

大家放下手上的工具赶紧躲了起来。

爆破声一响起，顿时乱石飞舞，突然一大块石头直奔桃花藏身的地方飞去。

“桃花，石头！桃花，石头！”大伙赶紧大喊起来提醒桃花，可来不及了，石块飞速砸向了桃花，大家都惊呆了。

“桃花——桃花——”大伙喊着奔向了桃花，来到了桃花的身前，大伙都傻了。只见二傻子紧紧地护住桃花，石块砸在了二傻子的脑袋上，血不停地往外涌。大伙都吓坏了，赶紧把二傻子翻了过来。桃花爬了起来，她也吓得说不出话来。

“傻子！傻子！”半天，桃花缓过神来大哭。

二傻子已经断气了，桃花趴在二傻子的身上哭得死去活来，众人也忍不住地流泪，有人赶紧去通知肖长河。

“这傻子有情有义的。”周二婶哭着说。

“是呀，他比桃源乡的任何男人都有情有义！”吴二妮心里很后悔，后悔一直取笑他，她也忍不住大哭。

最伤心的要算桃花，她一直恨他入骨，是他毁了她的清白，但也是他救了她，她内心极其复杂。

肖长河和他的老伴赶了过来，看到眼前的情景，肖长河的老伴哭得晕死过去了。

肖长河没哭，他的心中充满了愤怒，他一个儿子走了，另一个儿子死了。他恨欧阳振华，如果不修路，他的儿子也不会死。

“欧阳振华，我跟你没完！”

大家把二傻子的尸体抬回了桃花村，放入棺木中。

白发人送黑发人呀！肖长河的老伴整日以泪洗面。

肖长河带领村中年轻力壮的小伙子抬着棺材去县政府，他要欧阳振华下台，只有那样才解他的心头气。

这几日，桃源乡有些安静，公路也停工了，这件事县政府已经知道了。欧阳振华被叫到了县政府，看来他是凶多吉少，这个乡长是没法干了，桃源乡人都为欧阳振华捏了一把汗。

桃源乡那些反对修路的人此刻比任何时候都高兴。

欧阳振华来到了县政府，县委书记王洪涛的脸色有些难看。

“坐。”

欧阳振华默默地坐下。

“想必事情你已经知道了，我就不多说了，桃源乡你是待不下去了，大家都反对你，说你独断专行。”

“书记，我……”

“你别说了，县政府研究决定，暂停你的职务，由木子乡的乡长先代理着。”王洪涛打断欧阳振华的话说。

“可是路还没完成，只修了三分之一，让我修完再停我的职吧！”欧阳振华乞求着。

“你怎么就不明白，还不是修路惹出来的祸！”

“我保证不会再出这事了。”

“你保证？肖长河抬着棺材都闹到县政府了，口口声声要你下台，否则他们就不服从你管理，你以后工作怎么开展下去？你先回去休息休息吧，我还有个会要开。”

王洪涛下了逐客令，欧阳振华没办法，只能走了。

不久，桃源乡便有了欧阳振华的消息。

“欧阳振华被撤职了，现在在家里待着呢！”

“欧阳振华降级调到了其他的地方了，这里要调一位新乡长。”

“这公路县政府不让修了，县政府起初就不同意，是欧阳振华死磨硬泡要求修的，现在出事了，欧阳振华也完了。”

…………

总之，没有好消息，桃源乡的人们议论纷纷。那些高兴的人更加高兴了，一提到欧阳振华，他们就眉飞色舞，仿佛欧阳振华是被他们降职的。

李建文去了县政府，也没有回来，看来这次欧阳振华真的完了。

一个多月过去了，桃源乡新修的路基上长出了青草，雨水也将路基冲得坑坑洼洼的。

肖长河终于盼到了欧阳振华被停职了的消息，木子乡的乡长兼桃源乡的乡长。肖长河突然有些失望了，这不就是他所期盼的吗？可他一点都高兴不起来。

“肖主任。”李建文来到了桃花村。

“李副乡长回来呀，公路还修不修？”这是肖长河比较关心的问题。

“公路的事开会再议，我今天来就是通知大家开会的。”

“那就好！那就好！”

李建文说完去了林家湾。

不久，代理乡长林兴军开会讨论修路的事宜，各村村干部都出席会议。

“路，修与不修，今天都看大家了。我主张不修，其一，工程量太大，劳民伤财；其二，大家看看这新挖的路基才几个月，已经被雨水冲得面目全非。即使大家费了九牛二虎之力修完了，一场大雨把路又冲没了。”林兴军说。

下面议论纷纷，有的主张接着修，有的主张不修，毕竟林兴军说的不无道理。

“这个问题不是简单的问题，一是大家已经付出那么多；二是路肯定要修的，不过不是现在。大家都回去想一想，一个星期后我们投票决定修还是不修。”

林兴军的主张倒合桃源乡人的想法，他们听起来也舒服很多。可肖长河感觉不舒服，这完全是不负责任的表现，欧阳振华虽然可恶，但他是为了桃源乡人好。

“林乡长，我建议还是接着修吧！”肖长河找到了林兴军说。

“当初不是你闹到县政府不要修路的吗？欧阳振华还被停了职。”

“是，是，我当初是不想修。可现在又想了。”肖长河红着脸说。

“你说想修就修啊？乱弹琴。”林兴军生气地说。

“是，乡长，我思想觉悟低，您别生气。”

“肖主任，我实话告诉你，这公路从县里到地方没人愿意修，只是他欧阳振华想充能人，搞功绩才坚持要修的。”

肖长河算是听明白了，林兴军根本不打算修路，他只得悻悻地离去。

转眼，开会投票的日子到了。

“上次说今天大家为修路投票，现在告诉大家不用投票了。这路眼前不修了，大家还是先解决温饱，以后条件好了，政府有钱了再修。到时铺上水泥，也就不怕雨水的冲刷了。”

林兴军的话刚说完，下面就炸开锅了。

不过，这次是大家一致的骂声，可又不敢大声地骂，只得忍气吞声。大家突然觉得欧阳振华是那么好，那么为桃源乡前途着想。你说人家放着县城好好的生活不过，非得到这穷乡僻壤的桃源乡来，何苦呢？都是肖长河闹的，不然路都修了一半，大伙也不免对肖长河抱怨起来。

肖长河见眼前的情况，他只能再去趟县政府，这次他要号召各村的村主任一起去县政府把欧阳振华请回来。

林兴军开完会，看到大伙骂骂咧咧的，对他极度的不满。他心中暗暗高兴，这就是他要的结果。

“欧阳振华，我只能帮你这一次了，接下来看你自己了！”林兴军长吁了一口气。

肖长河带着各村村主任来到了县政府，说明了情况。

“让欧阳振华走的是你，现在又要他回去，你把县政府当成什么了？”

县委书记王洪涛大发脾气，吓得肖长河不敢吱声。

“你们回去等通知吧！至于欧阳振华能不能回去，县委会决定。”

肖长河他们只好回到桃源乡等通知。

时间一天天地过去了，欧阳振华还没有回来，桃源乡的人们不由得有些担心，难道欧阳振华真的不回来了？

盼望欧阳振华回来的还有肖长江，他现在热切地想修通公路，本来他是不看好修公路的。现在不同了，现在他的儿子不同了，他希望有朝一日他的儿子会开着车回来。儿子开着车走在桃源乡的公路上，他肖长江是何等风光。

肖长河没事也在村口游荡，看有没有欧阳振华的消息，有没有他儿子的消息。

肖长河有些失望了，他不知多少次看着太阳从西山下去，也没听到半点欧阳振华的消息。

不过有一个令肖长河兴奋的消息，林孟华的女儿林玲疯了，并且失踪了。这算给肖长河出了口恶气，上次他儿子那尴尬的事，他至今还耿耿于怀。真是恶有恶报，善有善报，他肖长河怎么会不高兴呢？

肖长河有些奇怪，林孟华的女儿林玲是个聪明伶俐的好姑娘，怎么就疯了？要不是肖家冲和林家湾的恩怨，他倒真希望儿子能娶上这么个好姑娘。他肖长河并不是不明事理的人，只是两村水火不相容，况且他还是一村之长，这种事是绝对不可以在他头上发生的。

落日的黄昏照在了桃花村的山山水水上，村边的小河旁开满了桃花，河水里落满了花瓣，小鱼在愉快地嬉戏。

肖长河没有心思欣赏桃花，他现在有些同情林孟华，林玲的事情是林孟华一手造成的。肖长河从别人的口中得知，林孟华给女儿找了一个对象，林玲一直不同意，并且誓死要嫁给肖安，林孟华一气之下将她锁在了屋子里，逼迫着她出嫁。林玲就这样疯了，就这样失踪了，林家湾的人全体出动了，一个礼拜都找不着人。

“作孽呀！”

肖长河长长地叹了口气，他高兴不起来，肖长河感到心里隐隐作痛。

“谁作孽呀？”

欧阳振华和李建文出现在肖长河的面前。

“乡长回来了！”

肖长河很震惊，没想到乡长会在这时回来，回来得这么及时。

“是不是以为我不会回来了？”欧阳振华微笑着说。

“那哪能！我们天天盼着你回来。”

这也算得上是肖长河一句真心话。

“是吗？”

欧阳振华有些不相信，不相信如今的肖长河会说这么令他舒服的话。

“乡长，公路怎么样？”

这是肖长河比较关心的问题。

“想不到几个月没见，肖主任也这么关心公路的事，公路接着修，我今天来就是通知大家的。”

“那就好！那就好！”

“还得告诉大家一个好消息，公路修成后，咱们就安装电线，以后家家就可以安装电灯了。这段时间没回来，我和乡长就是为了落实电的事。”

李建文说得比任何人都兴奋，这是桃源乡想都不敢想的事。而今，这一切转眼就要来到了，来得这么快，来得令肖长河不敢想象，他似在梦中一般。

肖长河回过神来时，欧阳振华和李建文已去了林家湾。肖长河站在村头还在想着他的心事，公路通了，电来了，那桃花村的好日子也就不远了。

夜，慢慢地降临了，星星老早地爬上了夜空，微风轻轻地吹过，带着桃花的芳香，小河边的流水在不眠地唱着，唱着那不变的歌。

肖长河不由得轻轻地哼了起来：“俺劝情哥莫慌张，性急讨不到好婆娘。鞋底纳好上鞋帮，穿在脚上很利郎。快步如飞连夜走，好在二流子撵不上！俺上鞋帮哥备粮，连夜出走大山上。”

这是桃花妈唱的歌曲，这歌曲的味道令人回味无穷，举手投足之间是那么有韵味。

肖长河回到家时，他又看见了丁瞎子孤独地坐在门外，肖长河不由得长长地叹了口气。

在桃源乡老一辈人里没有人不知道桃花村的金童玉女，想当年丁瞎子拉着二胡，他媳妇唱着歌，令多少人痴迷而疯狂！

丁瞎子当年眼睛也不瞎，长得一表人才，令桃源乡十里八村的少女疯狂。他媳妇李玉红是从邻县嫁过来的，那绝对是一个大美女。他俩郎才女貌，令人羡慕。他俩同时在以前的乡剧团里，每月到各个村子里演出，在当年绝对是个大明星。后来丁瞎子的眼睛因为一些变故失明了。他从出生起就没见过亲生父亲，他的养父为了治好他的眼睛，在山中采草药摔死了。他也问过母亲关于亲生父亲的事，桃花奶奶告诉他，他的亲生父亲是一个地地道道的农民，在逃荒中得了不治之症，死了。

“也算可怜的一家人！”肖长河叹息一声。

欧阳振华回来了，桃源乡的炮声又响了起来。

临近过年时，桃花村又传来了喜讯，肖老三回来了。他一身西装打扮，俨然是一个城里人。同时他还带回了一挑子的衣服，都是半成新，各种男女老少的服饰，令桃花村的人们大开眼界。

这都是城里人们日常穿的衣服，现在都没人穿了。

现在外面高楼林立，楼上楼下电灯电话。

满大街跑着汽车，天上飞着飞机，还有歌厅、舞厅，电视里放大戏……

肖老三说着桃花村人没见过的新鲜事，大家都竖着耳朵聆听着。

“说了你们也不懂，我要不是看在桃花村对我有恩，我娘在此，我才懒得回到这破地方！”肖老三不屑地说。

肖老三将衣服都送给平日对他不错的人家里，他送了桃花一件粉红的连衣裙，他也给周二婶送了一条牛仔裤，周二婶感动得快要哭了。肖老三最关心的是刘翠花，他给她留了一件红色的连衣裙，翠花穿上一定好看，肖老三兴冲冲地来到了刘翠花的家。

“翠花！翠花！”

肖老三站在翠花家的门外大喊，他再也不害怕别人看不起他了，他要让林老二看看，他肖老三就是比他强。

翠花听到喊声，走了出来。她一看是肖老三，都惊呆了，她快认不出他了。

“怎么样？翠花。”肖老三兴奋地问。

“是你呀？”翠花愣在了那里。

“翠花，我的病都好了，你跟我走吧！”肖老三说。

“我都有孩子了。”翠花轻声地说。

“孩子？”

“是。”

“林老二的？”

翠花点了点头。

肖老三顿时像泄了气的皮球，她和他几年都没孩子，怎么一到林老二这里就有了孩子。

肖老三不知道怎么回到肖家冲的，他回来一切都是为了翠花，可翠花她……

肖老三气得将裙子扔进了池塘里，他的心是那样的痛。他本以为凭他这一身打扮，翠花就会回心转意和他回来的。她竟然有了林老二的孩子，这个现实他无法接受。肖老三不禁抱头痛哭起来。

“有孩子好，就算捡一个孩子。”肖老三安慰自己道。

这么一想，肖老三不由高兴起来。他也喜欢孩子，管他是谁生的，只要翠花能回来就行，肖老三还是无法忘怀他的翠花。想到这里，他赶紧跑到池塘边上，将连衣裙捞上来，他准备再送给翠花。

在桃花村，肖老三的地位立刻得到了改变，那些看不起他的人再也不敢出口对他大不敬了，但更多的人是感慨。

“唉！想不到肖老三那种人都能出人头地，看来时代真的变了。”

“你说说，肖老三整日游手好闲，什么事都不会做，这一下子就发了，看来外面的钱好挣！”

“连肖老三那种人都能混出个人样，你说咱们要是出去还不比他混得更好！”

…………

村子里说什么的都有，肖家祠堂的广场上开了锅。这几天，肖老三的家里也挤满了人，他们探听着外面的一切。

夜，肖家祠堂广场上，年轻人在这里谈论着，幻想着。

这里再也听不到桃花奶奶的故事了，人们在谈论着外边的世界。不单单是这里，整个桃花村都在谈论着外面的世界。

肖家祠堂广场的夜是有包容性的，你可以高谈阔论，海阔天空，没有人在意。

肖老三顿时成了桃花村各家座上的贵宾，大家都争抢着请肖老三吃饭，连林家湾的人都来请他吃饭。

桃花村年轻的一辈计划等过完年，他们也要出去，像肖老三一样。最积极的要数晓霞和春妮，以前她们的父母说死都不同意她们出外，现在口气有些松动了。尤其周二婶对肖老三送的牛仔裤爱不释手，她一辈子都没见过这么好的衣服。

“妈，你就让我出去吧！到时我买比这更好看的衣服给你。”春妮央求着。

“过完年再看吧！”周二婶犹豫地说。

“一定啊！”春妮知道妈妈同意了，兴奋地说。

晓霞也在极力地劝说她妈，同时她还找来肖老三帮她一起劝说。

“晓霞妈，你这思想就是老土，现在外面的孩子都自己做主，父母干涉那就是犯法的。”肖老三吓唬道。

“放屁！我管自己的孩子犯哪门法。”晓霞妈没好气地说。

“你？你就一农村妇女，没文化，我懒得跟你说。”肖老三气呼呼地走了。

晓霞一看只能打她爸的主意了。

“好吧，你去吧！”丁二哥实在被晓霞烦得受不了。

“谢谢爸！”晓霞高兴地说。

晓霞妈见此也没办法，出去也未必是一件坏事。肖老三说得对，她就一农村妇女，没文化，让晓霞见见世面也好，不好再回来也损失不了什么。

新年过后，桃花村的春妮和晓霞，还有林家湾的几人都和肖老三走了，他们要开拓一条自己的阳关大道。

半年过后，桃源乡的基根路挖出来了一半。太难了，到处是悬崖峭壁，进度异常缓慢，新挖出来的路基转眼就被雨水冲得面目全非。可最近几日连续降大雨，有的地方山体滑坡把路都掩埋了，这可急坏了欧阳振华。最关键的是桃源乡的人们看到刚挖好的路基就被埋了，都在打退堂鼓，不想修了。也许当初的决定就是一个错误，欧阳振华不得不暂停修路，得另想他法。

欧阳振华正在犯愁，有人来报，肖长水的儿子二顺被洪水冲走了。

“到底怎么回事？”欧阳振华大惊。

“他放学回家过河时被洪水卷走了。”

“组织人去救了吗？”

“组织了，找了十几里，连尸体都没找着。”

“接着找。”

欧阳振华赶紧给肖长水打电话，说明了情况。在桃源乡这种事情时有发生，那三条大河每年总得淹死几个人，所有桃源乡人对这件事见怪不怪的。

肖长水回到了桃源乡，他伤心欲绝，他的媳妇吴二妮都哭昏死好几次。

“二顺呀！都怪妈，你说你要和肖老三去外地，妈不同意你去。妈要同意了，你也不会出这事啊！都怪我，长水，我也不想活了。”吴二妮寻死觅活的。

“二妮，没事啊，咱们搬到县里去住啊！”肖长水忍住悲痛，安慰二妮说。

大家顺着大河找了三天，也没找到肖二顺的尸体，肖长水见此也只能作罢。他的心都寒了，他回到桃花村收拾一些有用的家什去县里了，他再也不想回到桃花村了。

十三

桃花村迎来了一大喜讯，丁晓晓中考以总分五百三十四分夺得了全县第一名，远远超过了地区重点中学的分数线。这一时，成了桃源乡里最轰动的新闻，甚至还惊动了县里的领导。丁晓晓一时也成了村民们谈论的话题，但村民们更多的是感叹自己的儿女怎没这个好福气。

通知书下来了，丁晓晓考上了县重点中学，这对于桃源乡来说是莫大的荣耀。然而丁晓晓却兴奋不起来，尽管他热切地想上学，想考上大学，可他明白自己的家境，自己家里是一分钱也拿不出来。填志愿时，他询问了班主任。班主任告诉他地区重点中学的费用是县重点中学的两倍，但地区重点中学的升学率比县重点要高很多。他只能填报县重点中学，他不忍心看着姐姐为了他辛苦劳作。

每晚月亮升起的时候，丁晓晓总是在月光下祈祷。祈祷妈妈的病早点好，不再疯疯癫癫，祈祷爸爸健健康康，祈祷姐姐平平安安。你不知道，在那一刻他的心是多么虔诚，有人说心诚则能动天，可是上天始终没有被感动！

可今天……

丁晓晓看见通知书上清楚地写着：学费一百二十元。他的心凉透了，即使将家里的东西全卖出去，也不值一百二十元钱。何况在这样的穷山沟里，谁还稀罕那些破烂家什。

尽管丁晓晓一直幻想有一天能走进大学校园，但今天拿着通知书，他恨不得将它撕掉，他不能再连累姐姐了。他一直是被姐姐带养大的，这个家的重担全落在姐姐身上，如果拿回去这张通知书，还不要了她的命。可一旦姐姐问通知书到哪里去了，他该怎么办呢？

丁晓晓一个人在村口游荡，心沉重得像压了一块石头，通知书还在他手里紧紧地攥着，他一直狠不下心将它撕掉。

月亮慢慢地从东边的山头爬了上来，徐徐的晚风吹动着他纷乱的思绪。父亲的二胡声在徐徐的晚风中婉转低沉。

“晓晓，晓晓……”

桃花一边喊着弟弟的名字，一边向村口走来。她一边走还一边自言自语：“怎么还没回来，不可能啊？应当到家了，该不是出了什么事吧？真急死人了！”

“晓晓，晓晓……”桃花又喊了起来。

丁晓晓的心里乱得像一团麻，还没有回家的意思，他想一个人好好静一静。他躲到了一块大石头后面，姐姐从他面前走了过去。

桃花喊着他的名字还在向前找着，眼看就消失在昏暗中，丁晓晓慌忙喊了一嗓子：“姐姐，我在这里。”

桃花喘着气跑了回来：“你怎么才回来？把姐姐急死了，通知书拿着没有？”

丁晓晓点了点头。

“来！拿给我看看。”

“姐，我，我……我不想念书了。”

丁晓晓终于鼓起了勇气说了这句话，这是他想了好半天才开口的。桃花睁大了眼睛看着弟弟，好像站在她面前的是个陌生人，好半天她才开口问：“你刚才说什么？”

“我不想上学。”丁晓晓心一横，坚定地说。

刚说完，他脸上挨了姐姐一耳光。桃花指着他鼻子吼道：“你不想上学，难道像村里其他男孩子一样，到十七八岁娶个老婆，一辈子守在这穷山沟里吗？”

桃花气得不住地抽泣。

丁晓晓长这么大没见姐姐发过这么大的脾气，姐姐也从未打过他，可今天……

“我知道，你是害怕家里拿不出那么多钱，可你知道姐姐起早贪黑为的是什么？是想你好好念书，将来能考上大学。你如果眼里还有我这个姐姐，你就要去上学，姐姐也不需要你报答，只要你好好读书，将来考上大学就是对姐姐最好的报答。”姐姐哭了。

“姐，我……”丁晓晓扑在姐姐的怀里痛哭起来。

桃花一边擦着弟弟的眼泪一边安慰着：“别哭，听话，跟姐姐回家吧！”

丁晓晓点了点头跟着姐姐回到屋子里，桃花迫不及待地说：“快把通知书拿我看看。”

丁晓晓将通知书递给了姐姐，桃花兴奋得不住地擦眼泪，嘴里不停地叫好。她来到煤油灯下看了又看，脸上始终充满了笑容。

“过来，快念给姐姐听听，让我也感受感受！”桃花没上过一天学，她是不识字的。

丁晓晓心里一阵酸楚，接过通知书念道：“丁晓晓同学，经我校审核你成绩合格，你已被我校录取，请于九月一日来校报到……”

丁晓晓没有念学费，这个字眼太敏感，他害怕让姐姐为难。在这一刻他没有半点的兴奋为考上重点高中，在村里其他孩子的眼里重点高中无疑是至上的光荣，是他们可遇不可求的。可丁晓晓觉得是一种罪过，他是一个凶手，一个吸血虫，在一步一步地吸着姐姐的血。

桃花接过通知书安慰着弟弟：“别担心学费，姐姐会有办法的，通知书我帮你保管着。”

姐姐的兴奋令丁晓晓痛心。

转眼到了开学的时间，临走时，桃花将二百块钱塞在弟弟的手里笑着说："你应该相信姐姐，姐姐是有办法的，我知道你今年准能考上，所以早预备着。"

桃花停顿了一会又说："在外面不像在家里，要好好照顾自己，不要舍不得花钱。如果没有钱时，写封信回来，我再叫人送给你。"

丁晓晓知道这二百块钱对于像他这样的家庭简直是天文数字，即使再好的家庭，要拿出这些钱也不是易事。他的鼻子一阵一阵地发酸，他真想哭，可他，终于忍住了，他不愿姐姐看到他流泪。

后来丁晓晓才知道那两百块钱就是姐姐同肖长河谈判二傻子欺负她的补偿，为了他，姐姐忍辱负重。

重点中学在薄刀峰的南面，薄刀峰上的飞流瀑布在太阳下反射着白光，从县城依稀能看到。

县城宽敞的马路，错落的楼房，大街上车来人往，商店里商品琳琅满目，令人目不暇接。这一切使丁晓晓感到那么新奇。

丁晓晓很快喜欢上了这个地方。

丁晓晓被分在了高一（1）班，这个班聚集了全县的精英，只有他一个是从农村来的，其他的同学都是县城的。

由于丁晓晓的个子比较高，被安排在教室最后一排。这也是他所期盼的，他不希望班里更多的人了解他，他像一只鸵鸟整天趴在桌子上。班里也时常有同学盯着他看。他让乱蓬蓬的头发遮住脸，他不需要别人的关注，他甚至希望他的头发快长，最好能遮掩住全身，遮住他那身破旧的衣服。丁晓晓衣服有些旧，但他感觉它们比任何时候都难看，甚至感觉同学们在讥讽他。

年少的心总是爱美的，丁晓晓也希望穿得很体面地站在别人面前。

最令丁晓晓痛心的是膝盖和屁股上的补丁像一颗颗炸弹，将他的自尊心炸得粉碎。在农村，谁也不会在意这些，丁晓晓也从未因此自卑过。可现在他来到了一个华丽的世界，班上同学都穿着白色的运动鞋、黑色的皮鞋、西装、夹克衫……

开学已经有一个多月了，丁晓晓依旧将他的心封锁，在这里，他没有朋友，孤孤单单一个人。他像一只受伤的丑小鸭一样，在自己的那一片水面上扑腾着，四周美丽的景色使他自惭形秽。

在那一刻，丁晓晓多么希望自己有一身体面的衣服，这种期盼竟然是他有史以来第一次想装饰自己，他不愿整天像一个不和谐的音符，游离在这个大键盘上。丁晓晓一度幻想以他粗俗的音符在这华丽的键盘上奏出最响亮的乐章，可是他没有钱，他每天连肚子都填不饱。

家里有钱的同学桌柜里放满了夹心饼干、方便面。每到上晚自习便一边看书一边吃，那脆脆的咀嚼声仿佛是一把尖刀插在丁晓晓的心上，简直要了他的命。最可气的是，那不争气的肚子每到这时候便咕咕地叫了起来，甚至很远都能听到，丁晓晓强忍着直咽口水。

临走时，姐姐给了二百元钱，除去学费一百二十元，剩下八十元便是这半年的生活费了。家里是不可能再有钱寄来，他必须省吃俭用。丁晓晓决定早上不吃，中午吃二两米饭，晚上吃四两米饭，对于菜他不敢奢望。同学们都吃完了，他便拿出家里带来的腌菜和臭豆腐和着米饭吃，倒也十分可口。有时，正在他吃得起劲时，同学们进来了，丁晓晓不得不像贼一样将腌菜和臭豆腐藏起来。可是，臭豆腐的异味还是引起了同学们的骂声。

“他妈的，寝室里怎么这么味，是不是谁拉屎了？”

“大家都检查、检查，看看是什么东西这么臭。”

…………

丁晓晓真想冲上去揍他们几拳，他不得不强压住怒火，就像每晚忍受那些方便面的诱惑一样。实在忍不住时，他便一个人溜到操场旁的自来水龙头下接几口凉水喝，让自己空空的肚子和软弱的身子得到一丝刺激，忘掉饥饿。有时，丁晓晓真想把剩下的钱拿去大吃一顿，管它明天太阳从哪边升起。可一想到姐姐，他的心就发软发酸。他咬着牙握紧拳头挺住，让自己全身融进书本里，那是他的精神食粮。

最可恨的是，当上完晚自习，有许多生意人到寝室里卖煎饼、油饼。那煎饼的香味直冲丁晓晓的鼻孔，他真恨不得将这些恶魔打出去。每晚总有那些不知趣的同学坐在他床沿上，慢慢地咬着那香喷喷的煎饼。丁晓晓不得不将头缩入被子里，用牙狠命地咬住被子，让自己饥饿的灵魂早早地进入那孤寂的梦乡。

在没有朋友的日子里，只有老师对丁晓晓这个第一名颇为关注外，其他的人丝毫不予理睬，最多看他一眼。

丁晓晓为这种生活感到称心，他不需要别人的关注，在这里贫穷只有自己来关注。但有时看到班里同学们在一起有说有笑，谈论着国家大事、政治风云，他不免又有点心痒痒。在同学们的谈论中，丁晓晓了解了许多他闻所未闻的事情，在这一刻，他孤陋寡闻，像一个封闭在茧子里的蚕。有时，丁晓晓真想加入他们的讨论行列，可这穷酸相和满口的方言，犹如一瓢冷水将他最后一丝勇气浇灭了。他更多的是用头发遮住自己的脸，封住自己的嘴。

学校要举行篮球比赛，体育委员王明首先找到的第一个人就是丁晓晓。

一进教室王明就喊：“丁晓晓，你会打篮球吗？”

丁晓晓摇了摇头，他有点憎恨这个可恶的家伙，心想王明明明知道他穷得连肚子都填不饱，哪还有气力打篮球。早上跑操时，没跌倒就够幸运的，他肯定是故意以此来嘲弄他……

王明似乎并没注意到丁晓晓恶毒的眼光，继续调侃说：“不会可以学，你个头比较高，可以发挥优势嘛！”

“我是个平庸的人，没有什么优势可发挥。”丁晓晓生气地回答。

“别谦虚，你就算一个吧！”

“不用算我，我说不会就是不会。”

丁晓晓的长发随说话有节奏地来回摆动，他曾发过誓，如果没考上大学他就永远不剪头发，丁晓晓想以此来鞭策自己。

王明尴尬地站了一会儿，悻悻地走了。

丁晓晓看着王明走了，嘴角露出一丝苦涩的笑容。他何尝不喜欢打篮球，可是他的肚子不允许那样做。

望着王明的背影丁晓晓心中不由感到一丝愧意。

“别恨我，我是因为贫穷才变得自私的，你如果是我，你也会这样做的。”

学校食堂最后打饭的永远是他丁晓晓，唯一不打菜的也是他。每次，其他的同学都走了，他才独自一人走进食堂。他知道这时谁也不会来，谁也不愿要那最后的剩饭，丁晓晓还能额外地得到一勺剩菜汤。

“四两米饭。”丁晓晓举起了饭盒，今天他来得有些晚。

“没有了，怎么不早来？”

丁晓晓默默地走出了食堂，强忍着眼泪不让它流出来。

“肚子肚子你别叫，一顿不吃没什么大不了，等我有钱时，定让你吃个饱。”

丁晓晓一边走一边敲着饭盒安慰肚子，肚子像听懂了他的话，也不再叫了，他不由露出一丝笑容。

夕阳将最后的一丝光亮也带走了，县城里一片灯火通明，街道上来往的汽车带着一双血红的双眼在逼视着行人。

欢腾了一天的校园显得有几分清静，晚自习教室的灯光在亮着。

丁晓晓实在饿得受不了，他拖着饿得发软的双腿去接水喝，刚俯下身子，丁晓晓听到了一个声音。

“水能解饿吗？如果能，那么这个世界上的人就不必整天为吃穿奔波了。”

这声音像是自言自语。

丁晓晓脸上不由得一阵发烧，慌忙转身就逃。这个人太可恶了，居然连他喝水的机会都不给他，缺德鬼。

丁晓晓不知哪里来的力气，三步并作两步就逃到了教室外，从后门溜了进去，在座位上缓了好半天，心还在咚咚地跳个不停。丁晓晓感觉他像贼一样，身子竟然有些发抖。他想让书来平静他的心，当他伸手到桌柜里时，他感到有一个袋子，就势拉出来一看，袋子里面有两袋夹心饼干、三袋方便面，还有一个信封。信封上面写着：丁晓晓亲启。他好奇打开一看，信封里有五十元钱和一个纸条。上写着：晓晓，你在校要好好读书，这东西和钱我是托人带给你的。你买一套衣服和一双鞋吧！在学校要好好照顾自己，家里你不必担心。姐姐（纸条丁二哥代写）。

丁晓晓双手攥着那五十元钱，眼泪忍不住掉了下来。

“姐姐，我的好姐姐。”丁晓晓默默地在心中喊道。

姐姐在家里一个人承担着繁重的家务，一边要照顾爸妈，一边还得挣钱供他上学。她就像母亲一样从小将他拉扯大，这五十元钱不知道她是怎样省吃俭用才省出来的？

想着想着，丁晓晓忍不住哭出声来，同学们被他的哭声惊呆了，都回过头直愣愣地看着他。有几位好心的同学走过来问：“你不舒服吗？需要帮助吗？”

那关切的目光真令人动情，丁晓晓心里暖融融的。

“没事，谢谢你们。”丁晓晓知道自己失态了，擦了擦眼泪说。

那一晚，丁晓晓再也不必将自己的头缩进被子里，听着别人吃煎饼的声音。他津津有味地咬着夹心饼干，像坐在他床沿吃煎饼的同学那样，慢慢地在雕饰着一件艺术品。丁晓晓品味着夹心饼干的甘甜，他从未感到如此的惬意过、痛快过。

衣服真是个怪物，它本是一个遮羞布，在社会发展的今天它像一堵墙将乡村和城市阻隔在两边。要逾越这堵墙是多么的不易啊！这不仅仅是心理在作怪。

第一个夸奖丁晓晓的是花蝶，她一双水灵灵的大眼睛在鹅蛋形的脸上总是充满了微笑，披肩的长发伴随她那活泼开朗的性格，真像一只舞动的花蝴蝶。她是校花，是全校的焦点人物，她的成绩是全校最好班的第二名。

丁晓晓一进教室首先看到了花蝶，她正在向他点头微笑。

“你穿这衣服挺好的，如果把头发剪了，更显得英俊潇洒。”

丁晓晓不知道花蝶是夸奖还是有意挖苦他，只是透过头发看到她异常兴奋。

“哦！学习委员今天可不一般了。”生活委员李小全笑着说。同学们也敢跟他开玩笑了。其实丁晓晓性本温和，只是贫穷使他的性格变得孤僻而与他人格格不入。

同学们都在谈论他，丁晓晓感到更多的目光注视着他，脸上火辣辣的，身上新买的军装像一座山似的，压得他透不过气来。丁晓晓木讷地坐在自己的位置上，身上的衣服显得那样别扭刺眼，竟然没有那一身旧衣服穿得自在洒脱。

姐姐托人带来的五十元钱，给丁晓晓的生活洒了一片阳光，他早上可以买一碗粥，中午和晚餐吃一点最便宜的菜。这对于他算是奢侈的生活了，他感到很满足。

丁晓晓的话也逐渐多了起来，在同学们的眼中，他不再是那个孤僻无话、不可接近的学霸了。尽管他每天依旧吃那么一点饭，但比以前好多了，这半学期的生活费也不用操心了。同时，他还成了校刊的记者，当然还有花蝶，这位才貌双全的女记者。

很快，丁晓晓和花蝶的文章在校刊上发表了，同学们都知道有一位男记者丁晓晓、一位女记者花蝶，甚至还被同学们戏谑他俩是郎才女貌，文学上最佳搭档。

丁晓晓可不敢那样想，他与她不是一个键盘上的音符。但丁晓晓和花蝶在文学上接触了一段时间，起初他还有些拘谨和害羞，说话也吞吞吐吐。时间长了，他发现花蝶不但知识广博，才思敏捷，而且有一种拼搏精神，是完全出乎他想象中娇弱女儿家的模样，他不禁为以前对她的偏见感到惭愧和不安，他丁晓晓是一个十足的笨蛋。

花蝶活泼开朗，行动像一阵风，而且在文学上有她独到的见解，有时有些见解真令人叫绝，丁晓晓不得不从心眼里佩服她。花蝶像雨露一样滋润着他的心，这不过是他丁晓晓自己认为的。事实也如此，他曾把她比喻为雨露，他是一棵小草。自从认识了她，他那颗孤寂的心感到了一丝温暖，他的生活也充满乐趣。

期中考试丁晓晓意外地跌到了第四名，他简直不敢相信自己，老师对他也没有以前那样好了。

丁晓晓伤心、痛苦，姐姐辛辛苦苦供他上学为的是什么？是考上大学，冲出桃花村，眼前这种结果竟使他无地自容。他愧对乡亲父老，愧对姐姐，他痛苦地自责着。

自责是一种难言的痛！

星期天丁晓晓躺在床上，用被子裹住头，他想静静地躺一天。

“丁晓晓，丁晓晓。”

丁晓晓听到了花蝶的喊声，吓得慌忙将头缩进被子里。

“丁晓晓。”花蝶推开门又喊了一声。

“他跑哪去了？害得我到处找。”

花蝶自言自语，想必未发现他，关上门出去了。

丁晓晓慢慢将头从被子里伸了出来，他一看，吓得又将头缩了进去。花蝶正站在门内，见丁晓晓伸出了头，忍不住格格地笑了起来。

“怎么啦？流泪啦。”花蝶问道。

丁晓晓伸手摸了摸眼睛，有些泪水。真不争气，他不由暗骂自己。

“没，没有，你找我有事吗？”丁晓晓一边答应着一边掩饰自己的慌乱。

“当然有事，你是不是不舒服？”

“有点头痛，不过，不过现在没事了。”

丁晓晓撒谎，他伸出了脑袋。

“让我摸摸。”花蝶将手贴在了他前额上。

丁晓晓的血液直向上涌，心恨不得跳出胸膛。

“有点发烧，可能是感冒，我去给你买几片药。”

“别，别，我没事，可能是睡久了。”丁晓晓慌忙阻止她说。

“那好，快起来，我在外边等你。”花蝶说完走到门外又补充一句说：“快点，我的时间有限。”

“你到底找我有什么事？”丁晓晓一边扣扣子一边问。

“没事难道不能找你？”

“我不是那意思，我……”

他俩走出了寝室区，太阳已经偏西了，微微的风带着一丝凉意，校园的大叶杨在风中飘飘落落。

“你还没吃饭吧？”

丁晓晓不敢看她的眼睛。

“不想吃。”

“不吃怎么行，人是铁饭是钢，懂吗？”花蝶说着拉着他的胳膊就走，丁晓晓吓得挣脱了她的手说：“别这样，同学们看见了会说闲话的。”

“怕什么？没做亏心事不怕半夜鬼敲门，谁喜欢说就让谁说去吧！”

丁晓晓对这个胆大的姑娘真没办法。

“你拉我到哪儿去？”

“你跟我走就是。”

丁晓晓和她走出了校门，来到马路边，花蝶打开自行车锁。

“走，上我家去。”

“上你家？”

丁晓晓惊得张大了嘴。

“我一人在家，我爸在外地，每星期回来一次，我妈出去了。”

“那不行，那不行，我还是回去。”

丁晓晓再大的胆，他也不敢到她家去。

“走就走嘛！还是个大男人，一点都不爽快。”

花蝶推推搡搡将丁晓晓带到了县委大楼前，门卫一见是县法院院长的女儿，便向她点头笑了笑。

县委大楼是县城最高的楼，一共九层。一进院门，楼前面是一个大花圃。

现在已经是初冬，花圃上只剩一些枯枝败叶，在院子的四周栽满了四季青和落叶松。居民区是在县委大楼左侧的六层小楼内，花蝶的家在二楼。

花蝶家内彩电、冰箱、沙发布置得井然有序，在淡雅中透出几分高贵。对于农村，这种摆设是没有的。打从娘肚子出来，丁晓晓没见过彩电、冰箱，至于现代化的设备更是闻所未闻。农村还处在一种萌芽状态，在城里这不过是中上人家的摆设。

“你先喝点可乐，我去做饭。”花蝶说着去了厨房。

丁晓晓喝了一口可乐，差一点没把他噎死，世上居然还有这种味道的酒，那一刻他就是这样惊叹这个世界。

不一会儿，花蝶的饭做好了：一盘炒鸡蛋，一盘千张炒肉丝，还有一盘卤猪蹄。

“吃吧！大胆吃，尽量把这些全部消灭光。”花蝶一边说，一边直向他碗里夹菜。

长这么大，丁晓晓还真未像今天这样面对面跟女孩单独吃过饭。丁晓晓不免显得有些紧张，有时菜在嘴里本来一下子就可以吞下去，可这一紧张噎得他直翻白眼，丑态百出。

丁晓晓不由暗骂自己没出息，饭也就不大敢吃了，像一只被捏着脖子的鸭子，张大眼睛瞪着盘子。

花蝶看出了丁晓晓的紧张，站起身来笑着说：“这些全归你了，我出去一下，在我回来之前你必须吃完。”

花蝶一走，丁晓晓便风卷残云，吃得顺畅多了。花蝶进来时，他已经完成了任务，伸了一个懒腰，喝了点水。花蝶将碗筷收拾停当，看了看手表说：“我妈快回来了，咱们到外面走走，怎么样？”

丁晓晓和花蝶走出了县委大楼。

初冬的夜晚夹着凉凉的风，沿河大道边的四季青在风中摇曳着。远处机械在轰鸣，街道两旁的卡拉OK正疯狂地唱着流行歌曲，录像厅里喊杀声震天。

丁晓晓和花蝶走在沿河大道上，一路上谁也没开口。

“你找我有什么事吗？”丁晓晓首先打破沉默问。

“我计划办一个文学社，一来可以提高大家的写作水平；二来可以帮助大家交流，尤其学校的贫困生。”花蝶说。

“我首先声明，我没有歧视贫困生啊！我所说的贫困生是指你们这些从大山里走出来的，没有自信，处处自卑，以为自己低人一等的同学。其实每个人都有长短，只是环境不同而已。如果文学社办成了，大家就可以取长补短，相互交流，对你们来说可以了解城里人的生活，对我们来说可以深入了解农村的现状，那样人生才够丰满。”花蝶接着道。

“好是好，学习这么忙，不过办起来难度太大了。”

“难，才有挑战性嘛！到时你一定要参加哦！”花蝶激动地说。

“好呀！文学社想好名字了吗？”丁晓晓问。

“还没有，你给起一个。”

“咱们县的县花是映山红，叫映山红文学社怎么样？”丁晓晓若有所悟地说。

“好，名字不错，我们要像映山红一样，万山红遍。”花蝶很高兴。

“能和我说说你家里的情况吗？”花蝶转移话题问。

丁晓晓点了点头。

丁晓晓和花蝶找了一块干净的地方坐下。

“我的父母以前是乡文工团的，父亲是拉二胡的，母亲是唱戏的，之后遭遇了一些变故，我母亲疯疯癫癫连我都不认识，父亲除了拉二胡什么也干不了，我是姐姐和奶奶带养大的。”

丁晓晓已经泪流满面，花蝶也难过得掉下了眼泪。

“你真够坚强的。”花蝶擦着眼泪说。

丁晓晓长叹一声，苦涩地说：“这不叫坚强，这叫生存，每个人处在那种环境都会如此。”

花蝶默默点了点头，幽幽地说：“像我们这些生长在温室的孩子，真不知天高地厚，我要是你，真不知如何是好？”

“苦难并不等于将来会成功，它不过是将心作了盾牌而已。付出的多少并不意味你能收获多少，公平只是相对的，车到山前就有路了。”丁晓晓说。

“你太过悲观了，我不太赞成你的观点，也许你受的打击太大，我相信付出总有一天会得到收获的。”花蝶鼓励丁晓晓。

丁晓晓心里暖融融的，他要重新振作，以他最大的成功来回报那些关心他的人。

人生是需要我们不断地去拼搏，苦难不过是人生旅途中的润滑剂。

十四

腊月二十四，肖老三又回来了。桃花村出外打工的人们都陆陆续续地回来了，大家穿得花红柳绿的。晓霞给她妈买了牛仔裤，还有运动鞋，给她爸买了上好的香烟，乐得丁二哥和刘春云高兴得合不拢嘴。夫妻俩决定让永强也出外打工，在这山村几亩土地里生不出钱来，甚至丁二哥都想出去，最后被刘春云拦住了算没去成。

走到村口时，肖老三又听到了二胡声，那种久违的声音，他突然感到是那样的亲切自然。

桃花村不能没有丁瞎子，他像桃花村的山水一样自然，人们已经习惯了这种自然，一旦失去了这些，人们反而不适应，总像少了点什么。

薄刀峰依然是薄刀峰，将桃花村与世隔绝。千百年来，它就一直高高地矗立在那儿，傲视这一切。

肖老三进村碰到的第一个人就是他大哥肖长河。肖长河比往日和蔼多了，脸上也有了笑容，这在往日是没有的。这么多年他已经习惯了绷着脸，以至于他现在不会笑了。今天他笑得有些刻意和呆板，不过这也是他难得的一笑。

“大哥，你在干吗？”肖老三迎上去问，平日里他很惧怕大哥。

“哦！老三回来了。”

肖长河从上到下将肖老三审视了一番，他的表情随着他的眼睛在变化。

“怪不得村里人都想出去，今天我算明白了。”

肖老三不知道大哥是责骂他，还是关心他。

“妈好吗？”

“好，妈整天念叨着你，你现在也老大不小了，也要为家分担一些责任。妈的岁数不小了，还得为你操心。”

肖老三心里酸酸的，大哥对他们平日里一向是很严肃，打过他，骂过他。肖老三心里痛恨他千百次，甚至在梦中都诅咒他。

今天，肖老三感觉大哥有些异样，不知是肖长河变了，还是他肖老三变了。

“你出外去了哪里？”

肖长河看着肖老三问，他的目光里充满了亲切，肖老三第一次感觉大哥并不那么讨厌。

“去了上海。”

“上海？”

肖老三点了点头。

“也不知道我家那遭天杀的去了哪儿，他现在怎么样了？”

肖长河像是在自言自语，从他的话语里，肖老三深深感到作为父母的心情。他知道肖长河并不恨肖安，他在时时牵挂着他。

可怜天下父母心，肖长河也不例外。

肖长河的神情暗淡了下来，他的目光移向了天边。夕阳的余晖洒在了桃花村的青山绿水上，肖长河的眼里映着余晖，桃花村的余晖。

“我碰到了肖安。”

“肖安？”

肖长河很惊讶，很兴奋，终于有了儿子的下落。

“他也在上海，他现在是大老板了。”

“大老板？”

肖长河对这个词很惊讶，他半信半疑。

“是真的，他开公司了。”肖老三说。

这一次更令肖长河惊讶，肖安没饿死，简直是一种奇迹。

"去我家，好好跟我说说。"

尽管肖长河有些怀疑，但从他的脸上能看出他异乎寻常的高兴，没有做父母的不希望自己的孩子有出息，何况肖长河这种非常要面子的人。

肖长河扛着锄头高兴地和肖老三向村里走去。

"乡里在修路？"肖老三不由得问。

"哦！刚才忘了告诉你，乡里在修公路了。从桃源乡到木子乡的公路，这样就和县政府连通了，难度太大了。"

"这是好事呀！"想不到桃源乡也有好事出现，肖老三很高兴。

"什么好事？都是欧阳振华的主意，现在乡里有一半人反对修公路。"

"为什么反对？"肖老三很不解，他不解是他的事，改变不了桃源乡的什么。

"一是工程过于庞大，桃源乡哪来那么多的人力财力修建；二是村民担心公路修通了，山上的树木会越来越多被砍伐卖掉，以后子孙靠什么吃饭呀！"

"可没有交通，就没有发展，桃源乡要想致富，这是唯一的方法，总体是利大于弊的。"

"欧阳振华也是这么说，我真不知道是祸还是福！"

肖老三和肖长河一边走一边聊，转眼就到了肖长河的家，肖长河沏上茶水。

肖老三喝了一口茶水，他有些受宠若惊。在往日，只有别人给肖长河沏茶，没有肖长河给别人沏茶的，除非日头从西边出来。

日头没有从西边出来，肖老三将肖安成立公司的情况尽他所知道全告诉肖长河。

"肖安刚到上海在工地做小工，后来就成立了公司，主要接脚手架工程，现在工程都做到北京去了。肖安有钱了，你们后半辈子吃穿就不愁了，享福了。”

肖长河听得眉飞色舞。

“哎呀，没想到这小子因祸得福呀！还有你老三，在桃花村毫不起眼的人物，竟然也有这般能耐。今天我总算放心了，看来我这个大恶人没白做！”

肖长河的兴奋溢于言表。

“可他为什么不回家呢？”肖长河不解地问。

“一来他时间忙，二来他不想回，恨你们当初那样对待他。”

肖长河没有吱声，他一直将肖老三送到家门外，这在桃花村简直是个天大的新闻。

“妈，老三回来了。”肖长河扯开嗓子大喊起来。

李老太太迎了出来，她从头到脚将肖老三打量了一番。眼泪忍不住掉了下来，她心里说不出的高兴。李老太太紧紧抓住肖老三的手，她喜欢看肖老三，小时候爱看，长大了她依然爱看，她是看着他长大的。肖家终于可以扬眉吐气了，现在即使死她也瞑目了。她离死也不远了，她不想死，她要看到肖老三娶妻生子才死，那样她可以放心地走。

“累了吧！你歇着，妈给你做爱吃的。”

李老太太高兴地忙着做饭，这一年来她时时刻刻在挂念着儿子，她从来没像今天这样高兴过。

桃花村的星空是那样的明朗，又带着寒气。桃花妈依然在村头唱着，唱着她那永不变的歌。

肖老三再一次成为桃花村的焦点人物，成为焦点人物的还有肖安。

在肖家冲最为得意的人物是肖长河，逢人他便提起了他的儿子肖安，这是他无上的光荣。

肖长河在肖家冲乃至整个桃源乡都显得更有地位了。他说话的语气也变了，在欧阳振华的面前，他也不用低声下气，村主任的职位对他肖长河来说已经无关痛痒。

最近，肖长河发现整个桃源乡的人们对他都客客气气的，连那平日与他作对的林孟华也不再冒犯他。欧阳振华对他的语气也超乎寻常的和蔼，肖长河喜欢这种气氛。

最兴奋的要数周二婶，春妮给她买了衣服和化妆品，她逢人便说，她感觉她这一辈子算没白活。

“桃花，你也去上海吧！你看看春妮和晓霞多好，守着家里几分地是没有出息的。”周二婶劝说桃花。

“我去不了，晓晓要上学，家里都要我照顾的。”

“哎！也是，我都想去，可我家长海不同意。你家晓晓就别上学了，出去打工多好，还能挣钱，这上学还得花钱。”

“晓晓还是上学要紧，以后有时间打工。”

“现在的学费多贵呀！真养不起，也亏了你。”

桃花笑笑没有吱声，周二婶不再言语了。

林孟华近来越来越看不惯肖长河了，肖长河在人们的面前更加趾高气扬了，有时似乎是故意做给他看的。这也难怪，肖家冲出了肖安和肖伟。肖伟毕业留在了省城，还说在农科院工作。不光是肖长河，连肖家冲的老老少少都趾高气扬、牛气冲天。林孟华感觉他的脸越来越没地方放了，最让他生气的是他的女儿林玲也失踪了，像是在人间蒸发了一样，他的家也不叫家了。自从林玲失踪后，他的老婆一直跟他吵个没完，他感觉自己太不幸了。

最让林孟华痛心的是他们村的年轻人也纷纷去了上海，要是在往日，这种事是绝对不可能发生的。

肖长河近日的心情也不好，尽管他在大家面前风光无限，可肖家冲的年轻人让他伤心。他千方百计地想阻止年轻人去上海，这让大家对他颇有微词。

“你是不是害怕我们到时混得比你家肖安还好？”

“只准州官放火，不许百姓冒烟。”

“你以为你是谁，凭什么不让我们去上海，那你怎么不阻止你家肖安呢？”

…………

人们说什么的都有，肖长河的肺都气炸了。

肖家冲的年轻人也走了一大半，肖长河倒感到很清静，少了闲言碎语。

肖长河突然感到一阵孤独，以前林孟华一直跟他作对，他俩斗了好多年，也没斗出个结果。而今林孟华也少言寡语了，少了斗志，只有他肖长河一人在咋呼着，他一个人有什么意思。

肖长河长叹了一声，他感到一种失落，没有对手的失落。他还是喜欢以前的桃花村，以及以前的林孟华。

欧阳振华又出现在肖家冲的村口，他这段时间都睡不好觉，他感觉到从未有过的压力。他本来是喜欢有一些压力的，可现在情况变化太快了。在这节骨眼上，年轻人都走了，这是他做梦都未料到的。他本来不反对人们出外打工，打工一是可以开阔眼界，增长见识，对桃源乡改变落后的思想是大有好处的；二是可以带动桃源乡的经济，他们能学会更多的东西来改善桃源乡的状况，是一个两全其美的办法。

最令欧阳振华头痛的是电线问题，县政府只提供一台变压器和技术支持，其他的，他们也无能为力。这一切都得靠桃源乡自己来解决，可桃源乡根本就解决不了这些问题。要桃源乡解决还不如让他们去死，欧阳振华深深明白这些。

眼前能解决这问题的只有肖安，只要他肯出资资助，问题就好办了。况且桃源乡有的是资源，他不会让肖安白白出力的。上次县电视台对桃源乡的宣传引起了许多人对桃源乡的注意，尤其对那韭菜的注意。这是一个非常好的宣传材料，一旦时机成熟，他欧阳振华会邀请省电视台来采访宣传。到那时，他欧阳振华可不是现在的欧阳振华，桃源乡也非今日的桃源乡，而这一切都得有公路和电源，只有这些基础设施做上去了，其他的事情就好办多了。

欧阳振华想着想着，他来到了肖长河的家门口。肖长河做梦都未料到乡长会到他家来，要在往日，就算用八抬大轿也请不来。肖长河热情地招待着，这是他的光荣，是肖家冲的光荣。

喝罢茶水，欧阳振华单刀直入地说："我今天来，是有求于肖主任的。"

欧阳振华喜欢直截了当，他没有太多的时间废话，他要干的事情太多，容不得他废话，这就是他欧阳振华的风格。

"乡长求我？"肖长河受宠若惊，这绝对是天大的新闻，乡长有求于他。

"是呀！"欧阳振华点了点头。

"我就知道，乡长是无事不登三宝殿，只要我肖长河能办到的，我尽力而为。"肖长河也喜欢直接。

欧阳振华满意地点了点头说："乡政府的情况你是了解的，公路修完后就准备架电线，电线的问题上面已经答应了。可他们只提供一台变压器，其他的叫咱们自力更生，所以我就找到了你。"

肖长河听明白了怎么回事，可他不明白乡长为什么找到他，乡长都解决不了的事，他肖长河想都别想。

"可，乡长，这事你都没办法，我能有多大的能力！"肖长河为难地说。

"可你家肖安有能力呀！"

"肖安？"肖长河明白了，欧阳振华不是来求他的，是来求肖安的。

肖长河叹了口气说："别提肖安了，当初是我撵他走了，他恨我都来不及，我去求他，他一定不会同意的。"

“你是他父亲，哪有儿女恨父母的。况且这也不是让肖安白投资，桃源乡有的是资源，人的眼光要放长远些。”

肖长河看不出桃源乡有什么资源，要像欧阳振华说的那样，桃源乡也不至于现在这么穷，这明摆着让肖安白白地拿钱。

“不行，不行。”肖长河头摇得像拨浪鼓似的。

“没有不行的，只要你出面，肖安会给你面子的。肖安是有经济头脑的，这公路和电通了以后，办个旅游景点，办个矿泉水厂，等等。以后发展的机会大着呢，到那时别人想投资可就没这么容易了。”

欧阳振华进一步做着肖长河的思想工作。

“可肖安恨我，出去这么多年都不回来，他能同意吗？”肖长河有些犹豫。

“这样吧！哪天有时间我和你直接去上海找他。一来你们父子见一面化解恩怨；二来你就将这件事向他提一下。其他的事情我来办，我会说服他的。”

肖长河沉思不语，他拿不定主意，他不知道这究竟是好事还是坏事。

“怎么样？难道你不想见你儿子？”欧阳振华见肖长河有些松动，进一步说。

“想见呀！可是……”

“别再可是了，我到时来找你，即使不成，这也不是件坏事。”

肖长河见乡长的话已经说到此，他也不好再拒绝了，再拒绝就等于不给乡长面子。

“好吧！”

肖长河终于点头应允了。

夜，比什么都来得快，早早地便将几颗寒星托上天空，在冷清清的夜里闪着令人心悸的寒光。窗外的桃树露着模糊的枝丫，杂乱地投在这夜的底片上。冷冷的风还是无休止地玩弄着桃源乡。

欧阳振华跑进乡政府的院子时，屋子里已经亮起了灯。他推开了门，屋子里暖烘烘的，如春天。如果有桃花，定会开放，炉子上正吐着火红的舌头，可惜没有面包烤焦的香味。

“回来了。”李建文站了起来。

“嗯！冬天来了，时间过得真快。这一年没办什么事，转眼就要过去了。”欧阳振华有些感叹。

“这一年最大的事是修路，我是来向你汇报修路的进程和架电线的计划。”李建文说完，拿出了计划书。他只能在晚上汇报工作，欧阳振华白天是没有时间的。

“好吧！你说说。”欧阳振华脱掉外衣说。李建文来得正是时候，欧阳振华正要找他商量电的事情。

“修路的进程比较慢，像这种速度，到后年这时也许能修完。”

“主要是主要劳动力都走了，而且过年后又有大部分人要出外打工。”李建文说。

这件事令欧阳振华也很为难，他也阻止不了人们的去向，他正为这事犯愁。

“你有什么好主意？”欧阳振华不由得问道。

“没什么好主意。”李建文摇了摇头，在这个问题上，谁也拿不出主意，桃源乡的状况就摆在面前，秃子头上的虱子——一清二楚。

欧阳振华知道单单靠桃源乡的能力是在短期内完不成的，那么他只有借助外部的力量。可谁愿意帮助他？况且这不仅仅是帮助那么简单的事。

“我有一个办法。”欧阳振华胸有成竹地说。

欧阳振华看出了李建文不相信的眼神，微笑着说：“木子乡能帮咱们修公路。”

这简直是天大的笑话，木子乡是绝对不可能帮桃源乡修公路的，除非他们都神经错乱了。

木子乡是不会神经错乱的，那么该是他欧阳振华神经有问题，这简直是痴人说梦。

“我了解了一下木子乡的情况，虽然木子乡有一条公路，但他们大部分村民都住在山里，他们也需要修路。既然两村都需要修路，难道就不能一块修吗？这样进度也快，这对双方都有益，互惠互利嘛！”欧阳振华说得有些道理，可这种想法能实现吗？这是别人想都不敢想的事情，他欧阳振华也真想得出来。

“就凭你几句话，木子乡能相信你吗？况且咱们修路在前，万一他们帮咱们修好了，咱们再不帮他们，他们也没办法。”李建文说。

“问得好，这就是问题的关键所在。”欧阳振华越说越兴奋。

“我已经向县政府报告了此事，要求县政府出面，然后我和木子乡乡长立下军令状。你还别说，这事我向木子乡乡长一解释，他立马同意了。既然我们两乡这么近，为什么不能互相帮助共同发展呢？”

这是一个没有办法的办法，也是最好的办法，李建文越来越佩服欧阳振华的精明。

“通知过几天就要下来了，你负责协调工作，做好接待木子乡村民的工作，端茶送水做好服务，毕竟是别人帮咱们干活。”

李建文点了点头，这些对他来说简直是小事。

欧阳振华说完又皱紧了眉头，这架电线的事令他头痛，他实在是没有好主意。出力的事，他能想到办法，可这出钱的事，他没辙。这世界上谁都缺钱，何况桃源乡。肖安那里，他没有一分把握，那只是一种希望，只要有希望，他就要去试一试。

“那我来说说电的事吧，我有一个主意不知行不行得通！”李建文说。

“什么主意？”欧阳振华眼前一亮，只要有主意，事就好办了。

“我算了一下，从木子乡到咱们那里电线大概要八万多块钱，电线杆大概要十万块钱左右。我们只要筹到电线的钱就可以了，电线杆可以采用木杆，让村民上山砍伐就可以了，这样就能节省一大部分资金。”李建文说。

欧阳振华深思了一会儿说：“这倒是个办法，可难就难在这八万块钱上呀！”

桃源乡别说八万，就是八千也拿不出来，况且这条路还没完工，哪里还有钱。

“这样吧！架电的事先放放，等我从上海回来后再商议。”欧阳振华说。

李建文知道架电的事不放也得放，没有钱什么事都办不成，别说架电线这么大的工程。

十五

近来，桃花村又出现一件怪事，一向平静的桃花庵竟然闹起了鬼，有人晚上看见桃花庵的前面有一个披头散发的人在跳跃。有人说看见一个青面獠牙的怪兽，一到晚上，那怪兽两眼直冒绿光。还有人说看见个女鬼，长长的头发，在桃花庵前踱着步……

总之，说什么的都有，一个比一个说得恐怖，整个桃花村都传遍了。

桃花村也有不相信鬼的，肖长河就不相信鬼，除非他亲眼看到，他才会相信。肖长河从骨子里不相信，他对这些谣言不以为然，传谣的人只不过是自己吓唬自己。

桃花村最相信有鬼的是桃花奶奶，她是桃花村最有阅历的人，她的话，桃花村的人不得不信服。

按照桃花奶奶的解释说，桃花庵以前是一座庙，后来改为尼姑庵的。里面住的都是些怨女，里面的怨气太重，而今便生出事端，这些孤魂野鬼出来鸣不平。

桃花奶奶还说，这以前的桃花庵是一个屠宰场。日本鬼子在此杀害了许多中国人，桃花庵前的草坪下堆满了人骨，这些冤死的鬼成了游魂，没有归宿，所以出来闹事。

桃花奶奶再说……

经过桃花奶奶这么一说，桃花村人认为桃花庵闹鬼是天经地义的事，有太多的理由说明有鬼的存在和出现。人们再也不敢从桃花庵前面走过，白天都绕着走，更别说晚上。

肖长河决定晚上亲自去看一看，他要看看那鬼究竟是怎样的，以平息桃花村的鬼神之说。

肖长河要去桃花庵的消息很快在整个桃花村传开了，人们都知道肖长河不相信有鬼，可也没有人敢同肖长河一块去。

今晚的夜，月光将清冷的光辉洒在了桃花村。在去往桃花庵的路上，路是那样的漫长而幽远，四周的山像要压下来似的。

风，这是桃花村最普通的风，在往日人们已经习惯了。可今天人们都聚在了广场上，他们感到风也不同往日，夹杂着一股怨气，人们不禁打了一个冷战。

肖长河也打了一个冷战，他感觉头皮有些发麻，他一手拿着手电筒一边哼起了歌，为自己壮胆。

“月儿圆啊星星闪银光，俺纳鞋底穿梭忙。情哥来了吓一跳，扎破手指泪汪汪，小女子家流泪不为疼，流泪只因情郎给胆量！远走高飞去逃婚，乘着云淡风轻今夜好月光。”

肖长河竟然哼起了桃花妈的歌曲，他有些恨桃花妈，平日里她那破嗓子要多大有多大，烦都烦死人了。可今天她也不知道死哪里去了，连哼都不哼一声。

风，又刮起了一阵风，山似乎动了，还有声响。

肖长河感觉风刮在了他后脑勺上，似乎风是刻意刮的，他咬紧牙关往前走，桃花庵就在眼前。

桃花庵是用青砖砌成的，上面盖的是青瓦，天长日久没有人看管，现在也是破败不堪。

肖长河远远地看见桃花庵的草坪上空荡荡的，并不像人们说的有怪兽、女鬼，也没有那么阴森可怖。

“这帮王八蛋，纯粹造谣。”肖长河脸上露出了轻蔑的笑容。

“月儿圆啊星星闪银光，俺纳鞋底穿梭忙。情哥来了吓一跳，扎破手指泪汪汪，小女子家流泪不为疼，流泪只因情郎给胆量！远走高飞去逃婚，乘着云淡风轻今夜好月光。”

肖长河的笑容凝结了，他清晰地听到了歌声，歌声似乎是从桃花庵里传出来的。

难道真是女鬼在作怪？

肖长河毛骨悚然，他跑回肖家祠堂的广场上时，已经说不出话来。人们赶紧将他扶到屋子里，又灌姜汤，又掐人中，肖长河才长长出了口气，他脸上依然是煞白煞白的。

“你看到什么了？”

“你撞着鬼了吗？”

“我们说得没错吧？”

…………

人们七嘴八舌，这就是不信鬼的结果，有些人甚至幸灾乐祸。

“我听到了桃花妈在唱歌。”这是肖长河回来说的第一句话。

“我妈在家里都没出来。”桃花说。

既然肖长河都听到了歌声，他开始相信有鬼了，桃花村的人们更相信的确有鬼的存在，桃花庵的确在闹鬼。

第二天，桃花村又传出了鬼的故事，不过换了一个版本，是肖长河的版本。

“那是女怨鬼，她死得太冤了，她在喊冤。”

“怨鬼的阳寿未尽，阴曹地府不收留，所以她只能留在阳间做一个游魂野鬼。”

…………

桃花村说什么的都有，这次大家都相信了，没有人再敢去桃花庵了。

肖长河自从那晚回来后，他的精神恍恍惚惚的，一直卧床不起。

这下可急坏了他的老伴，她四处求医。有人说他是撞上了鬼，中了邪气。有人说他触犯了神灵，这是对他的惩罚。

他老伴便找来道士帮他驱邪，找来法师做道场，以安抚那些孤魂怨鬼，保佑肖长河平安无事。

该折腾的都折腾了，该送的都送了，肖长河的病依旧没有好转。

欧阳振华走进桃花村就听到了肖长河生病的消息，同时也听到了桃花庵闹鬼的事情，欧阳振华无论如何是不相信有鬼的。

肖长河听说欧阳振华来了，他坚持下了床，他可不愿意让乡长说他是因为胆小，受惊吓而生病的。

欧阳振华走进肖长河家时，肖长河坐在椅子上喝着茶。欧阳振华一怔：别人都说肖长河一直躺在床上起不来，难道都是假的！

“村里人都说你生病了，是撞着鬼中了邪，看来你没事。”

“别提了，今天感觉好了些。”肖长河叹了一声，他的身体仍然很虚。

“怎么回事？”

“唉！都怪我，别人都说桃花庵闹鬼，我就不信邪。那天晚上我就去了桃花庵，想会一会那鬼，探个究竟，可是……”肖长河咳嗽了一声，他喝了一口茶。

“碰见鬼了吗？”欧阳振华忍不住问。

“鬼倒是没碰到，可是碰到了更可怕的东西。”肖长河说着说着，他还感到后怕，他耳边似乎又响起了歌声。

“什么可怕的东西？”欧阳振华很惊讶，能令肖长河害怕的东西，一定不是什么好东西。难道真的有鬼？欧阳振华还是不相信。

“我听到了歌声，桃花妈唱的，可桃花妈一整天都没外出。”肖长河说完又咳嗽起来。

欧阳振华皱紧了眉头，他知道肖长河是不会说谎的。桃花妈那首歌，他欧阳振华也听过。

“是不是你听错了？或者是错觉？”欧阳振华疑惑地问。

“不，不可能，我听得清清楚楚的，那就是桃花妈唱的，声音是从桃花庵里发出的。”肖长河肯定地说。

这下欧阳振华也糊涂了，他决定去一趟桃花庵。肖长河听说要去桃花庵，就算打死他，他也不会再去。欧阳振华找了好几个人，没有人愿意去，没办法，他只有自己一人去。

桃花庵是在肖家冲的西山脚下，从肖家冲到桃花庵也就半里之遥。现在是正午时分，阳光温暖如春。

欧阳振华没有心情欣赏这里的风景，他走进了桃花庵，桃花庵的大堂里供奉着菩萨，地上铺着青砖，青砖上都长出了青苔。大堂里还比较干净，似乎有人打扫过。大堂的两侧是走廊，走廊的两边是厢房，以前是尼姑睡觉的地方。

欧阳振华看了看各房间，他没发现有什么异常的东西，也没听到什么歌声，一切都那么平静。

欧阳振华又回到了肖长河家里，肖长河很惊讶。

“你没发现什么东西？没听到歌声？”

欧阳振华摇了摇头说：“没有。”

“奇怪？”肖长河不相信，那晚他明明听到歌声，他不可能听错，难道……

“哦！鬼只有在夜里才敢出来，白天阳气太重，所以你是什么都没有撞上。”肖长河恍然大悟。

欧阳振华对鬼已经没有了兴趣，他今天来是找肖长河同他一起去上海找肖安的。

“不行，不行，我这样怎么能去呢？”肖长河一听说要去上海，他头摇得像拨浪鼓似的。他能起来坐着都不错了，跑那么远的路他是绝对受不了的。

“你能去，你这病需要出去活动活动，整天待在屋子里，好人也待成了病人。况且上海有很好的医生，给你打几针吃点药就好了。”

欧阳振华知道肖长河没什么大病，只是受惊吓和着凉引起的，而且主要是心病。

“你去吧！你看人家乡长大老远地跑来，你再不去怎么对得起乡长。乡长说的对，你的病去医院看看，听说现在的科学可发达了，什么样的病都能治。”肖长河的老伴也做他的思想工作，她心里一直挂念着儿子，她每晚做梦都想着儿子。

“好吧！我去。”肖长河也想见见自己的儿子，他知道老伴一直牵挂着儿子。

十六

上海是一个很吸引人的地方，古往今来，不知多少风流雅士云集至此，如今高楼林立的国际大都市，对于人们更是充满诱惑。

改革开放像一阵春风，桃源乡也披上了绿。

几天里，从桃源乡来的人，不管认识不认识的都来到了上海这个大都市，都来到了肖安这里，肖老三也被肖安请到了这里。

出于无奈，肖老三留下了这些乡亲父老。他也只能如此做，这些人都是第一次来上海，人生地不熟，总不能将他们逐走吧。

“我只能留你们几天，这事千万别让肖安知道，否则我一天都不留你们。”肖老三告诫大家说。

“为什么，难道肖安不是桃源乡出来的？”

“难道肖安有了钱就忘了本？”

“我就不相信肖安如此绝情，都是你肖老三在捣鬼吧！”

“肖老三，你在桃源乡时我们可没亏待你。”

…………

说什么的都有，肖老三的肺都快要气炸了，他已经多少年没生过气。可今天……他本是一片好心，好心当作驴肝肺。

“好吧！待肖安回来，你们直接跟他说吧！”

肖老三从骨子里有些憎恨桃源乡，他又是那样的同情桃源乡。

“对，我们要见肖安，让他给我们安排一个好活。”

“我们也不要太多的工资，一个月就一千多块钱，干活不要太累就行。”

“他小时候我还抱过他呢，他得给我安排一个好活。”

…………

肖老三简直哭笑不得，看来肖安不出面都不行，他肖老三是解决不了的，他现在要做的是安排他们住下，等待着肖安的回来。

桃源乡的乡亲们都住下了，大家高兴得合不拢嘴，睡着时嘴边还留着微笑。

一个月过去了，这里聚集了三十多人，组成了一支无工作的队伍。他们依旧没有见着肖安，连肖老三都见不着，只得整天无所事事。他们没有了来时的笑容和欢乐，感到从未有过的压抑和苦恼，像无用的废人在浪费时间。

肖老三实在看不过去，他实在不忍心欺骗大家。肖安已经回来十多天了，这事他还未敢告诉肖安。他知道告诉肖安只有一种结果，叫他将大家轰出去，肖安痛恨桃源乡，甚至他都不允许别人提到桃源乡半个字。

肖老三陷入了痛苦的沉思中，他知道肖安的脾气，在桃源乡的问题上他不知道劝过肖安多少次，都是徒劳的。

肖安的思想是没有人能改变的，只要一提到桃源乡他就会暴跳如雷，然后将自己关在屋子里不出来。肖老三做梦都没想到肖安恨桃源乡恨到如此地步，甚至有些丧失理智，他越来越看不惯肖安的所作所为。

可他肖老三还是喜欢桃源乡那种自由自在的生活。

这段时间他思念着桃花村，思念着桃花村的一山一水。他梦里又回到了桃花村，他的牛不知道还好不好？哑巴不知还好不好？

肖老三思念着哑巴，哑巴是桃花村最自由的人。

肖老三突然非常羡慕哑巴。

“嗯！做人难啊！”肖老三长长地叹了口气。

“肖叔。”肖安的助理来到了他的耳边低声地说。

“什么事？”肖老三转过身问助理。

“你老乡们都到了楼下大堂里，我们怎么劝都不走，他们喊着要见肖总。”助理答道。

肖老三和助理急匆匆地来到了大堂，大堂里黑压压一片人，有三十多人。人们见肖老三出现了，都骂了起来。

“肖老三，你真不是东西，当初我们是如何对待你的。”

“你这个忘恩负义的东西，当初大家是怎样对待你的？就算养一条狗，见了主人也摇摇尾巴。”

“你这个猪狗不如的东西，你这个畜生。”

…………

人们把愤怒都发在了肖老三身上，多难听的话他们都骂出来。肖老三默默忍受着。他只有忍受，他没有想到活了大半辈子，却被这么羞辱，真是作孽呀！

肖老三来到了肖安的办公室门前，他只能找肖安，他不忍心乡亲们在这里白白地等待，他的良心上过不去。何况他也是桃源乡人，他伸手敲了敲门。

“请进。”

肖老三沉重地走进了肖安的办公室。

“三叔，有什么事吗？”肖安看着肖老三沉重的神情不由得问。

“乡亲们都在楼下吵着要见你，你工地上也需要工人，不如先让他们在工地上干吧！”

“乡亲们！我没有乡亲们。我不是说过，只要是桃源乡来的人都给我轰走！”肖安大吼起来，这话他已经说过很多次，他实在是不想再说了。

“你有乡亲们，你也是从桃源乡走出来的！”肖老三终于忍不住了，他也大吼起来。

肖安看了看愤怒的肖老三，他努力地控制住自己的情绪：“三叔，你忘了桃花村怎样对待咱俩的，是他们将咱俩撵出来的，你到现在还帮他们说话，真令我痛心。”

肖老三的情绪也慢慢稳定下来，他长长叹了口气，他感到胸中堵得慌。

“肖安，就算乡亲们对不起咱俩，可我们也不能以牙还牙，做人得有良心呀！”

“我就是要以牙还牙，保安。”肖安恨恨地说。

保安走了进来轻声地问：“肖总，有什么事吗？”

“将他们轰出去。”肖安挥了挥手，保安走了出去，轻轻地关上门。

肖老三感到眼前一阵发黑，他的心在痛，为肖安痛，他做梦都没想到肖安变得如此绝情。

大堂的人都散尽了，肖老三见乡亲们都走了，他也该休息了。他突然感觉到自己真的老了，他一向不服老，可岁月不饶人啊！

肖安见肖老三也走了，他的心里也不好受，他本来是叫三叔来帮忙的，他是不是做得太过分了？可他一想到桃花村，一想到林玲，他的心在隐隐作痛。这么多年来，他一直单身，他的心里只有林玲。他派人去过桃花村，带回来的消息是林玲失踪了，他的心也跟着失踪了。

肖安不由得更加孤独起来。他喜欢喝酒，喜欢喝桃花村的桃花醉，所以他开了大别山食府。可自从大别山食府开张到现在，他都未去过，他突然想去大别山食府看看。

肖安刚准备出门，保安又进来了：“肖总，有两个人从桃源乡来的要见你。”

“轰出去，我跟你们说过多少次！”肖安咆哮起来。

“可是……”

“可是什么？说！”

“他非要见你，我们挡都挡不住。”

“我再跟你说一遍，要么将他们轰走，要么你走。”肖安恶狠狠地说。

“你要将谁轰走？”肖长河和欧阳振华推门走了进来，要不是欧阳振华拉住，肖长河真想抽他几耳光，这个不肖子孙。

肖安愣愣地看着肖长河，他做梦都未料到他爸会在这个时候到来。

“爸！”

“我不是你爸，我没你这个不肖的东西。”肖长河骂完又不停地咳嗽起来，他一手指着肖安的鼻子问：“乡亲们是不是你轰走的？”

“我，我这也是没办法。”肖安结结巴巴地说。

“你，你……”肖长河气得骂不出声来，他又咳嗽起来。

“你爸生病了，你赶紧将他送医院吧！”欧阳振华提醒肖安说。

“我不去，我没你这个不肖的子孙，你这个天打五雷轰的。”肖长河在去往医院的路上还一直不停地骂着。

肖长河在医院里躺了一个礼拜，肖安天天来陪他的父亲。肖长河的气还未消，他都不拿正眼瞧他。

肖安见父亲不理睬他，他只得求欧阳振华，也只有欧阳振华能帮他。

“乡长，你劝劝我父亲吧！”

“你父亲的脾气你是知道的，我尽力而为吧！不过我们这次来是找你帮忙的。”欧阳振华不能错过这个时机，这也是最后的一线希望。

“只要我能做到的，我尽力而为之。”只要不令他父亲生气，肖安什么都愿意做。

“现在桃源乡架电线需要资金，所以我们找到了你。”

“桃源乡？”

又是桃源乡，肖安摇了摇头，他做任何事都可以，只要与桃源乡没有关系。他恨透了桃源乡，那里令他伤心落泪。而最令他伤心的是林孟华和他的父亲，他没法原谅他们，是他们害了林玲，他们是凶手。

“关于桃源乡的事，我是不会资助的。”肖安坚定地说。

“别说得那么绝对，桃源乡的公路通了，里面有的是资源，我想你比我更明白这一点。况且我们乡政府是不会让你白出钱的，我希望你好好考虑一下。”欧阳振华在做着肖安的工作。

“我不会考虑的，我没有钱，银行里我都贷了几百万，我并不像人们说的那样有钱，他们只是看到我光鲜的一面。可有谁知道我的难处！”肖安说得很坦然。

“我知道各有各的难处，可架电线要二十万左右，这对桃源乡来说是天文数字。我知道因为林玲的事，你很怨恨桃源乡。可你别忘了，你是从桃源乡走出来的，如果当初不发生那些事，我想你肖安还在桃源乡种地。饮水思源，桃源乡还是有恩于你的，你是一个心胸广阔的人，何必与桃源乡计较呢！”欧阳振华知道肖安心中有一个结，关于桃源乡的结。

“乡长，你不用再跟我说，只要关于桃源乡的事，在我这里是没有商量的余地，你也别费口舌了。”

欧阳振华还想说，肖安已经走了，看来他最后的一丝希望也破灭了。

“桃源乡的恩怨何时才能了结呀！”欧阳振华长长叹了口气，他也很茫然，看来这次他又白跑了。

欧阳振华走进病房时，肖长河已经收拾好东西准备出院了。他还是习惯躺在桃源乡，免得在这里受气。

“肖主任，你再劝劝你儿子吧！”欧阳振华把希望寄托在肖长河身上。

“他不同意？”

欧阳振华苦笑着摇了摇头。

“这遭天杀的，这个不肖子孙，这……”

“大哥，谁惹你发这么大的火呀？”肖长河正骂得起劲时，肖老三走了进来。他是听肖安说他父亲来了，特意来看望肖长河的。

“是你？”肖长河上下打量了一眼肖老三，他感觉肖老三像肖安一样可恨。

肖老三明白大哥的脾气，不在意地笑了笑说：“什么事让你生这么大的气呀？”

肖长河懒得理睬他。

“桃源乡要架电线，我们是来请求肖安帮忙的。”欧阳振华见肖长河不开口，他只好开口说。

“要多少钱？”肖老三沉思了一阵问。

“大概二十万。”

“这事我跟肖安说，你们等我的消息吧！你们大老远来一趟也不容易，我带你们到上海转转吧！”

“不去，回家。”肖长河冷冷地说。

“你是不是还在生肖安的气，你们父子俩应该好好谈一谈，我认为……”

“闭嘴，这里没有你说话的份。”肖长河打断了肖老三的话，他心中正憋着一肚子气，这鬼地方他一分钟也待不下去了，他恨不得马上飞回桃花村去。

肖老三也憋着一肚子气，想不到肖长河到这里也还是那么霸道。他要是不看在兄弟的面上，他才懒得理会这些破事，况且他比肖安更痛恨肖长河。

“你等我的消息吧！”肖老三跟欧阳振华打了声招呼，也走了。

“春风呀送暖呀到山乡，大树那个底下呀好乘凉。俺给情郎纳鞋底呀，就着天上十五月亮明晃晃。穿针引线靠自己呀，可命苦掌握在别人手上！眼泪随着针线那个淌啊，小女子家实在把心伤把心伤。”

肖长河回到村口，他又听到了桃花妈的歌声。这回他感觉是那样的亲切入耳，比起城市里的嘈杂声有韵味多了，也可爱多了。

桃花村变了，肖长河感到桃花村变了，人们都似乎在议论着他的儿子肖安。同时人们都在躲着他，他成了桃花村的另类。

"那老东西的儿子真不是个东西，像他一样缺德！"

"那老东西被他儿子撵了回来，真是遭报应！"

"仗势欺人一辈子，没想到到头来落到这种下场，真是老天有眼！"

…………

肖长河断断续续地听到了村民的议论，他早就料到桃花村会出现这种事，都怪那不肖的肖安。他这张老脸也无法面对乡亲们，早知今日，他真不该去上海。他恨肖安恨得咬牙切齿，他没有这不肖的儿子，肖家也没有这不肖的子孙。

肖长河近来的情绪也异常的低落，他整天待在屋子里也不愿意出门，他的老伴近来也唉声叹气，都是被肖安给气的。

欧阳振华又来到了肖长河的家，他异常兴奋，他一进门就大喊起来："肖主任，好事来了。"

"我家没好事。"肖长河淡淡地说，这些倒霉的事已经够多的了，他想象不出有什么好事出现。

"肖安资助了咱们五万。"欧阳振华高兴地说。

这的确是件天大的好事，可肖长河高兴不起来，他知道这一切都是肖老三的结果，并非肖安的本意。肖长河突然很佩服肖老三，比起自己的儿子，肖老三还是有些人情味儿的。

"肖安还叫我转交给你一万块钱，说是让家里平日用。"

欧阳振华说完将一万元钱从包里取出来放在了桌子上。

"我是不会用他的钱的，麻烦你再转交给他吧！"肖长河连看都没看一眼说。

"可这……"欧阳振华有些为难，肖老三一再叮嘱他一定要办好这事，否则那五万就别想要了。

"孩子也是一片孝心，看来这儿子也没白养。乡长麻烦你了，麻烦你转告肖安一声，就说钱我们收到了。”肖长河老伴出来打圆场说。

“你！唉！女人就是女人。”肖长河碍于欧阳振华在场，他不便于骂他的老伴，他感到心里隐隐作痛。

欧阳振华走出肖长河的家门时，他看到了夕阳。在这几年中，他第一次仔细观赏了桃源乡的夕阳，红红的，像火烧了一样的绚丽。他异常惬意，仿佛看到了桃源乡的希望。

十七

桃花村的年味也没往年的年味浓了，鞭炮也放得少了，唯一没变的是喝桃花醉酒。平日里，大家只能小饮，以免误事。在过年时，就可以“醉生梦死一回”，即使喝醉出尽了洋相，大家也不会说什么。那些好酒的，在这年关，也有一千个理由来满足他们的酒瘾。

桃花奶奶也喜欢喝桃花醉，她每晚都小饮几杯。她离不开桃花醉，这么多年来，她就靠它活着，她喜欢醉晕晕的感觉，那样可以忘掉思念。这么多年来，她就靠这个支撑着。而今孩子大了，她也该走了，她这一生也该画上句号了，她也没有什么不满足的了。

肖长河最近总是喝得醉醺醺的，见人就骂，村里人都躲着他。

“你别再出去了，你看你走路都走不稳，丢人现眼的。”肖长河的老伴阻止他说。

“你，你别管。”肖长河踉踉跄跄地说。

肖长河的心中充满了郁闷，一个儿子死了，另外一个儿子也等于死了，不但等于死了，还让他丢人现眼的，他都这么一把年纪了，晚节不保啊！

“都去他妈的！什么桃花村！什么祖上规矩！”肖长河一路走一路骂，这不像肖长河说的话，看来他真的喝醉了。他老伴不放心就跟在后面，肖长河深一脚浅一脚的，他老伴提心吊胆地跟着。

“肖主任，林孟华的儿子山子回来了。”走到村口，有人告诉肖长河。

“山子，什么山子？”肖长河结结巴巴地说。

“林孟华的儿子山子，就是当年打你家二傻子的山子。”

“可怜的孩子呀，爹对不起你啊！”肖长河想到二傻子不禁大哭起来。

“回家吧！”肖长河的老伴也忍不住落泪，劝他说。

“肖叔叔回家吧！您现在儿子不在，您就当我是您家的孩子吧，二傻哥是为了救我死的。”桃花扶着肖长河说。

“哎！桃花，你要真是我的女儿就好了。大家都想要儿子，可儿子有什么用？我有两个儿子，现在一个都没有了，还是女儿好啊！”肖长河动情地说。

“肖安在外，您就把我当你女儿吧，有什么事就找我吧！我伺候您二老。”桃花说。

“谢谢你啊！桃花，你家里那一大摊子事，你已经够不容易了。”肖长河的老伴感动地说。

桃花将肖长河老两口送回了家里，她听说山子回来了，医药费还没还给他，心里久久不能平静。

最高兴要算林孟华的老伴，儿子终于回来了。

“爸，妈，我这次回来不再外出了。”山子说。

“不出外了？”林孟华有些震惊，现在村里的小伙都出外打工，有的恨不得全家都出去。

“是，我准备在村里发展。”

“村里有什么发展？”林孟华不解。

“利用本地资源，比如种果树、茶叶，酿桃花醉酒，等等。”山子看好桃花村的资源，他这次的外出就是学习如何利用本地资源致富。他还去了省农科院，向专家请教了果树的栽培、茶叶的种植以及再加工。

“果树、茶叶，这满山都是，这世世代代也没见有谁为此发过财！”林孟华没好气地说。

“以前没有，可现在时代不同了。”山子解释说。

“什么时代不同了，狗屁！还不是一样，咱们祖祖辈辈务农，没见靠这些能发财。要不然早就发财了，也轮不到你了。”林孟华极力反对。

“我跟你说不清，我自己的事我自己做主。”

“你，你就是为了桃花吧！现在翅膀硬了是吧！明年你还是外出打工去，比在这里瞎折腾强。”

“你别管我了，我是不会出去的。”

“你，你个小兔崽子，看我不打断你的腿。”林孟华气得要打山子，他老伴赶紧挡住。

“你说你，孩子好不容易回来，你又要赶他走，他在家里发展也挺好的。”山子妈说。

“你女人懂个屁！”林孟华气呼呼，骂咧咧地走了。真是儿子大了，由不得他了，在桃花村能有什么出息？林孟华越想心里越不是滋味。以前田间地头哪怕一个小旮旯，大家都争得面红耳赤的，现在倒好，有些人家连田地都不种了。难道真的就时代不同了？林孟华想不明白。

桃源乡的人们表现出了有史以来难得的大度，大度得令老一辈人们吃惊。在这以前，每一寸土地都是必争的地方，现在的年轻人却将整块的田地都舍弃了，老一辈人们都骂他们败家子。可他们的日子反而越来越好，穿着也越来越时尚，时尚得令老一辈人们无所适从，也没见过什么败家的人，看来时代真的不同了。

林孟华突然想到这几天要杀年猪了，他得去趟哑巴家里，和他约一个杀猪的好日子。到年底了，哑巴是最忙碌的。他们林家湾林兴朝也会杀猪，可他没有哑巴杀得好，他杀的猪有时猪血都进入到肉里面了，造成猪肉味不正，不好吃。

林孟华来到哑巴家时正值中午，哑巴一见林孟华来了，赶紧让他进屋里。

林孟华进屋一看，屋内围着火笼坐满了人，其中还有肖长河，大家刚刚动筷子要吃饭。

林孟华见此转身就要走，哑巴赶紧拉住他，比画着让他坐下吃饭。

“我改天再来吧！”林孟华说。

“林主任，不给面子是吧，瞧不起我们吧！”肖长河发话了，吴老太太也出来拉住了林孟华。

“林主任，来得早不如来得巧，也没什么好吃。不如你们家，快坐下喝几杯。”吴老太太笑着说，林孟华不好推辞，只好坐下。

哑巴已经温好了桃花醉，他家有的是酒和肉，即使别人家里没肉吃，他家一年四季也不会缺肉的。

“喝酒。”肖长河敬林孟华说道。

“来，喝！”林孟华也不示弱。

他们从中午一直喝到晚上，林孟华是被儿子山子背回去的。

第二天肖家湾传来了不好的消息，肖长河头天晚上喝酒回家时不小心摔了，现在正在桃源乡医院抢救。

不久，肖长河转到了县医院。

“叫你们少喝点，你们就是不听，现在喝出事了吧！”林孟华的老伴埋怨道。

林孟华不吱声，他心里想的是肖长河，这要有个好歹，他儿子又不在身边，老两口也怪可怜的。

桃花也来到了县医院，肖长河的老伴一个人根本照顾不了他。

“桃花，谢谢你呀！”肖长河老伴哭着道。

“婶，你见外了，您放心，肖叔会好起来的。”桃花安慰道。

“大夫说了，他这是中风，身体一边都瘫了，就是好起来能照顾自己就不错了。”

桃花见肖长河的嘴都歪了，口水不停地流，说话也不利索了。

“告诉肖安了吗？”桃花问。

“没有，你叔不让告诉，免得肖安操心。他的工作忙，公司一大堆人要吃饭。”

“叔叔这么严重的病，应该告诉肖安。”

“我也是这么认为的，可怎么告诉呀！肖安的电话号码被他扔了，现在这年关也没有人去上海，过完年再说吧！”

桃花想了想，也只能如此，在这年关大家都回家过年，就是从上海回到这里也得折腾两天的路程。

肖长河在县医院住了十几天，医院叫他回去慢慢养着，养得好，生活可能自理。肖长河回到了村子里，他拄着拐杖一步一步能向前移动，嘴巴说话也没有以前利索了，有些结巴和流口水，这也算万幸了，幸亏治疗及时。

“报应啊！以前干的坏事太多了。”

“他儿子肖安那缺德样，现在报应到肖长河身上了。”

…………

村子里幸灾乐祸的人多，他们看不得别人比他们好，很乐于见到别人的不幸。

肖长河装作没听见，他已经这样，又能怎样。

过年，肖老三也没回来，他没脸回桃花村，都是因为肖安，可想坏了他妈李老太太。

新年过后，李建文来到了桃花村，肖长河也没法当村主任了。可村主任谁干呢？李建文见此，只好回去向欧阳振华汇报。

“肖长河腿脚不便，不愿意干村主任了。”李建文说。

“这老家伙不是还想当副乡长吗？如今干不动了。不如将两村合并成一个村，这样也便于管理。”欧阳振华说。

“乡长这主意好，桃花村又终于变回到一个村了。”李建文兴奋地说。

“什么意思？”欧阳振华不明白地问。

“桃花村以前本来就是一个村子，由于肖姓和林姓的不和，就变成两个村子，各自管理，这样就减少了矛盾，现在又回到了从前。”李建文解释道。

“原来如此，矛盾有时也是一种好事，可以相互促进，那村主任就由林孟华一人兼任吧！”欧阳振华说。

“那肖长河能同意吗？他俩可是死对头！”李建文提醒说。

“这是政府决定的，他肖长河不同意也得同意，你去好好做做他的思想工作。”

“好！”李建文说完就去了桃花村。

这时，山子来到了乡政府，他要找欧阳振华。

“你找我有什么事吗？听说你不外出了，要留下来发展？”欧阳振华倒上茶水问。

“是，想留在家里。”山子说。

“你这想法比较特别，现在人们都奔向了那花花世界，你甘愿留下来少见啊！”

“您不也一样吗？”

“我，我没什么的。”欧阳振华笑着说。

“你不也是不愿意留在县城，而到我们这穷地方来吗？”两人惺惺相惜。

“说说你留下的打算？”欧阳振华喝了一口茶问。

“我计划利用桃花村的资源，种植果树和茶叶。比如，桃花村有桃树和板栗，我们可以培养新的品种。山里有野生的茶叶，我们可以通过深加工，打出自己的品牌。还有我们传统品牌桃花醉酒……”

山子和欧阳振华聊了很久，他俩的想法一拍即合。可是要实现这些，放在眼前的就是交通和电，如果没有交通和电，其他的一切都是空谈。

“我想问，乡政府接下来发展经济有什么打算，桃花村的路有计划修通吗？”

山子最担心的是桃花村的路，公路不通说什么都白说，他的计划也只是纸上谈兵。

欧阳振华明白山子的来意，打气地说：“今年六月左右，通往木子乡的基根路就会修通的，估计十月份电线就会架好，过年就会通电的。过一年半载，桃花村也会慢慢实现这些，日子会越来越好。”

山子见乡长如此说，他也就不便再多问了，况且乡里还有一大堆事情要干，目前还顾不到桃花村的头上来。

就这样，林孟华当上了桃花村的村主任，林孟华异常高兴，他终于把肖长河比下去了。肖长河也答应了李建文不再和林孟华作对，可是他的心中堵得慌，这应该是他肖长河的位置，到头来，他还是败了，败得这样的惨不忍睹。肖长河想想自己的结局，他虽然咽不下这口气，但也懒得管这些了，还不如落得做个闲人。

桃花村天然桃树多，可都是一些野桃树，果实比较小，口味涩。山子计划买一些好品种，通过嫁接，几年下来就可以结桃了。这几年下来，山子将自家的山上都种上茶树和桃树，这些东西必须得有量、有品质才能推广开来。前期经过几年的培育，等到路通了，电来了，这些产品的产量就能上去，同时也能走出桃源乡，现在他最关心的是桃花村的路，这对他来说是最要紧的。

林孟华对山子的做法极为不满意。别人都外出挣钱，光鲜亮丽地回乡，而他的儿子整天灰头土脸地往山里搭钱，他看不到山子做的这些有什么出路，没有一点希望。

“你看看人家肖安，开大公司，修路一捐就是五万，那才叫有出息。你再看看你，就是一小农民，没有希望的农民。”林孟华对着山子唠叨。

山子由着他父亲的数落，他不计较，他有着自己的盘算。

村子里的人都说，山子是因为桃花才留下来的，山子也偷偷地看过几次桃花。他不想她有压力，他知道她的苦衷。他可以等，等到晓晓大学毕业，他要向她表白，迎娶她。他现在就是要做好自己的工作，他要给桃花一个幸福的家。

山子想到这些，他的心中就充满了力量，他要向父亲和桃花村证明他的选择是对的。

桃花在桃花山遇到了山子，山子正忙着嫁接桃树。山子一看到桃花，慌得他手里的剪刀都掉了，引得桃花咯咯地笑，笑得山子满脸通红。

“桃……花……桃花。”

一向伶牙俐齿的山子，顿时感觉口干舌燥，说话也不利索了。

桃花的脸也红了。

“别人都外出打工了，外面的钱好挣，你怎么留下了？”桃花问。

“外面的钱是好挣，可那不是长久之计，如果没有文化，在外只能做一些苦力，不如有一技之长。以后发展前途一定是这些绿色的产品，只是这需要一个奋斗过程，尽管这个过程很痛苦。”山子说得有些落寞。

“过程肯定很难受的，不经历风雨怎么见彩虹，我相信你！”桃花说完就走了，她要去忙她的事。

山子久久回味着桃花的话，她是在关心他、鼓励他？山子一时也说不清楚，不过这已经是很好的开端了。

“桃花。”山子对着大山高兴地大喊起来，他的心中无比的兴奋。

十八

桃源乡最近又传来一件大事，台湾的张老先生带着儿子回来寻亲了。这可忙坏了欧阳振华，他一头忙着修路和建新的乡政府，一边还得陪着张老先生去每个村子里寻亲，这是县里安排的，他也没办法。

张老先生快八十岁了，身体还算硬朗，可桃源乡并没有他要找的人。

“张老先生，我们这里没有叫方林桃的人。”欧阳振华说。

“她一定还在这里，我当年把她就安顿在这里。”张老先生很肯定地说。

“可我们每个村都查了，就没有这个名字。”欧阳振华很惊讶。

“这里出产桃花醉酒？”张老先生问。

“是，这里的特产。”

“那就对了，当年我就喜欢喝桃花醉。”张老先生沉浸在回忆里。

“当年我和林桃逃荒到这里，我们很快就喜欢上了桃花醉，虽然日子很清苦，可我们活得很快乐。后来日本鬼子打了过来，我就去参军了，一走就五十多年了。我只想再见她一面，我就是死也知足了。”张老先生老泪纵横。

“是不是她早就不在了？或者在你走后，她去了其他的地方？”欧阳振华说完就后悔了，他真不忍伤老人的心。

“也有一种可能是她改了名字。”欧阳振华补充道。

张老先生没有说话，他目光久久地注视着桃源乡，他的心中五味杂陈。

“张老先生，您放心，只要她在桃源乡，我一定帮您找到她。”

“哎！我只想在我百年归西之前再看她一眼，我就了却心愿了。”张老先生感伤地说，“我对不住她，一个女人在战争年代要生活下去是多么的不容易呀！也许你说得对，她有可能不在人世了……”

“张老先生，你的林桃她知道你去台湾了吗？”欧阳振华不忍心看张老先生伤心，转移了话题。

“不知道，她只知道我参军打鬼子去了。她有可能以为我战死了，那兵荒马乱的年代，死个人是再正常不过的了。”张老先生答道。

在那个年代这种事情再平常不过了。有的儿子死了，父母一辈子都不知道音信；有的丈夫战死了，也没有半点的消息。在乱世里，人能活下来都不容易，妻离子散，家破人亡，这就是战争时期的悲哀。

张老先生寻遍了其他村庄无果，他最后的希望就在桃花村了。

这天，欧阳振华陪着张老先生来到了桃花村，他们进村时已经近黄昏了。袅袅的炊烟升了起来，大地散发着泥土的气息，一切都那么的亲切和自然。

张老先生很累了，林孟华安排他们先在家里住下，休息一晚，明天再走家串户去寻找。

第二天一大早，张老先生就起来了。他睡不着，找不着他的林桃，他寝食难安。欧阳振华能理解他的心情，他们的时日不多了，希望能在有生之年了结自己的心愿。

桃花村很快就传遍了台湾人寻亲的消息，可找来找去，还是没有方林桃的下落。张老先生有些失望，也许他的林桃真的已经不在人世了。

突然，肖家冲传来了方林桃的消息，有人说她就是张老先生要寻找的人。

张老先生和欧阳振华一行人赶紧来到了肖家冲，这也是最后的一站地了。

“我就是方林桃。”吴老太太颤巍巍地说。

“你不姓吴吗？”肖长河拄着拐杖问。

“是，我姓吴，我改姓的。”吴老太太说。

张老先生仔细地端详着吴老太太，难道她真的是他要找的林桃？可怎么看也不像，难道这么多年，她变了，也许真的变了，岁月不饶人啊！

“林桃，你还记得我们是哪一年来到桃源乡的吗？”张老先生问。

“这个，这，我记不起来了，我的记性不太好了。”吴老太太结结巴巴地说。

“你还记得我最喜欢吃什么吗？”张老先生又问。

“这么多年了，我的日子有多难啊！我的脑子被日本鬼子打了，就不好使了，我怎么记得起来。”吴老太太难过地哭着说。

“林桃，不哭啊！”张老先生安慰道，他的心中也异常的难过。众人见张老先生终于找着他的林桃了，心中也终于松了一口气。欧阳振华也松了口气，这件事情终于有一个好的结局。

张老先生被暂时安顿在肖长河家里，吴老太太家里实在太简陋了，又小也住不下。肖长河也听吴老太太说过她丈夫的事情，她说她丈夫是当兵的，一去就了无音信了，所以留下她一人。今天他们终于团圆了，这也是人生中的一件幸事。

“肖主任，我有件事想和你商量商量。”张老先生说。

“什么事？您说。”肖长河尽管走路还一瘸一拐的，其他的恢复得还比较快。

“我想把林桃的房子重新修缮一下，我过几天就要走了。”

“好啊！没问题，这是好事，这么多年，她也怪可怜了。”

很快桃花村传来了吴老太太建新房的事情，大家都感叹吴老太太享福了，有了这么一位台湾亲人，她后半辈子都不愁吃穿了。

新房终于落成了，四间大瓦房，宽敞明亮，最激动的要算吴老太太了。没想到晚年还能有这样的光景，可她的心里又隐隐不安，她不知道她这样做到底对不对，她只想给哑巴有一个好的生活。将来给哑巴娶一个媳妇，她死后，哑巴也有一个伴，像她家的光景是没有人嫁给他哑巴的，可现在就不同了。

吴老太太搬进了新房，张老先生的启程之日也快要到了，吴老太太渐渐感到不安起来。

“张老先生，我有话要和你说。”吴老太太说。

“林桃你怎么了？”张老先生惊奇地问。

“我请求你原谅我？”吴老太太流着泪说。

“怎么了你？”

“我不是你要找的林桃，我欺骗了你。”吴老太太哽咽着，她不忍心再骗张老先生了。她已经够伤心了，只是因为一时的贪欲，她才这么做了，她也希望她的爱人突然出现在她的面前。她期盼了无数个日日夜夜，奇迹没有来，她只有和哑巴相依为命。

“我的丈夫也是从军去了，一去就没有回来，我日思夜盼的，希望有一天他会出现在我的面前。可他没出现，你要知道一个女人的日子有多艰难，于是我就收养了哑巴，他就是我后半辈子的寄托了。”吴老太太哭着说。

“我知道，你不是我要找的林桃，我也知道你骗我也是迫不得已的。”张老先生轻轻地说。

“你知道？”吴老太太很惊讶。

张老先生点了点头。

“尽管我和林桃分开五十多年了，可我还是能分辨出她的。”张老先生很伤感。

“对不起，我希望你真的能找到她。”

“没希望了，我这次走了也许以后再也没有时间回来了。”张老先生踱到了广场上，他的心情无比的失落。广场上桃花奶奶在为孩子们讲着故事，他不由得也凑了过去。

“以前咱们村里出了一位女状元，那可是咱们这里最大的官。她威风凛凛，手拿一把宝剑守候在铜岭关。有一天，有一个叫李楠木的军官带领大军造反，他们便来到了铜岭关下。于是，女状元和反军展开了一场厮杀，由于李楠木本领太高，而且兵又特别多，女状元最后抵挡不住负伤往南逃。女状元一直逃到薄刀峰下，再也走不动了，眼看李楠木后面就追了上来，女状元见走投无路拔剑自杀了。”

孩子们都听入神了，广场一片静寂，像山一样静。

桃花奶奶顿了顿又说：“就在女状元自杀的时候，突然薄刀峰上金光四溢，女状元突然变成了一座山将李楠木压在山下，让他永世不得翻身。后来人们为纪念那女状元将那山取名为杀女山，你们看那薄刀峰前的那座矮山就是杀女山。”

孩子们默默地看着杀女山，心中无限惋惜。

“林桃！我的林桃！”张老先生突然大喊起来。

“谁？谁呀？”桃花奶奶惊恐起来，怎么有人知道她的真名，她受的苦难已经够多的了，为此，她才隐姓埋名的。

“是我，清松。”

“清松？”桃花奶奶仔细地打量着她的清松，突然大哭起来。

“你个该死的清松，你个要命的清松，你怎么一去就不回来了。”

张老先生也老泪纵横，他搂着他的林桃任由她打骂。众人也都赶了过来，见到此情此景也不由得落泪。

“林桃，你受苦了。”张老先生安慰她说。

“你老了。”桃花奶奶摸着张老先生的面孔说。

“是呀！都五十年过去了，没想到这辈子还能见到你。”张老先生哽咽着。

“我都以为你死了！”

“我是死里逃生，后来去了台湾，一去就回不来了。”张老先生感

叹着，岁月弄人啊！

来到桃花奶奶的家，张老先生看了看这个破落的家，他不由得流下泪来，他的林桃这一辈子受尽了苦难。

“瞎子跪下！”桃花奶奶命令道，“给你父亲叩头。”

“我父亲？”丁瞎子很惊骇，他突然有父亲了。

“这就是你亲生父亲，你本来姓张，我都以为他死了。”桃花奶奶流泪道。

“孩子，爸对不起你们。”张老先生拉着儿子的手泪流满面，丁瞎子也泪流满面。今天最幸福的要数桃花奶奶的家里了，两位老人终于在半个世纪后团圆了。岁月啊！看来今晚又是一个不眠的夜晚。

幸福的时刻来得那么晚，可那也是幸福。张老先生的归期到了，他要走了。临走时，他留给桃花奶奶一些钱。

“这点钱你收下，把房子修一下，孩子上学也要钱花，回去以后我再寄给你。”

张老先生依依不舍地离开了桃花村，他让随行的儿子包了一包桃花村的泥土，他要带回去，也许这一别就是永别了。

桃花奶奶也依依不舍，刚见面就要分开了，她这一辈子的心愿也算了了。她的清松还活着，只要他活着，她就知足了。

十九

五月的雨，总是那样滂沱，没有一丝少女般的温柔，像一个粗野的男人在恣意地蹂躏着县城。街道上的汽车也少了往日般的柔情，时不时击起冲天的水花。

雨，终于在早晨八点钟停了，街道上已经积满了水，大小商店也陆续打开了门。

一轮鲜红的太阳从云层里转了出来，县城逐渐喧嚣起来。县城经过雨水的洗礼，街道变新了，两旁的绿树也展现了勃勃生机。

花蝶创办的映山红文学社在学校产生了很大的影响，主要成员已经发展到三十二人。学校领导本来担心社团活动影响学生们的学习成绩，从现在看来是利大于弊，领导也就放心了。

高二是同学们课业压力比较大的阶段，整天沉重的作业将丁晓晓和花蝶留在了教室里，少了高一时那轻松和浪漫的步伐。同学们总是来去匆匆，在寝室、教室、食堂之间奔忙。映山红文学社的论坛也只能一个月开一次了，有时丁晓晓和花蝶彼此打一个照面，会心一笑，便各自发奋图强。

今天是丁晓晓和花蝶去省城参加作文竞赛的日子，这是映山红文学社的骄傲。丁晓晓依旧是那套军服，长长的头发，乍一看，不男不女、不伦不类。班主任多次劝丁晓晓到理发店把头发剪短，不然有损学校形象。丁晓晓不能违背自己的誓言，他认为一个人的才能也并非外表所能体现。

花蝶看见丁晓晓几次都想笑，但还是忍住了。她今天依旧是披肩发，上身穿着流行的文化衫，上面印着五个鲜红的大字：潇洒走一回。下身是一条白色牛仔裤，再配上白色的休闲鞋，活脱脱一个白衣天使。

临行时，校长意味深长地说："你俩要加油啊，要为学校争光啊！"

丁晓晓和花蝶默默点头出发了。

从小长这么大，去省城，丁晓晓是"大姑娘坐轿——头一回"。

省城之行对于花蝶和丁晓晓来说都是一段难忘的经历。不久，获奖名单下来了，花蝶夺得了作文竞赛一等奖，丁晓晓得了优秀奖。丁晓晓和花蝶再一次成了学校的焦点人物。

这几天，丁晓晓突然发现花蝶没有来上课，一问才知道她生病了。

下午，班上几个与花蝶要好的同学到街上买了一些水果去看望她。

"我去不去呢？应当去，可我……"丁晓晓拿不定主意，他也没有什么礼物可送的。

同学们来到了花蝶的家里，丁晓晓暗暗地跟在后面。花蝶的母亲客气地招呼她们喝茶，还一个劲地说："你们学习这么忙，还来看花蝶，真让我感动，非常谢谢你们！"

高中的学习是非常紧张的，尤其是他们班，学校将大学的筹码全压在了他们身上，他们没有理由不争分夺秒。

丁晓晓听见同学余莉开口说："阿姨，这是应当的，我们是同学嘛！应当互相关心和帮助。"

"对，对，同学之间应当互相帮助。"花蝶的母亲显得很兴奋。

花蝶的母亲又开口说："你们这些年轻人真令我羡慕，我们当时上学那阵子，哪来这么好的条件，你们要好好珍惜啊！"

同学们一阵应和地回答。

"好，我不说了，你们年轻人闹吧！我去买菜，你们晚上在这儿吃饭。"

"阿姨不用了，我们在学校吃过了。"

“那怎么可能，学校这么早就吃饭了？”

“妈，谁来了？”

丁晓晓听到花蝶的声音。

“你们快进去吧！”花蝶的母亲说着出了门，去买菜了。

“哎呀！你们怎么来了？”花蝶高兴地叫了起来。

“来看看你，你病好点吗？”余莉关切地问。

“有什么病，值得大惊小怪的，只不过是有点感冒，过几天就好了。”

“那怎么行？几天课程拉下去怎么办？我成绩又不太好，不然我就将今天老师讲的课程给你补上。”

“不要紧，病好了，我加点劲就能赶上。你见到丁晓晓了吗？”

花蝶提到了他，丁晓晓心里一阵发紧，身子竟然有些发抖。

“别提了，他真不是个东西！你平日对他那么好，还以他姐姐名义给他钱。居然你病了他都不来看一下，真是冷血啊！”

余莉对丁晓晓成见很深，令丁晓晓惊讶的是，去年给他钱的竟然是花蝶，她怎么知道他的身世？甚至在那时他还很恨她、讨厌她，也从来未跟她说过话。

“你怎么知道我以他姐姐的名义给他钱？”花蝶显然也很惊讶。

“我看见你将方便袋放入他桌柜里，后来听同学们说丁晓晓他姐托人带钱来了。我想，这事肯定与你有关。”

“这事不要让丁晓晓知道，他家真可怜。父亲是瞎子，母亲又疯了，家里只有姐姐支撑着。我是在打扫卫生时，他的日记本掉在地上，我才知道这些的。想起来，他姐姐真不容易，一边要劳动养家，一边还得挣钱供他上学。……”

以后的话丁晓晓听不进去了，他真想冲进去抱着花蝶哭一场，他的心被她融化了。

丁晓晓已经泪流满面。

“我看这样吧！我们每人出十元，还以他姐姐的名义给他，你们看怎么样？”

“行。”

“没问题。”

花蝶开口说：“不行，去年他回家肯定知道了这件事，如果还这样给他，他肯定不会收的。”

“那怎么办？”余莉问。

“我已经跟我妈说了，叫她想办法叫学校免去他的学费。”

“好办法，花蝶你真行，我要是男孩非你不娶。”

大家一阵大笑。

丁晓晓将买的水果和今天的课堂笔记，还有难点分析放在沙发上，趁余莉她们还没走，提前离去了。

丁晓晓一个人默默地走在沿河大道上，心中有说不出的感动。

“这个世界多美好啊！”丁晓晓长长嘘了一口气。

转眼，冬天又来临了，山子突然来到了校园，这简直是一个破天荒的事情，像他这种大忙人，是没有时间来到这里的。

山子找到了丁晓晓，当丁晓晓见到山子时，很惊讶。一向很自信的山子，不但没有了自信，眼圈发黑，而且脸色也非常难看。丁晓晓知道一定是出事了，而且不是小事。

“你马上跟我走。”山子故作镇静地说。

“去哪里？”

丁晓晓很惊讶，到底有什么事？丁晓晓想了一想，想不出能出什么事情来。

“马上走，去县医院。”

“县医院？谁生病了？”丁晓晓不解地问。

“你姐姐。”山子喘着气说。

“我姐姐？”丁晓晓很迷惑。

“是，一会儿见着你姐姐千万要顶住啊！”

丁晓晓跟着山子来到了病房，看到桃花头上缠着白纱布，面容消瘦，静静地躺在床上，像睡着了一样。奶奶坐在病床边不停地流着泪，奶奶的头发已经花白了一大半，白发像枯草一样蓬松着。

“姐姐。”丁晓晓轻轻地推了推姐姐，桃花没有动。

“我姐姐怎么了？”丁晓晓突然害怕起来，焦急地问奶奶。

“你姐姐砍柴时，从山上滚了下来，摔伤了大脑，到现在还没醒过来。”山子哽咽地说。

丁晓晓头脑里轰的一声，什么都倒塌了，只有伤痛在心中疯狂地滋生，像要吞没他整个躯体。丁晓晓感觉天地在旋转，他的世界在转动、倾斜。

“姐姐，你可别吓我。”丁晓晓趴在桃花的病床前号啕大哭起来，他做梦都没想到家里会出这种事情。

“姐姐，你醒醒，晓晓来看你了。”丁晓晓哭诉着，他多么希望姐姐能睁开眼睛看他一眼，哪怕是一下。

“晓晓，姐姐醒不了了。”桃花奶奶哭着说。

“不，不，姐姐会醒过来的，她只是累了睡着了。”

丁晓晓伤心欲绝，他怎么也不相信姐姐会这样，他不相信。

“你姐姐在乡医院住了三天，这里住了两天了，大夫都说她成了植物人，如果能醒过来那就是奇迹了。大夫还建议回家养着，他们也无能为力了。”山子说。

“桃花，我苦命的孩子呀！这一辈子可苦了你了，老天呀！你要惩罚就惩罚我吧！”桃花奶奶老泪纵横。

“不会的，不会的，大夫，我要找大夫，他们一定弄错了，姐姐会醒过来的。”丁晓晓大喊着，他哭着要去找大夫，山子赶紧抱住他。

“晓晓，你冷静冷静，大夫说的不会错的，你要面对现实。大家都很难过，现在全家要靠你了，你奶奶年岁也不小了。”山子哭着说。

丁晓晓瘫倒在山子的怀里，他的一切都倒塌了。以前家里有姐姐顶着，现在一切都没了，他的精神支柱没了，他该如何是好？

“你要振作起来，任何困难都会过去的，你是男人，要负起男人的责任来。明天我把你姐姐带回去，我已安排好了村里人，来把你姐姐抬回去。”山子说。

“好吧！我处理好学校的事就回去，谢谢你，山子哥。”

丁晓晓神情恍惚，他不知道是怎么回到学校的，他不敢回宿舍，他就坐在小河边哭，累了，他就在树底下睡一会。冷冷的冬风吹得他的身体直打冷战，这让他的心更加冰冷。

丁晓晓不得不离开他心爱的校园，山子说的对，他是一个男人，他要负起男人的责任来，他是全家的依靠。丁晓晓含着泪离开了校园，他不忍心和花蝶及同学们道别，他只能偷偷地走。临走前，他向班主任说明了情况。

“哎！太可惜了，你成绩这么好，难道没有一点办法吗？”班主任赵老师惋惜地说。

“没有。”丁晓晓摇了摇头无奈地说。

“如果单单是钱倒好说，但你一家人是需要你照顾的。”赵老师喃喃地说。

“我家里的事是钱解决不了的。”

“那好吧！你留一个地址，我到时把课本及学习资料寄给你，学校还保留你的学号，希望你能到时回来参加高考。”赵老师说完眼圈也红了，这是他教过最好的学生，而今要走了，他真的依依不舍。

“谢谢您，赵老师！”丁晓晓感动地说。

“答应我，一定要回来参加高考。”赵老师紧紧地搂着丁晓晓说。

丁晓晓默默地点了点头，他背着行李依依不舍地离开了他心爱的学校。

“我会回来的。”丁晓晓心里默默地说。

丁晓晓回到桃源乡时，天淅淅沥沥地下起了小雨，小雨伴着寒风在天空中斜斜地飘着。

远近的山上灰蒙蒙的一片，显出几分萧索和凄凉。唯有那松柏在这蒙蒙的雾中显出几点青青的面孔，山丘上的枯草由黄变白了，在山风中抖抖索索，仿佛一个孩子在抽噎着。枯草中不时露出几块石碑，像一只只潜伏在枯草中的狼。

桃花村的路是一条只能通过一人宽的泥土路，高高低低，坑坑洼洼，一到雨天满是泥泞。丁晓晓背着行李，一步一滑地在快要淹没鞋帮的泥泞路上艰难地行走着。冰冷的雨水打在了他的脸上，风像刀一样在向他袭来。丁晓晓浑身没有一点温暖的地方，他的身子冷得发抖，心中像压了千万块石头般沉重。

风小了，雨停了，大片的雪花从彤云密布的天空中飘落下来。很快，山川、田野全白了。

雪花还是不停地下着，而且越来越大，仿佛要填没这一切的沟沟坎坎，填平这世上一切悲伤和痛苦。

丁晓晓在这满天飞舞的白雪中艰难地行走着，身上的衣服像厚厚的铠甲压得他喘不过气来，浑身没有一丝暖气。好几次摔倒了，他都无力爬起来。

“快到家了，快到家了。”丁晓晓在不停地给自己打气。

当丁晓晓再次跌倒时，他已经无力爬起来了。雪花在轻轻地拍打着他，多像姐姐的手啊！那么温柔、亲切。丁晓晓挣扎了几下，他的双腿已经冻得麻木了，他用双拳使劲地捶打着腿。

在这样的雪天，这里是没有人来的，即使是晴天这里也很少见人。丁晓晓已经到达了这山的第一阶梯，再转一道弯就是村子了。

二胡声，丁晓晓听到了父亲的二胡声。他似乎看到了父亲那满是皱纹的脸，两颗浑浊的老泪正从脸颊滚落下来。他那一双有力的手在使劲地拉着、拉着，节奏那么强，那么充满生命力。

丁晓晓慢慢向村子里走去，二胡声越来越清晰，他看到了家里那黑黑的木门，他终于回到了家。

“桃花，晓晓回来了。”肖长河扯开嗓子大喊起来。

“不对，可怜的桃花。”肖长河叹息道。

丁晓晓一进家门，他赶紧来到姐姐的房间，第一眼就看到了姐姐，姐姐静静地躺在床上。丁晓晓鼻子一酸，忍不住掉下眼泪来，他瘫坐在姐姐的床前。

“姐姐，晓晓回来看你了，你睁开眼睛看看，晓晓求求你了，求求你看看晓晓。”

丁瞎子这时也摸了进来。

“爸……”丁晓晓泣不成声。

“好孩子，让爸看看你。”丁瞎子是看不见的，他用手在一点点地摸着，从头一直摸到脚，确认他的晓晓完好无损，他才满意了。

“好孩子，这一下可苦了你了。”丁瞎子也哭了。

“爸，您放心，家里有我，姐姐会好起来的。”丁晓晓安慰着父亲。

“唉！都怪爸妈没用呀！”丁瞎子内疚地说。

“这都是命呀！这一劫是桃花命中注定的。”桃花奶奶叹息着说。

丁晓晓挑起了全家的重担，他白天干活晚上复习功课，他每天晚上来到姐姐的床前讲着白天发生的事情，他给姐姐讲以前学校的故事，念书本上的文章给姐姐听。他以前在学校看到一篇关于植物人的报道，报道说有一个丈夫每天给他植物人的妻子讲故事，有一天，他妻子突然苏醒了。他也希望有一天姐姐突然醒过来，那样他该有多高兴呀！他丁晓晓是不会放弃的，既然报道上说能苏醒过来，那他就有希望。实在不行，他带着姐姐去省城，去上海治病，哪怕拼上他的性命也要治好姐姐的病。

“成绩这么好的娃儿被家庭拖累了，可惜呀！”

“福无双至祸不单行呀！”

“也难为了娃儿，就是年轻力壮的小伙子要支撑这个家也不容易呀！”

…………

桃花村的人们更多的是惋惜和无奈。

桃源乡的路通到了新建的乡政府，电也通了，这对桃源乡来说是天大的好事。可对桃源乡的人们来说，似乎公路通了对他们没有太大的改观，大家还是走很远的路到新乡政府。

山子看着果树一天一天长大了，而桃花村的路还是老样，他又犯愁了。乡里不可能为他们桃花村修路了，到木子乡的路已经令桃源乡元气大伤，得过三五年的缓冲期。可他的果树等不了，不然他就得倾家荡产。

“乡长，桃花村的路能动员村里的村民修吗？”山子试探着问欧阳振华。

“乡政府是帮不了啦！如果你们自己组织修是可以的，乡政府现在是一穷二白。”

欧阳振华实在是无能为力了。

山子只好回到桃花村，他知道桃花村不可能每家出人力物力修路了，况且也没那条件。桃源乡的路到现在还没喘过气来，他只能再想办法了。

山子想来想去没有其他的方法可行，唯一的方法是他雇几个人把原来的山路扩宽。可这是何等的难事，就算扩宽了路基，有的地方太陡，有的地方得放炮炸平。山子把自己的想法向欧阳振华作了一个汇报，也好让乡政府出面协调扩宽占用田地的事宜。

“你放心，这事就交给乡政府办，同时我可以向上面申请雷管炸药。”欧阳振华说。

山子离开了乡政府，他说干就干，先从自家门前的路基往下扩宽。

"你个兔崽子，吃饱了撑的！"

林孟华一听山子要扩宽路基气得大骂。

"爸，你别管。"

"我不管，你知道这多大的工程量吗？"

"我知道，一年不行两年，我迟早会修通的。"

"你知道个屁，赶紧外出打工吧！有能力就别回了，我和你妈的死活不用你操心。"

山子不再搭理他父亲，他只顾修他的路。

"有能力的都往外走，你倒好，还不愿意走，都是因为那桃花是吧？可那桃花现在成植物人了。"

不管林孟华怎么说，山子就是不应声，气得林孟华也拿着锄头。山子一边扩宽，他就在后面挖坑，他不会让山子得逞的。

林孟华的老婆见此，夺过林孟华的锄头哭着说："别人都帮着孩子，你这是在帮倒忙，你何苦呢？"

"我这辈子自作自受，谁叫我有这个不孝子！"林孟华气得心里隐隐作痛。

"林玲不知去向，你难道也要把山子逼走，这日子我没法跟你过了。"林孟华的老婆气得扔掉锄头，哭着跑回娘家去了。

"好！好！你们爱怎么地就怎么地，我也不管了。"林孟华也气得走了。

一个星期过去了，山子还在带着人挖路基，林孟华见此也只好扛上锄头加入扩路的队伍中，谁叫他是他的儿子呢？

"爸，谢谢你啊！"山子见父亲也来了，他高兴地说。林孟华懒得搭理他，只顾挖路基。

肖长河见山子带人扩宽路基，他赶紧召集村里的人们商议。

"现在山子在扩宽路基，大家怎么看这事？"肖长河问。

"还不是为了他的果树，如果车进不来，他的果树算白种了。"

"他爱挖就挖吧！"

"没事找事。"

…………

众人议论纷纷。

"如果他真把路扩宽了，车能进来了，那我们肖家冲怎么办？"肖长河又问。

"那还省得我们修路了。"肖长海说。

"你想得美，路是别人扩宽的，别人会白白让你走！"肖长江说。

"对，这是个事。"肖长海沉思道。

"不然，我今天召集大家开会干吗？"肖长河说。

"这事可不能让他山子干了，如果他修成了，不让别人的车通过怎么办？"

"是，这事还真不好办，别人修的路别人有理。"

"现在，事情就摆在这里了，怎么办？"肖长河又问。

"你是族长，你说该怎么办？"

肖长河沉思了一下说："一种情况是不让他修，另一种是咱们也修。"

"第一种情况是不可能的了，不符合时代的想法了。"肖长江反对第一种。

"那就咱们也加入一起修！"

大家都统一了意见，肖长河找到林孟华。

"林主任，现在咱们可是一个村了，修路大家就一起修吧！这样进度也快一些，毕竟这条路也有我们每人的一份。"肖长河说。

林孟华有些诧异，这在往日是万万不能的事，他转念一想，他明白了肖长河的意思，他是担心山子把路修通了不让他们肖家冲的车通过。

"肖老主任有这样的想法，我代表林家湾谢谢你！"林孟华笑着说。

"那修路的事还是像乡政府修路一样，分配到户，统一管理。"肖长河说。

“好！好！”山子兴奋得不知如何是好，他做梦都没想到，事情会有这样的转机。

很快桃花村传来了炮声。

“这山子还真行！”欧阳振华不由得赞叹说。

“是呀！这有矛盾也是件好事。”李建文接茬道。

“你呀！好好学着点。”

“是，乡长，现在干什么都得有头脑啊！不然就要落伍了。”

“是，时代在变呀！”

“那就让它变得更猛烈些吧！”

李建文突然发现他也变了，在同乡长这几年共事里，他也变得会思考了。

桃花村的路修修停停，停停修修的，难度太大了，村民也没有了往日的激情。前面的路还没来得及扩宽，后面的新路基已经被雨水冲洗得面目全非了，还得时不时地去乡里修补被雨水冲垮的乡公路。这路的事情已经把桃花村折磨得筋疲力尽了，大家都慢慢地退出了，只剩下山子和他的父亲林孟华了。

山子只能咬牙坚持着，他没有退路可言，林孟华也没有退路，谁叫他有这样一个儿子呢？

“我看修路的事情还是缓一缓，这二十多里路，单单靠你们两人是不行的。”

欧阳振华见此劝说山子。

“我有朝一日会修通的。”山子坚持说。

“刚刚乡里的路修完，大家的元气已经伤了。得喘喘气再修，这事急不得的。”林孟华也劝山子说道。

“桃源乡的公路结合整个乡的力量花了一年半的时间才完成，你这比桃源乡的公路远了一倍的路程。尽管只是扩宽，而仅凭你一家人的力量，这简直是难于上青天的。其他的不说，就那三条大河都够你们喝一壶的。”

欧阳振华说得不是没有道理，现实残酷得令山子心痛。他也没有钱请人挖了，他出去这几年的积蓄也全部花光了，唯一留下的只有这一双手了。

很快，村子里传来了村东头肖长根全家要搬走的消息。听说他的大儿子肖平安在上海发达了，他全家要搬到上海去。

“长根，你的好日子来啦！”周二婶羡慕地说。

“什么好日子！不过是孩子找了个媳妇，我们过去帮他带孩子。”

“那好呀！要抱孙子了，你家平安真有出息了。”

“听说你家的春妮也发达了？”长根的妻子王花花说道。

“还不错吧！男朋友是上海人。说是准备过年回家看看，同时把房子拆了，盖上楼房。”周二婶说得眉飞色舞的。

“本来也叫我们搬到上海去住，长海不同意，他说还是这里好，你说这里有什么好的？”周二婶抱怨道。

“哎，人这就是命呀！你说以前，谁能想到有现在这样的光景！”

“是呀！你说以前咱们在这村里为了那一亩三分地，争来争去的。现在倒好，大家都走了，这田地也荒废了，想想也挺可惜的。”

“没事，你们还在，如果家里田地不够使，可以种我们家的，反正放在那里也荒废了。”王花花大方地说。

“我们也不想种了，孩子劝我们什么都不要种了，那几亩地产出的粮食还不够交税和买化肥的钱。”

“是，这没错，所以都外出了，外面的钱好挣，而且外面比这地方交通方便呀！”

“是，你说咱们这里要通了公路该有多好呀！看来没戏了。”

“这里通公路，估计我们这一辈算没戏了。”肖长根吸了一口烟说道。

“年轻人都外出了，都不回了，下辈子估计也没戏了。”肖长根接着说。

"那你说，我们住在这里该怎么办呀？"

周二婶的心情不由得低落起来。

"还是搬走吧！搬到哪里都比这里强。"王花花说道。

周二婶回到家里又和肖长海吵了起来。周二婶要搬走和女儿一起住，可肖长海誓死也不想离开桃花村。两人相持不下，最后只能等女儿回来再做定夺。

肖长根要搬走的消息很快在村里传开了，以往对他恨之入骨的，现在听到他家要搬走了，突然有些依依不舍的，毕竟大家都是邻居这么多年了。上次肖长水家的搬走，大家都不习惯了很长时间，而今的桃花村真的变了。最不能接受的是肖长河，尽管他的腿脚不灵便，村主任也不干了，但他的地位还是同以前一样，有增无减。

"连肖长根那饭桶都要搬走了！"肖长河愤愤不平地说道。

"你可别出去瞎说。"肖长河老伴赶忙打断他的话说。

"我瞎说怎么的？谁敢管我？"

"你呀你！现在都什么时代了，你的老皇历该翻一页了。"

"什么时代？什么时代我说话还是一样的。"肖长河恨恨地说。

"去！谁听你的，都走了，也不知道安子怎么样了？"

肖长河老伴不再言语了，一想到她的安子她就流泪。

肖老三这几年也不回了，他像肖安一样消失了，肖长河只得将他妈接过来和他们一起过。

"长河，你说老三和安子怎么就不回了，他们怎么这么狠心呀？"李老太太说。

"妈，别管他们了，你吃好喝好就行了。"肖长河安慰道。

"我都是快要死的人了，吃什么喝什么都不重要了。可他俩在外不知道挨不挨饿、受不受冻啊？"

"他们在外吃香的喝辣的，不会挨饿的。"

“那就好，那就好。”

李老太太最近有些痴呆了，时而好时而坏的，肖长河猜测他妈的时日不多了。

转眼过年到了，春妮从上海回来了，她要将她家的房子盖成二层的小洋楼，这在桃花村是独一家的。

出外打工的回来都说她嫁了一个上海老头，特别有钱。

“春妮，外面说的是真的吗？”周二婶问。

“外面说什么了？”春妮不解地说。

“说你嫁给了一个老头，比我和你爸年纪都大。”

“瞎说，比我大几岁就叫老头了，他们眼馋，恶心人呗！”

“你可不能这样啊！否则我以后在桃花村没脸见人了。”周二婶说。

“妈，这叫爱情，懂吗？爱情是不分年龄的，谁像咱们这里老封建。”

“那你和山子以前不叫爱情？”周二婶不解地问。

“山子，别提他了，谁叫我以前年纪小不懂事，谁愿意一辈子待在这破村子里。”春妮愤愤地说。

“你长大了，我管不了你，你可不能瞎搞啊！我可丢不起那个人。”周二婶警告说。

“妈，你放心吧！你和爸以后享福就行了。”春妮安慰她妈说。

“等房子建成了，我就要让桃花村的人们看看是女儿厉害，还是儿子厉害。免得老是说我们家里没儿子，这么多年来都抬不起头来。”周二婶恨恨地说。

“我叫你和爸都搬到上海去住，你们又不同意，何必和村子里搅和在一起。”

“你爸不同意，他离不开这里。”周二婶埋怨道。

“这里有什么好的？要不是你和爸，我都不回来，路没个好路的。”春妮心里极不高兴地说。

“我和你一起到上海，让你爸自己在家里，免得每天骂我，我也得为自己活一回了。”

周二婶下定了决心，只要房子建成了，她就和春妮一起走了，她也要看看外面的世界。

二十

“晓晓，我和你妈计划离开桃花村，到外面去闯闯，我不能再整天待在家里，我相信我和你妈能养活自己的。”

新年过后，丁瞎子做了一个大胆的决定。刚说完，可吓坏了丁晓晓和桃花奶奶。

“爸，你眼睛看不见，妈的精神不好，你们就待在家里，我能养活你们的。”丁晓晓安慰道。

“晓晓说的对，你们这样怎么出去？出去了也不放心呀！”桃花奶奶也安慰道。

“妈，这件事我想了很久，我眼睛看不见，玉红能看见，她就是我的眼睛。”丁瞎子道。

“可是玉红一旦犯起病来，你怎么办呀？”

“妈，我有办法的，我只要一拉二胡她就会安静下来的，我就不相信这个世界没有我用武之地，我不就眼睛瞎了吗？可我心里比谁都清楚，放心吧！”

丁瞎子下定了决心，不论丁晓晓和桃花奶奶怎么劝都无济于事。

“爸，那您要好好照顾自己和妈，如果有困难就回来吧！”

丁晓晓见劝不动父亲也只好随他们去了。

“放心吧！我没问题的，想当年我和你妈在桃源乡也是一号人物呢。”丁瞎子说完，桃花妈拉着他的盲杖，俩人走出了村子。

村子里的人们听说瞎子夫妻要出外闯荡，都感觉好奇，来到村口为他俩送行。

“唉！瞎子比我强啊！”肖长河也来到了村口感叹道。

丁晓晓望着父亲远去的背影顿时泪如雨下，他知道父亲怕拖累他，可他是他儿子呀！

“姐姐，爸妈出外闯荡去了，我真不放心呀！可我也没办法留住他俩，我知道爸很难受，没准让他出去走走也是一件好事。”

“姐姐，你能听见我的话吗？如果能听见就眨眨眼睛好吗？”

任凭丁晓晓如何的呼唤，桃花依旧躺在床上没有反应，像死人一般。

“晓晓，你忙去吧！姐姐有我照顾就行了。”桃花奶奶说。

“好的，奶奶。”

这段时间丁晓晓也深思过，他不能在家等死，他一定要带着姐姐去大城市治病，他相信姐姐有一天会好起来的。姐姐住院的费用都是借的，他都不知道什么时候能还上。以他现在的条件是实现不了这些，但他相信总有一天他会实现的。

“奶奶，姐姐这样躺下去也不是办法。”

“那该怎么办呢？”桃花奶奶问。

“我必须带她去治病。”丁晓晓坚定地说。

“大夫不是说治不了。”

“得去大城市治。”

“大城市？可哪来的钱呀！”桃花奶奶叹气道。

“我可以挣钱，挣够了钱就可以带姐姐治病了。”

“那得多少钱呀？”桃花奶奶问。

“我也不知道，这样总比在家有希望。”

丁晓晓打定了主意，他要去大城市，去上海，那里一定能治好姐姐的。

“那你就去吧！姐姐就交给我照顾吧！”

“奶奶您行吗？”丁晓晓不放心地问。

“没事的，有事情我就找春云帮忙，你放心走吧！”桃花奶奶信心满满地说。

丁晓晓来到了姐姐的床前，拉着桃花的手说：“姐姐，弟弟要离开你一段时间，你要乖，听奶奶的话啊！等弟弟挣到钱就回来带你去大城市看病，你不就一直想让弟弟去大城市吗？”

丁晓晓泪如雨下，他计划把田地里的庄稼种完再走。家里安排完后他才放心地离开桃花村，他的身上背负着全家人的重担。

没几个月，桃花村的基根路停了下来，已经被雨水冲刷得沟沟洼洼的了。最痛苦的要数山子了，这几年的投入都没有一丝的收成，他已经入不敷出了，还欠了一屁股债。

“当初劝你不听，现在知道痛苦了吧！就是不撞南墙不回头。”林孟华没好气地数落着山子。

“别说了，孩子已经很难过了。”林孟华的老伴心疼儿子说。

林孟华的老伴担心山子的婚事，他们想早日抱上孙子，她不知道多少次劝山子早点找个媳妇，结婚生子。

“他爸，你劝劝山子吧！他这样一直单身也不是个事。”林孟华老伴说道。

“我不去，要去你去吧！”

“可这长期下去也不是办法呀？”林孟华老伴说道。

可谁愿意嫁给他的儿子呢？林孟华都托了好几个媒人说亲，都没有成功的。一来好的女子都外出了，嫁到外地了；二来桃花村太闭塞，姑娘都不愿意嫁过来。

“只能娶一个外地的女子，也许那样能成。”媒婆说。

于是，林孟华就叫他的老伴回娘家一趟，看她的娘家有没有好的女子愿意嫁过来，他可以多给彩礼钱。

不久，山子妈回到了桃花村。

“你舅舅听说了你的事，帮你找到一门亲事，说等你们俩结完婚，他就帮你把债都还了。”山子妈说。

“我不结。”山子一口回绝。

山子的舅舅是木子乡的一个小老板，他主要经营木材、中草药以及山上的各种野味，低价收购，高价卖出去，在当地算是有钱的人家。

“那姑娘叫刘桂花，长得苗条水灵，模样好，就是家境不太好。”山子妈说。

“我不结。”山子固执地说。

“不结，有姑娘能不嫌弃你、不嫌弃桃花村就不错了！”林孟华恼怒地说。

“你说你这孩子也是的，这是打着灯笼都找不着的好事呀！”山子妈劝说儿子。

“我现在不想结，以后再说。”

“你最近去一趟你舅舅家吧！你舅舅找你有事谈。”山子妈说。

“我不去。”

“好，你不去，那你就等着要债的吧！你这破事我再也不管了。”林孟华说完气哼哼地走了，这就是一个孽子。

一个月下来，山子被要债的逼得走投无路了。都是一些乡民，谁家都没有闲钱，每一分钱都是有急用的，山子没办法只能去找他的舅舅李长生。

山子来到了木子乡李家村见着了舅舅李长生，李长生开门见山地说:“山子，你老大不小了，也该准备婚事了。你父母就你一个儿子，你妹妹也不知去向，你也该为两位老人想一想啊！”

“舅舅，我不想结婚。”

“你这是大不孝啊！男大当婚女大当嫁，这是不变的规律。结完婚后，你出去打工也行，或者和我一起干也行，你那瞎折腾是没有希望的。”

李长生故意将刘桂花叫到家里，让他们俩好有个印象。

“这是桂花。”

“这是山子。”

李长生介绍完后说：“你们俩好好认识一下，我有事出去一下，马上回来。”

山子和刘桂花寒暄了几句，他找了一个借口就赶回了桃花村。

刘桂花见山子长得一表人才，而且还在发展自己的事业，她心里倒也算满意。

等李长生夫妇回来时，山子已经走了，只剩下刘桂花。

“你看山子怎么样？”李长生的媳妇问道。

“挺好的，不知道山子对我的印象怎么样？”刘桂花红着脸说，她自己的年纪也不小了，也该出嫁了。

“好，好，只要你同意，山子那边没问题的，你就等好消息吧！”李长生的媳妇高兴地说。

这次山子到木子乡是有收获的，介于目前公路无法通的情况下，他可以经营一些中草药，比如苍术、天麻、沙参、茯苓等等，把这些晒干就可以背出去卖，也易于保存。他种植的茶树也慢慢长大了，但他无钱雇人采摘，只能眼看着茶树一天一天长大，而变卖不出钱来。他已经到了山穷水尽的地步了。

山子的母亲为了山子的事，决定再回一趟娘家，找她的弟弟长生帮忙把山子的婚事定了。

“我们定了没用，得山子同意。”李长生对山子妈说。

“唉！儿子大了，由不得我们做父母的了，你说桂花长得多好看呀！要什么有什么的。山子是瞎了眼，他喜欢上了我们邻村的一位老姑娘，比他大三岁，而且还被别人玷污过，现在变成植物人了。”山子妈有苦说不出。

“有这事？姐，你可得好好劝劝山子，一失足成千古恨呀！”

“放心，姐自然知道轻重，我回去劝劝孩子，等我的信吧！”

山子妈回到了桃花村，这婚姻的事情由不得山子乱来，她和林孟华商量。可是不管林孟华和山子妈如何做工作，山子就是不同意娶桂花。倒不是桂花不好，如果没碰上桃花，桂花倒是个合适的人选。

“山子，我和你爸岁数都不小了，也不知道能活多少年，我们希望能早点抱孙子，你做人要知好歹，要明白事理。”山子的母亲流着泪道。

“我知道你喜欢桃花，可桃花变成那样了，如果她一辈子不醒来，难道你一辈子不结婚？你怎么对得起我和你爸呀！我和你爸都是从苦日子过来的，上对得起你爷爷奶奶，下对得起你们，我们受苦受累为的是什么？还不是为了你和林玲，可是林玲……”山子妈伤心地哭了。

看着眼前的母亲，山子流着泪点了点头说：“妈，我答应你，和桂花成亲。”

山子的心像刀绞一样，可他不能为了自己而看着母亲难过，母亲说的对，如果桃花一辈子都醒不过来呢？

小河的流水依旧在哗啦啦地流着，山子成亲的日子转眼就要到了。他又来到了小河边，他还是忘不了桃花，他真想大哭一场。可有什么用！他的桃花是不会醒过来的。

山子成婚的日子，林孟华大摆宴席，庆贺了三天三夜。山子也大醉了三天三夜，他不停地喝着桃花醉。

桃花村变了，变得更安静了，连那平日爱唱的桃花妈也走了。肖长河还是比较喜欢桃花妈唱的那首《十杯酒》，现在这一切都不存在了，肖长河恨他喜欢得有些晚了。

当年的金童玉女，在桃源乡是何等的风光！而今都走了。

最近县里传来了好消息，县里要为各乡组织一次招商大会，并派了勘探组来摸清各乡的矿产资源，以供招商企业参考。欧阳振华认为，桃源乡做得越充分就越能吸引企业投资，这是桃源乡千载难逢的机会，他号召各村及乡领导要做好充分准备，打好这一仗，吸引更多的投资。

勘探组带着仪器进驻了桃源乡各个村子，欧阳振华安排各村部要好好招待勘探人员，做到服务周全，好烟好酒款待着，以便最终的勘测报告对桃源乡招商有利。

村民看到勘探组带着仪器漫山遍野去测量，有时还拉着绳子和布，还不让人们看，村民议论纷纷。

“这是在找宝贝，听老人说，咱们这山上有宝贝。”

“这儿有金矿，有时看到山上金光闪闪的。”

“听说当年长毛（土匪）在这山里埋藏了好多金银珠宝。”

…………

说什么的都有。

“别瞎猜了，这是勘探组，在找矿，如果咱们这里发现了矿藏，那咱们就直奔小康了。”林孟华说。

“那什么叫小康呀？”村民不明白地问。

“什么叫小康？就是你有钱了，有钱了就能娶媳妇了。”肖长河拄着拐杖说。

“听说有一个县发现了一个金矿，整个县都发了，就直接奔小康了。”林孟华说。

“那好啊！希望能找着金矿，咱们就都奔小康了。”

“要不咱们去帮他们找矿吧！”

…………

村民们七嘴八舌的。

“你们想得也太美了！还金矿呢！”肖长河愤愤地说，他懒得再搭理他们。

一个月过去了，勘探组都走了，就等县里投资团来了。

县里的投资团在副县长肖长水的带领下，很快来到了桃源乡，欧阳振华带领着桃源乡的领导热烈欢迎。经过上次的勘探后，县里都做出了每个乡的投资计划书，桃源乡的李家村有铁矿，吴家村有花岗岩矿，桃花村有大理石矿和铁矿。投资团经过一番实地考察过后，有几家企业打算在桃源乡投资建厂。

“欧阳乡长，其他没什么问题，就是交通不便，这就无形中加大了投资成本。”铁矿企业代表说。

“桃源乡目前就这个条件，交通不发达，再说了，如果什么条件都好了，就轮不到你们啰！早就被其他的企业抢占了先机。”欧阳振华说。

“欧阳乡长说的也有道理，我们要在交通上加大投资，也算支持革命老区的发展了，我同意在这里建厂。”大理石厂商代表痛快地说。

“县里给我们的条件也比较优厚，我回去向公司汇报一下，应该没什么大的问题。”铁矿企业代表说。

“就你们两家公司投资？没有旅游开发的公司来？”欧阳振华有些不满意，桃源乡这么好的旅游资源，没有人投资太可惜了。

“这年头有的家庭吃都吃不饱，谁还有钱去旅游，那是以后的事情了，这次来的都是做实体的企业。”肖长水道。

肖长水说的不是没有道理，眼下虽然解决了吃穿的问题，但是大伙儿就是缺钱，大部分人家孩子的学费都交不起，哪来闲钱旅游。欧阳振华的旅游开发，无疑是水中捞月一场空。

“那好吧！我们乡里再讨论一下，到时回复各位。”欧阳振华说。

送走了投资团，欧阳振华赶紧召集乡领导开会讨论投资的事情。

“目前的投资建厂有大理石、花岗岩和铁矿，如果这三个矿开发起来，无疑是对咱们乡的经济是雪中送炭。这是好的一方面，而不好的一方面是，开矿会破坏山林，破坏环境，是要付出代价的。我们付出环境的代价，来换取眼前的利益，值不值得？”欧阳振华说。

“现在大部分地区都在招商引资，主要是以开矿办厂来发展经济，三个矿对咱们的环境带来不了太大的影响。”李建文说。

“这是大势所趋，咱们森林覆盖率都百分之八十多了，这几个矿造不成太大的影响。”乡投资办主任张成道。

“是呀！全国都在发展经济，如果这次机会不抓住，那我们乡就落后其他乡一大截了。”

“听说木子乡已经同铁矿公司签约了，还有几个乡都要签约了，他们都吸引到了投资，咱们也不能落后哇！”

…………

大家都支持开矿，吸引投资。

“我知道，我再好好想一想，我去一趟县政府，看看县里什么意思。”欧阳振华说。

欧阳振华去了县里，一去就没有再回桃源乡了。

过完年后，周二婶跟随她的女儿春妮一同去了上海，只留下肖长海一人在家里。肖长海整日在家里骂骂咧咧的，没几个月，他也坚持不下去，也去了上海。

“多好的小洋楼啊！盖好了不住，可惜了。”肖长河看到肖长海的楼房叹息道。

“你也可以盖一栋啊！”肖长江说道。

“没钱。”

“肖安不是给了你盖房子的钱吗？”

“我不花他的钱。”肖长河的气还没有消。

“大哥，你这是何苦呢！”肖长江想不到他哥的脾气如此倔强。

“你家小子上学有钱吗？没钱跟我说啊！”肖长河转身对肖长江说。

“目前还有，缺时找你借。”

肖长江想不到大哥能说出如此的话，他很感动。

“都走了，连瞎子都走了。”肖长河感叹道。

“我也准备去上海打工，总比在家待着强。”肖长江说。

“出去吧！现在看来是该出去了。”肖长河说。

“可惜我走不了，不然我也想出去看看，看看这些孩子连田地都敢不要了，外面的吸引力是如此之大啊！”肖长河接着说，他是去不了的，他的身子状况只能在村子里走走。

“听说山子在乡里成立了一个收购站，专门收购中草药和茶叶，好像同他的舅舅一起干。”肖长江羡慕地说。

“他就靠他舅舅了，为了他的婚事，他妈都差一点被逼得喝农药。哎，家家有本难念的经啊！”肖长河长叹道。

桂花的肚子慢慢地大了起来，这可高兴坏了林孟华的老婆。她整天鞍前马后地伺候着桂花，生怕她磕着碰着的。

山子尽管对自己的婚姻感到不幸，但对这即将到来的新生命很兴奋，白天所有的累都是值得的。摸着桂花鼓起来的肚子，他就高兴，一想到自己快要当爸爸了就激动。

最近桃源乡出了一件大事情，欧阳振华调到邻县去了。有消息传出说欧阳振华同领导不和，只好走人；也有消息说欧阳振华脱贫有经验，只是暂时借调，是为了大局。真正的情况没人知道，尽管桃源乡的村民依依不舍的，可也改变不了欧阳振华的离开。

临走前，欧阳振华一一来到每个村子道别，告别这个曾经战斗过八年的地方。欧阳振华最后一站是桃花村。村民听说欧阳振华来辞行，纷纷都拿出桃花醉酒，他们要和欧阳振华一醉方休。

“今天，我要好好地醉一回。”欧阳振华举杯说。

“好，我们陪乡长醉一回。”

肖长河和林孟华也端起了酒杯。

“喝，喝。”

大伙儿都端起了酒杯。

他们从下午一直喝到晚上十点，大家都醉醺醺的，欧阳振华说话都不利索了。

“乡长，我……我有个问题一直未敢问你。今……今天你必须，必须回答我。”李建文也喝多了，结结巴巴地说。

“你……你问吧！我……我绝对回答你。”欧阳振华有些口吃了。

“你说你，放着县里快活日子不过，非……非得到，到桃源乡来遭罪，为……为什么呀！”李建文说着一口喝完了酒，这也是大家不明白的问题。

“你……你不明白吧！我……我今天就告诉你们。”欧阳振华满脸通红，酒气直往头上冲。

“我小……小时候逃荒，逃荒到了桃源乡。我……我是吃百家饭长大的。所……所以我必须回来，这……这里有恩于我，是我的家。我……我有恩必报。”欧阳振华说完趴在桌子上睡着了，大伙儿终于明白了欧阳振华为什么放着好日子不过，非得到这里来。

“这……这里永远是你的家，你的家乡。我……我们永远是你的亲人。”李建文拍打着已经睡着了的欧阳振华说，他自己也醉倒了。

桃花村的夜，那么的静寂，悠悠的山风轻拂着。

欧阳振华走后，乡里新调来了一位乡长，是从其他乡里平调过来的。新的乡长四十多岁，名字叫王新礼。同时，大家也知道了欧阳振华被调走的原因，是因为欧阳振华反对开矿，坚持发展旅游和农业，惹恼了县里的领导，而且投资团从中起了很大的作用。

新官上任三把火，很快王新礼放了第一把火，全面招商引资。开矿的企业很快进驻了桃源乡，同时答应了王新礼修通乡政府到吴家村、桃花村和李家村的公路。

“乡政府全面支持你们的开矿工作，需要配合的尽管提出来。”王新礼在会上说。

“我们第一步要修通吴家村、桃花村和李家村的路，以便设备能进去；第二步就需要王乡长协调占用村民田地的事宜。”铁矿厂商说。

“放心，这些工作由乡政府来做，由李建文李副乡长负责协调。”王新礼说。

王新礼把工作都安排下去了，眼前的事情就是要修通三个村的公路。公路通了，矿开办起来，桃源乡的好日子就快来了，他一定要让桃源乡富裕起来。王新礼也早闻欧阳振华在这里的口碑，他一定要将欧阳振华比下去，至少他能带桃源乡脱贫致富，欧阳振华不能，因为他的思想太保守了，已经不符合时代了。

二十一

六月的上海，太阳没升起来，就让人热得喘不过气来。在这车来人往的大都市里，空气令人窒息，人像蹲在蒸笼里一样。

丁晓晓到达上海火车站时，天快要黑了，下了火车，丁晓晓挎着包走出了火车站。对于像他这样一个农村少年，上海简直是天堂，到处高楼林立，街道上车来人往，四周的嘈杂声一浪高过一浪，令他手足无措。丁晓晓的衣服已经被汗浸湿了，汗水还顺着脊背往下淌。他伸手擦了一把脸上的汗，汗水流到了嘴里，咸咸的，有些苦涩，他忍不住吐了一口，然后跟着人群向前走。丁晓晓一摸口袋，只剩下二十五元钱，这是他全部的家当，今晚是注定睡在马路旁了。他买了两个包子，一路走，一路吃，穿过一个十字路口，来到立交桥下，找了一个避风的角落，背靠着桥墩坐下，心里打定主意今晚就睡在这里了。

坐了一天的汽车和火车，丁晓晓感到腿有些酸疼，浑身也不自在，像散了架似的，头脑昏沉沉的，想睡又睡不着。夜已经很深了，马路上的车川流不息，街道两旁依旧灯火辉煌，这是个不眠的城市。

丁晓晓想到了家，想到了姐姐，他浑身又充满了力量，他是全家的依靠，他不会辜负姐姐的期望的。

丁晓晓早已被蚊子咬醒了，那成群的蚊子像天外飞仙一样，一到晚上便神秘地出现了，嘴里吹着冲锋号奔着丁晓晓杀将过来。丁晓晓一阵忙碌，也无济于事，蚊子太多了，当手摸索到脸上被蚊子咬得高高低低的大包时，他想哭。脸上奇痒，他抓破了皮，也无济于事。没办法，丁晓晓吐了一手掌唾液往脸上一抹，瘙痒暂时缓解一些。

天亮了，马路上的车辆和行人多了起来。

天桥上面传来了二胡声，丁晓晓侧耳一听。

“是《二泉映月》！”丁晓晓高兴得大喊起来，他不止千百次听过这首曲子。

“难道是父亲？”丁晓晓快步上了天桥，天桥中央坐着一位衣着破旧的老人，老人膝上放着一把二胡，老人正晃着脑袋拉着。他不是父亲，丁晓晓不禁有些失望。

老人的脸黑瘦黑瘦，没有任何表情，像一块久经风霜的橡树皮，一双深陷的眼睛没有了光彩。老人的面前放着一个旧洋铁筒，里面有几枚硬币。那低沉的二胡声在这轰鸣的闹市里竟然有些婉转悠扬。

天桥上人来人往，有几个小孩挣脱妈妈的手将几枚硬币放入筒内，还蹲在旁边用双手托着下巴，像是聚精会神地听着，又像是好奇地看着这个城市不曾拥有的怪人。

看着眼前的老人，丁晓晓又想到了父亲，父亲此时是不是也像老人这样？那硬币撞击铁筒的声音，像刀一样扎得他的心直痛，丁晓晓伸手掏出五元钱放入筒内，他快步逃到天桥下。

丁晓晓漫无目的地游荡着，他不知道去何方，他也不知道该如何找到工作，连他说的话，别人都似懂非懂的，他不会说普通话和上海话。

丁晓晓不禁有些绝望了，原来出来打工也并不像村子里的人们说的那样轻松。

丁晓晓突然记得肖长根的大儿子肖平安以前在他家说过，他在四平路的城建学院工地上干活。在一丝的惊喜后，丁晓晓又犯难了，以前在那里，今天还在那里吗？可他已别无选择，只要有一线希望，他就得去试一试。

现在是正午时分，站牌下站满了人。人们见丁晓晓过来了，互相让了让，那奇特的目光里充满了迷惑和警惕。丁晓晓看了看自己那已变黑了的衬衫，脸上感到一阵火辣辣，脚上的那双旧解放鞋像一个重磅炮弹刺痛了他的眼睛。

在那一刻，丁晓晓没有感到悲哀，也未感到自己的渺小。人们的神情反而给了他信心，使他更加坚强地面对自己的处境。

这不过是他丁晓晓走向成功的一站而已。

车过了一站又一站，就是没到四平路，车内显得更加拥挤了。

“你下车吗？”后面的人着急地问。

“不下。”丁晓晓说。

丁晓晓想让后面下车的人过去，可左右人挤得他无法动弹。后面传来了一阵挣扎声，可无论怎样挣扎也下不了车，车上的人太多，后面传来了焦急的喘息声，甚至还夹杂着哭腔。

丁晓晓一咬牙决定说：“我也下，你跟后面。”

丁晓晓不知道为什么，他此时有一种豪气，难道为了向人们证明他有着高尚的情操？同时也以此来换得人们对他的好感吗？

他不知道。

下了车，丁晓晓长长嘘了口气，回头看了看后面的人，她正在用手理着那凌乱的长发。她长得很美，一双水灵灵的大眼睛在甜甜的笑靥上闪烁着青春的光芒，乌黑的秀发静静地在风中飘拂，一身洁白的套装在那苗条的身材上显得那么和谐和典雅。

从她的身上显然折射出他的粗俗。

丁晓晓暗暗摸摸身上仅剩下的六元钱，心中有说不出的滋味。是痛，是恨，是酸，是甜？说不出来。

“谢谢你！”她来到丁晓晓面前微笑着说。

“没关系。”丁晓晓抬头看了看她，苦笑着说。他的声音竟然是那样脆弱，脆弱得快要跌入地平线以下。

她带着笑走了，这里只剩下他，丁晓晓只好步行到城建学院了，他要节省每一分钱。

黄昏再次来临了，都市也未因为黄昏的到来而变得凉爽点。四平路两旁的银杏树有气无力地耷拉着脑袋。

同济大学四个大字首先映入丁晓晓的眼帘，大学对他是那么有吸引力，那么充满梦幻，他心中感到一阵从未有过的惊喜。今天能目睹到同济大学的风采，也不枉此行。大学此刻离他如此近，仿佛触手可及，丁晓晓感觉自己已经是其中一员，那有风度的教授正在为他精彩地讲课，同学们彼此在一起谈论着理想和未来……

丁晓晓看到了希望，看到了乡亲们正围着他，夸赞他进入了大学，有出息了，姐姐也高兴得哭了。

同济大学又映入丁晓晓的眼帘，他多想进去转转啊！可现在的自己终究只是它的一个过客。

当城建学院出现在丁晓晓眼前时，他更抑制不住心中的狂喜，在他心中城建学院比同济大学更有吸引力，那将意味着他这几天辛苦奔忙的终结。丁晓晓终于在这陌生的大都市里可以见到一位亲人，这几天的奔忙让他褪去了一层皮，他像一个刚出生的婴儿，连说话都得学习。

城建学院的校园里是平平的水泥地面，四周有花圃，花圃里开着不知名的花，红的、黄的，在夜色中显得有些暗淡。丁晓晓顺着一条两边长满了树的小道向前走，这里静悄悄的。他顺着小道向左拐过一片草坪，穿过一道栅栏，前面就是一个施工工地。明亮的太阳灯将施工现场照得如同白昼，工地上人来人往，混凝土搅拌机在不停地轰鸣。

丁晓晓心里一阵欢喜，连忙穿过栅栏，来到一个搅拌机前。

开搅拌机的是一个满脸络腮胡子的中年人，他正握着操纵杆倾斜倒料，搅拌机一阵反转将和好的水泥砂浆倒在翻土车内，然后被推车的人推走。

丁晓晓趁开机人弯腰接水时问："师傅，请问这工地上有安徽的工人吗？"

"有，我就是。"开机人没抬头依旧在接水。

丁晓晓按捺不住心中的狂喜又问："你知道这儿有一个叫肖平安的人吗？"

开机的人将水管插入桶内，一手掌握机器，一边看了看丁晓晓说："知道。"

丁晓晓更加狂喜了。

"他现在还在这里吗？"丁晓晓接着问。

"现在？"开机人思索了一会，摇摇头说，"他早就离开了这儿。"

丁晓晓心里凉了半截，腿一软，好险没趴下，他向开机人道一声谢，便垂头丧气地往工地外走。

"喂，你找肖平安有什么事吗？"开机人喊住了丁晓晓。

丁晓晓又走回来苦笑了笑说："我和他是一个村的，我想叫他帮我找点活干。"

开机人又重新将丁晓晓打量了一番，摇头叹气地说："你们这些年轻人，不好好在学校读书，都想出来打工。"接着，他又像自言自语地说："打工有什么好呢？眼前能混几个钱，回家在乡亲们面前风光一阵，可不知道在外面受的什么罪啊！"

开机人叹息了一阵又接着说："年轻人不要光为了眼前的钱，读书还是正事，退一步说，出来打工吧，可打工也要有文化呀！不然到处受别人的气，别人算计了你，你自己还不知道……"

他像一位父亲在教导他的孩子，丁晓晓从他的目光中感到一种关爱。

"老吴，倒料，你干吗去了？"接料的人喊了起来。

"啊，来啦！"老吴说罢走到操纵杆前一拧，那巨大的圆筒反转出料。丁晓晓默默地离开了，刚走到栅栏边，后面又传来了喊声：

“喂，小伙子，等一等。”

老吴气喘吁吁跑到丁晓晓面前，用手擦了一把汗问：“小伙子，你这么晚了到哪儿去？”

“我……”丁晓晓脸一红，说不出来，他没有什么地方可以去。

老吴看了看丁晓晓，拍了一下他的肩膀说：“老乡没找着，没地方去了吧！你看天这么晚了，我一会儿下班，你到那门口等我一会儿。”

丁晓晓心中一阵感激，竟不知说什么好，只是使劲地点了点头。

老吴又拍了拍丁晓晓的肩膀温和地说：“别走，孩子，听话。”

丁晓晓挎着包按照老吴指向的门口走去，这是一栋刚建的楼，主体已完工，还没来得及装修，四周一片零乱。

丁晓晓找了一个较干净的地方坐下，等着老吴的到来。

过了两个小时，老吴和一群人下班了。他们说笑谈论着，老吴走到丁晓晓面前笑笑说：“走，上楼，我们就睡在这楼上。”

丁晓晓向楼内一看，黑洞洞的，什么也看不见。

“小心脚下，你跟我后面。”老吴说着走在前面，尽管老吴在前面引路，丁晓晓依旧被脚下的砖块绊得东倒西歪，还不时得提防上面钢管撞着脑袋，好几次要不是后面的人将他的头往下按，他就撞上了那悬在空中的钢管。经过在楼内一阵穿梭，进入了一个黑黑的过道里。

“你就站在这儿，我先将蜡烛点着。”老吴摸索着进了一个房间，一会儿，房间里发出了亮光。

“进来吧！”老吴招呼着丁晓晓。

丁晓晓进屋一看，这是一间未装修的房间，灰色的水泥墙面，地面上横七竖八地摆满了草席，草席上散乱地堆着被子、衣服。

昏暗的烛光在风中摇曳着，在屋子角落有一个蛇皮袋，鼓鼓的，不知装的什么东西。丁晓晓一进屋就闻到一股汗臭味，好几次差点被熏得吐了。

“就在这上面坐，还没吃饭吧？”

老吴朝墙角的蛇皮袋走去，从里面拿出两袋方便面，然后到隔壁的房间用开水泡好递给了他。丁晓晓一整天没吃饭了，此时感觉肚子在咕咕地叫，也不管烫不烫，先来几口再说，一饭盒面很快吃光了。

“还吃吗？”老吴关切地问。丁晓晓一看大伙儿都在吃，老吴手里拿着一袋方便面在干啃，他擦了擦满脸的汗笑着说：“吃饱了，你吃吧！”

老吴接过饭盒拿了两袋方便面向隔壁房间去了。

老吴吃完方便面，来到丁晓晓身边坐下问：“快放暑假了吧？”

丁晓晓点了点头。

“是不是准备在暑假挣点学费？”老吴问。

丁晓晓摇了摇头说：“我辍学了。”

“哦！”老吴掏出一支烟，俯下身子在蜡烛上点着，深吸了几口，慎重地说，“明天你回去上学吧！如果没有车费，我给你，外面打工你做不来的，那是没有出路的，过几年还不得不回家修地球。你回家好好读书，将来考上大学，那不知会比打工强多少倍。”

老吴像老师在开导误入歧途的学生，在他们的眼里，不上学出来打工的都是为了金钱和花花世界而来的，丁晓晓深深感到了父爱般的温暖。

过了一阵儿，老吴叹息说：“嗯！也不知道我家那小子今年能不能考上大学，真急死人了。”

丁晓晓理解做父亲的心情，不由轻声问道：“你儿子是高三？”

老吴点了点头，骄傲地笑了笑说：“是啊！为了他上学，我在这里不要命地赚钱，只要他能考上大学，即使拼了这条老命我也愿意。”

可怜天下父母心，丁晓晓忍不住想哭。大伙儿相继都睡了，不时传来呼噜声。

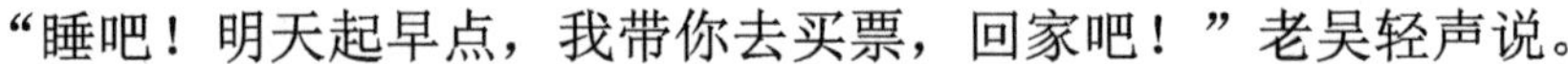

“睡吧！明天起早点，我带你去买票，回家吧！”老吴轻声说。

“我不回去。”丁晓晓固执地说。

“嗯！你们这些年轻人，真不知道享福，放着好好的书不读，何苦出来受这份洋罪。”

老吴说完躺下睡了，丁晓晓也跟着躺下。

屋子里的呼噜声越来越大了，三五个人一齐发声，像扯风箱一样，扯得屋子都动了起来，满屋子的脚臭味使丁晓晓躺在席子上翻来覆去，怎么也睡不着。身子下面只是薄薄的一层草席，每翻动一下身子，身上的骨头都硌得生疼，头上的枕头是在衣服下面放一块红砖，枕得头生疼。

老吴也在席子上翻来覆去，丁晓晓知道老吴也睡不着。

夜很深了，外面各种嘈杂声显得更加清晰，预留安窗的洞口发出幽暗的光，过道尽头解小便的声音是那么响，那么刺耳。老吴不知道什么时候也睡着了，发出了轻微的呼噜声。

天刚亮，丁晓晓就被老吴叫醒了，这几天的奔忙让他感觉实在太累了。

丁晓晓揉了揉蒙胧的眼睛，惊讶地问：“怎么起这么早？”

“快点，我带你去买车票。”老吴说。

“我不回去。”丁晓晓仍然固执地说。

“为什么呀？”老吴问。

“我出来必须挣够姐姐看病的钱才能回去，不然我死也不会回去的。”丁晓晓答道。

“你姐姐怎么了？”老吴好奇地问。

“在家干活时摔了，成了植物人，我要攒钱带她到大城市治病。”

“那得要好多钱呀！”老吴叹息了一声。

丁晓晓穿好衣服，洗漱完毕，他也该走了。他感激地对老吴说：“昨晚上多亏了你，我现在就走，不打搅你了。”

丁晓晓转身就要下楼，老吴愣了一下，一把抓住他。

“你真不想回家去？”老吴问丁晓晓。

丁晓晓苦笑地点了点头。

老吴无可奈何地说：“你一个人能到哪里去？这里人生地不熟的，我看你先住这儿，我再慢慢帮你打听你老乡的消息。肖平安以前也是在这工地上做活，也住在这间屋子里，他就睡在墙角那边，后来成了包工头就走了。”

丁晓晓决定要走，他非常感谢这位好心人，正是因为有了这些好心人，他才能跌跌撞撞走到今天。

“非常谢谢你的帮助，我还是走吧，我一辈子都会感激你的。”丁晓晓握着老吴的手激动地说。

“哎！出门在外，帮助是应该的，可惜我帮不了大忙。”老吴不好意思地说，他一定是个非常称职的父亲。

“那你现在打算到哪儿去？”老吴关切地问。

“走一步看一步吧！”丁晓晓说。

“年轻人出来闯一闯，见见世面也好啊，不然到我们工地找个活干一段时间。你先在这里等一等，我去跟工头说说，看能不能把你留下来。”

“不用了，我还是走吧！”丁晓晓婉拒了。

老吴为难地说：“那你自己能行？”

“没关系，我现在已经是大人了。”丁晓晓脸上露出了自信的笑容，自信是逆境中的兴奋剂。

“你确实要走，我也不留你。说实话，我也挺忙的，工地上少不了我。”老吴说完在上衣口袋里一阵翻腾，找出一个字条递给丁晓晓。

“肖平安去了闵行区，去年叫我去，我这里活没干完就没去成，这是他之前给我的地址，你去找找看吧！”

老吴又掏出二十元钱对丁晓晓说：“这二十元钱给你做车费，我这月的工资还没发，你别嫌少！”

老吴说完就塞进了丁晓晓的口袋里，丁晓晓连忙掏出来还给了老吴，他说什么也不能要他的钱。“我不能要你的钱，你出来挣钱也不容易，我身上带着钱。”

老吴执意要给，丁晓晓执意不收。最后，丁晓晓将钱偷偷地放在老吴的饭盒里，转身就下了楼。

清晨的四平路，路上的车渐渐多了起来，车辆像两条长龙盘旋在四平路上，没有头，也见不到尾。

街道两边的人行道上来往的行人大多是五六十岁的老人，有的在慢跑，有的手里提着鸟笼，笼里的鸟发出清脆的叫声。在银杏树上也挂着许多鸟笼，他唯一认识的是那绿色的画眉，它们正欢蹦乱跳一个劲地叫着。银杏树也少了昨日的呆板，在微风中点头含笑。

丁晓晓按照字条上的地址，找到了闵行区七莘路，这里是一片荒地，荒地被围成一块一块，有的已动土开工了，有几幢楼已建成只待装修。高大的塔吊耸立在工地上，上面红色的旗子在风中摇动，有三两个工地正热火朝天地干着。

在这些工地不远处有一个卖日用品的小卖部，想必是为这些建筑工人服务的，小卖部是临时用帐篷搭起来的，店里面录音机正在放着歌曲。

在音乐声中，丁晓晓走向了那店门。

小卖部里面有一个十六七岁的少女，高挑的个子，一双忽闪忽闪的大眼睛，微微一笑，脸上便露出两个可爱的小酒窝，乌黑的披肩发，整个人看起来明朗、清纯，散发出青春的活力。

“林晓雯！”丁晓晓惊得大叫起来。

“你是丁晓晓？”林晓雯也认出了他。

“是我，想不到在这里碰见你。”丁晓晓高兴地说。

“真的是你呀！我差一点认不出你了。”林晓雯很兴奋。

“我做梦也想不到在这里遇到你，太神奇了。”丁晓晓的兴奋溢于言表，在这大都市里能碰到一个认识的人真不容易。

“你不是考上了县一中吗？怎么也到上海来了？”林晓雯惊讶地问。

“一言难尽，还是不提为好。”丁晓晓无奈地说。

“那是为什么呢？”林晓雯好奇地问。

“我不上学了，出来打工挣钱。”丁晓晓伤感地说，他害怕看她的眼睛。

“外面热，赶紧里边坐吧！”林晓雯叫丁晓晓进到里边来。

丁晓晓在椅子上坐下，林晓雯倒了一杯茶水递给他，然后在他身旁坐下。

丁晓晓喝了一口水看了看林晓雯问：“你什么时候到上海来的？”

林晓雯沉吟了一下说：“离开家就到这里来了。”

“那也四五年了？”丁晓晓问。

林晓雯点了点头。

丁晓晓惊得张大了嘴巴，不由又问：“这几年你在这里干些什么？”

“什么都干过，只要能养活自己。”林晓雯轻描淡写地笑着说。

她说得很轻松，丁晓晓真佩服她的勇气，但她的眼里含着泪，分明在抑制着苦痛。

“回过家吗？”丁晓晓问。

“为了弟妹，回过去一次。”林晓雯咬着嘴唇说，像是在抑制着内心的痛楚。

“怎么不常回去看看？”丁晓晓问。

林晓雯眼望着门外幽幽地说：“那个鬼地方，谁还想回去。我都没过一天像人过的日子，父亲依旧是赌，他一赌输了就打我们。当年，妈妈病死了，我再也无法待下去了，于是一生气就跑到了上海。”

眼泪顺着林晓雯的面颊往下淌，她带着泪笑了，那两个小酒窝依

旧那么迷人，依旧那么动人，她比以前成熟了。

林晓雯直愣愣地盯着门外，似乎已经习惯了这苦难的生活。丁晓晓真想哭，鼻子在一阵阵发酸，他终于克制住了。

“你父亲还好吗？”丁晓晓关切地问。

“父亲依然是赌，有时我真恨不得他马上就死掉。”林晓雯恨她嗜赌成性的父亲，都是因为他，母亲才含恨而死，都是因为他，她们兄弟姐妹过着孤苦的日子，都是因为他……

丁晓晓也听说过她父亲的一些事情，可他万万没想到晓雯是那样地恨她的父亲。

“那你弟妹呢？”丁晓晓问。

“他们在上学，学习成绩非常好。”林晓雯说着，眼里放出希望的光，很兴奋，很有成就感，也许这是她唯一感到骄傲的。

“弟妹的一些费用都是你的？”丁晓晓继续问。

“只要将来他们能考上大学，过上好日子，我就满足了。”林晓雯说得很坦然。

丁晓晓突然明白了姐姐的良苦用心，她也像一根蜡烛一样，把一切都给了他，他不会辜负姐姐的。

上海是一个充满诱惑的地方，它像一个大熔炉，汇聚和锻造着四面八方朝它涌来的人们。改革开放像一把利剑斩断了那些陈旧的观念，带给人们生机和活力。二十世纪九十年代的农村，人们不甘心在那闭塞的山沟里平淡地度过一生。于是，他们选择了艰辛的打工之路。

丁晓晓疑惑地又问：“你一个人是怎么到这里来的？”

林晓雯微笑着说：“刚到上海，我在餐厅里当过服务员，后来餐厅主管听我歌唱得不错，就让我在餐厅唱歌。有一天碰到了我堂哥，然后就到这里来了，我堂哥就在对面的工地上干活，那个工地是我们村洪文承包的。”

林晓雯用手一指，丁晓晓顺她手指的方向望去，对面工地上尘土飞扬，工人们忙忙碌碌，一片繁忙的景象。

“你是不是找活干呀？”林晓雯问。

“是，是呀！”丁晓晓答道。

“洪文工地活快完工了，下一个工地还没开工，我带你去江苏工地看看需不需要人。”林晓雯说着就要带丁晓晓去江苏工地。

“我是来找我们村肖平安的，他在安徽工地。”丁晓晓说。

林晓雯来到门前向右边一个工地指着说：“这儿有两个安徽工地，一个是洪文的，那一个是肖平安的，不过大半年没见着他了，不知道他还在不在。”

丁晓晓顺着她手指的方向看去，这个工地也是一样繁忙。

“那我先去看看吧！你就别去了，你这里离不开人。”丁晓晓正说着，有人来买东西。

“那好吧！你自己去，有时间我去找你。”林晓雯一边忙着卖东西一边说。

丁晓晓向她道完谢，朝着安徽工地走去。

这个工地的确是安徽工地，十六层的楼主体已建了四层，工人们正在上面绑扎钢筋。塔吊正在将一捆捆的钢管吊上去搭建脚手架，在钢管旁边有一个胖胖的中年人，头戴红色安全帽，手里拿着白色的手帕正在不停地擦汗，还不时用手指指点点。

扛钢管的是两个同他年龄相仿的男孩，汗水顺着他们黑瘦的脸颊直往下淌。他们像机械一样来回于钢管与钢管之间，有时将肩上的一捆钢管换到另一个肩上。钢管与肩之间像有磁性一般，他们弯着腰，收紧腹，咬着牙，好半天才将钢管换到另一个肩上。那个胖胖的中年人站在一边和善地笑着，他的笑容里透出一种狡黠。

“大哥，请问这工地上有一个叫肖平安的人吗？”丁晓晓走到那胖中年人的面前，装出十二分的笑脸问。

胖中年人将丁晓晓打量了一遍，丁晓晓感到他的目光似乎在搜寻着什么，然后慢腾腾地说："你是来找工作的吧？"

丁晓晓点了点头。

胖中年人显得很气愤地说："肖平安他妈的真不是东西，他把我的钱都骗跑了。"

丁晓晓除了感到震惊外，也感到一种绝望，要知道他的口袋里只剩下两毛钱。

幸好胖中年人又满脸堆笑说："你是他的亲戚吗？是找他帮你找活干？"

丁晓晓不停地点头，在那一刻他甚至乞求他能收下他，他就是上帝，此刻他真想给他跪下。

"嗯！虽然肖平安不够朋友，可我是讲义气的。"胖中年人话锋一转为难地说，"可我这里人手已经够了，不然就让你在这儿干。不过……"

"不过怎样？求求你大哥，我的钱都花完了，你就留下我吧！我什么都会干，我有的是力气。"丁晓晓挥动着胳膊以示有力气。

胖中年人沉默了一会儿说："扛钢管的倒差一人，可是你的身板……不行，不行，你走吧！"

"我没问题，我身板好着呢！"丁晓晓焦急地说。

"那就扛钢管吧！就是工资有点低，你看怎样？"胖中年人问道。

"行，没问题。"丁晓晓此时已别无选择。

"那就十元钱一天，你要干就干，不干就算了。"胖中年人脸上充满了仁慈的微笑，仿佛是一个济世的大弥勒佛。

"好吧！"丁晓晓答应下来。

"那你明天就可以上班了。"胖中年人微笑着拍了拍丁晓晓的肩头，然后从口袋里掏出一沓饭票从中抽出三张说："这三顿饭，算我请客。"

丁晓晓有心不要，可又不愿得罪他，况且自己还不知道晚上怎么吃饭。不吃白不吃，人在屋檐下不得不低头，我终有一天会出人头地的。丁晓晓一边在心里给自己打气，一边接过了饭票，饭票像血一样红，直刺得他的心隐隐作痛。

丁晓晓茫然地站在那儿，脑子里一片空白，现在他不是一个学生了，彻底告别了学校，仅存的一点梦破灭了。他要过上打工仔的生活了，和其他人一样机械地往返于钢管之间。

那两个背钢管的黑小子下班了，他俩来到丁晓晓面前安慰他："别难过，过一段时间就好了，走吧！我们睡在那房子里。"

丁晓晓顺着他俩手指的方向看去，跟昨夜睡的地方一样，是刚建起来未装修的楼房，预留窗口的四方洞口上搭着许多衣服。

丁晓晓跟他们进了楼内，楼内地面上乱七八糟堆满了砖头、木块。他们一直上到四楼，拐进一个房间，房间不大，地面上铺着两张凉席，墙角边的木板上面放着一个纸箱，纸箱里装着半箱方便面。在纸箱旁边放着三个饭盒，两双筷子。

丁晓晓将包放在墙角，长长出了口气，终于有一个安身的地方。

食堂是在工地边上，临时用砖砌成的，丁晓晓打了半斤饭，一份菜。菜是单一的冬瓜汤，清色的水中漂着几块粗大的冬瓜块，水面荡漾着几点油花。来到房间，那两位黑小子便狼吞虎咽起来，丁晓晓在一边没有筷子只好喝喝冬瓜汤。

"小夏，去你相好的那里拿一双筷子来。"其中一个瘦点的黑小子说。

那叫小夏的脸一红，看了看丁晓晓说："你怎么不……不早说。"

原来小夏是个结巴，他说完转身下楼去了。

"嗯！小夏也怪可怜的，单相思。"瘦子叹息了一声说。

"怎么单相思？"丁晓晓不解地问。

"前面小卖部那小妞不爱他，他不该长一张黑脸，又是个结巴。

要是有你这样一张脸，说不定他真能钓上那妞呢！”

瘦子又要说，见小夏上来了，忙闭口不言，小夏跑得满头大汗，一进房间将筷子向丁晓晓面前一递：“给！”

“谢谢！”丁晓晓连忙接过筷子感激地说。

楼道里沸腾了起来，工人们相继下了班，楼板震动了起来，碗筷的声响一浪高过一浪。工人像走马灯似的从他们门前穿过，有个五大三粗的壮汉一边用筷子敲着碗，一边粗粗地唱了起来：“苦涩的沙，吹痛脸庞的感觉，像父亲的责骂，母亲的哭泣，永远难忘记。年少的我，喜欢一个人在海边，卷起裤管光着脚丫踩在沙滩上，总是幻想海洋的尽头有另一个世界。总是以为勇敢的水手是真正的男儿，总是一副弱不禁风孬种的样子，在受人欺负的时候总是听见水手说，他说风雨中这点痛算什么，擦干泪不要怕，至少我们还有梦……”

声音粗粗的，直直的，没有一点韵味，却是那么淳朴，听得人心里酸酸的，在外孤单的日子里也真难为他们。他们心里也充满了梦想，他们也有爱，他们只能用这种方式来宣泄，在干活之余，他们可以高声唱歌，这就是他们的快乐。

夜，没有桃花村那般黑，四周都有射出的光亮，星星也少了桃花村那般的繁杂，只有几颗象征意义地点缀着这个夜空。

夜，沉沉的，没有一丝风。

丁晓晓头脑异常清醒，没有一丝倦意，无论他走多么远，他依然忘不了桃花村，无论它是多么贫穷、落后、愚昧，他都是那么的爱它。他忘不了姐姐的笑容，她的笑容像星星一样，在黑夜里照亮他，尽管她没有太阳和月亮那样的光辉，也没有它们那样的醒目，她在默默地奉献她的一切。爸爸的二胡声又在那个古老的小村庄响了起来，清脆动听，一切仿佛就在昨天。

城市的夜晚永远是发着光的，总是带着喧闹入睡的。

对于劳动了一天的人们，这夜比什么都好。

但丁晓晓这一夜失眠了，肩上火辣辣地疼，用手一摸，肩上的皮全没了，手上带去的汗水，又加剧了疼痛，大颗大颗的汗珠顺着他的前额向下淌，他趴在凉席上痛苦地喘着气。

丁晓晓坐了起来，痴痴地望着窗外失眠的夜。

工友毛毅也坐了起来，点亮蜡烛，那昏暗的烛光映出他一张黑而消瘦的脸，汗水正顺着他的两颊往下流，他用衣服擦了擦。然后，点上一支烟，狠命吸了几口，看了看丁晓晓问："肩上痛得睡不着是吗？我们刚来也是这样，你说白天太阳那么毒，晒得钢管烫手，肩上能受得了吗？何况你还那么拼命地干。"

丁晓晓苦笑着摇摇头，没有说话。

发工资的日子总是令人快乐的，丁晓晓早早地来到包工头那里。那胖胖的包工头正手忙脚乱地忙碌着，当喊到他的名字时，丁晓晓快步来到他的办公桌前。

"你是从六月十六日开始上班，今天七月十五，还差一天一个月，发你一个月工资。"

胖中年人接着像念经一样念叨："你一天十元，十天一百元，一个月三百元，再除去一个月的生活费一百五十元，你应得一百五十元整。"

胖中年人念完从抽屉里抽出一张一百元，两张二十元，一张十元递给了丁晓晓。

"你点点吧！"

丁晓晓看了看手中的薄薄的一沓钞票，心里酸酸的。这就是一个月辛苦劳作的所有，也是他人生第一次的工资。这对桃花村来说已够多了，桃花村的人们累死累活一个月也挣不了这么多，他还有什么不满足的呢？

他不满足，他要救醒姐姐，必须挣更多更多的钱。

扛钢管的人们都知道钢管的热度和上海太阳的毒辣，空气中充满了热浪，每走一步汗就模糊了眼睛。丁晓晓的肩上已经结了一层厚厚的茧，可是钢管依然烫得肩膀生疼，现在正是正午，工友毛毅和夏雨新正躲在阴凉处。

在这个时候，包工头是不会来的，他只要每天点点每人扛的钢管数就行了。这个月他实行了多劳多得制，每根钢管五分钱。昨天一天丁晓晓扛了三百根，就能挣十五元钱，这比实际的多了五元钱，一个月下来就是一百五十元，两个月就多三百元。丁晓晓在默默地计算着，夏雨新和毛毅的喊声他也没听见。

“晓晓，歇一会，天气太热了，林晓雯送冰棒来了。”毛毅又喊起来。林晓雯是多么好的女孩啊！她每天都送来冰棒，夏雨新每每目送她走入小卖部里，以至手上的冰棒化成了水，他都没觉察到。

“好的，一会儿就来。”丁晓晓一边回答着，一边收腹，使劲挺住肩上的钢管，不让钢管压趴他。汗不住地往他眼睛里流，眼睛涩涩地痛，他计划将这一趟背完后再歇一会。

丁晓晓感到他肩上的钢管越来越沉重，像一座山似的压得他喘不过气来，他咬紧牙使劲挺住，大气都不敢出，生怕一泄气钢管会压垮他。这段路往日不知来回走了多少次，甚至路上每一个坑坑洼洼他都清楚，可今天他突然觉得这段路是那样遥远，那样陌生，丁晓晓深一脚浅一脚地挪动着。

丁晓晓感觉他的肚子里空空的，每餐喝的冬瓜汤使他本来瘦弱的身体变得更加不堪一击。他的腿发酸发软，他的身子慢慢倾斜，腰慢慢地下弯，钢管一寸一寸地向他压下来。丁晓晓感到眼前金星在晃动，在变换，眼前顿时一片金黄，整个世界在旋转，带着千万朵金星在转动，在转动……

丁晓晓醒来的时候，他正躺在自己的凉席上，太阳快落山了，空气中的酷热依然没散去。预留窗洞上挂着他的衣服，他知道那一定是林晓雯洗的，她真是一个讨人喜欢的女孩。

“好点了吗？”毛毅从外面走了进来，他用毛巾擦了擦脸上的汗，然后到墙脚的蛇皮袋子里拿出一袋方便面又问：“你吃吗？”

丁晓晓摇了摇头，头沉沉的，里面生疼，他挣扎着坐了起来，用手摸了摸头，头上绑扎着绷带。

“我怎么啦？”丁晓晓问。

“你晕倒了，钢管将头砸伤了，你好好休息吧！身体要紧，身体是本钱，你那样拼命干，怎么受得了。”毛毅一边啃着方便面一边说。

丁晓晓又躺到凉席上了，天花板上有灰色水泥的印迹，使他的心情也变成了灰色。

二十二

夜，又来临了，华灯初放，上海的夜晚另有一番风情。

丁晓晓的伤好得差不多了。吃罢晚饭，丁晓晓没有心情看大伙赌牌，他要利用他的一切技能挣钱，他太需要钱了。他突然想起天桥拉二胡的老人，他何不也像老人那样，或许能挣一点钱。丁晓晓带上二胡，他在一个地下通道停住了，这里来来往往的行人很多，但还算干净，也比较凉快，他找了一处干净的台阶坐下。

二胡声响了起来，地下通道充满了这种乐器声。丁晓晓忘我地拉着二胡，思绪回到了桃花村。桃花村呀！你是多么的伟大啊！你那朴实的胸怀令你的子孙们想念。那远山，那近水，还有那淙淙的清泉，以及布谷鸟的叫声，一切如诗如画。

丁晓晓慢慢地合上了眼睛，他只感觉他的心在跳，手在动。只有这时，他才可以忘却一切，他的心平静得像一面湖水，好静，好宽广，容得下天和地。他多么想时间就这样停留下来，在二胡声中，在梦中。

“不要抢他的钱。”

丁晓晓睁开了眼睛，一个小女孩正拉着一个小男孩喊了起来，小男孩手里正抓着钱。丁晓晓一看身前地上有很多毛票，显然是过路行人施舍给他的。

小男孩见丁晓晓睁开了眼睛，扔下手中的钱，甩掉小女孩逃跑了。

小女孩蹲下身子一边捡钱，一边跟丁晓晓说：“大哥哥，我帮你捡钱，你拉琴真好听，我老远就听见了。”

“你叫什么名字啊？”丁晓晓好奇地问。

“你就叫我真子吧！”小女孩说。

“你几岁了？”丁晓晓又问。

“我七岁了。”小女孩一边收拾地上的钱，一边用她那双忽闪忽闪的大眼睛打量着丁晓晓，她是那样的天真可爱，脸上荡漾着灿烂的笑容，那样惹人喜欢。

真子将钱整整齐齐收拾好，递给了丁晓晓：“给，你的钱。”

丁晓晓接过钱一点，竟然有十二元，这简直是个意外的收获，他抽出一元钱递给真子说：“真子，这些给你买雪糕吃。”

“不行，我妈妈说不能随便拿别人的东西，何况还是钱。”真子说完坐在了丁晓晓的身边，眼睛不时看着丁晓晓，再看看丁晓晓手中的二胡。

“真子，你会拉吗？”

“不会。”真子摇摇头说。

“哥哥教你好吗？”

“好！”真子高兴得笑了起来。

“不行，我得回家了，大哥哥明天你还会来吗？”

为了真子，就算明天天塌下来他丁晓晓也会来的。

“明天会来，你家在哪儿？”

“在前面不远。”真子说完站起身来，一瘸一拐地向前走去，转眼消失在通道的尽头。

她原来是个残疾人，多么可爱的女孩啊！上天啊！你为什么要将灾难降临到她的头上啊！我仁慈的主啊！我求求你保佑她，保佑她幸福安康吧！丁晓晓心中默默地祝福她。

回到住所，工友们依旧在玩牌，他们的吵闹声分外刺耳，丁晓晓怎么也睡不着，他还在想着真子，期盼着明天早点到来。

第二天，上海的太阳很是毒辣，中午过后，天空似乎要下雨，空气异常沉闷，黑黑的乌云压在人们的头上，地上的灰土也呛人，风卷着灰带着呼声刮了过来，人们只能细眯着眼睛。

“下……下……雨了。”夏雨新头昂着，头上的青筋都被他结巴了出来，他使劲咽了口口水喊道。

丁晓晓他们都跑到了林晓雯的小卖部里，雨像断了线的珠子一样铺天盖地地下了起来。小卖部的帐篷如炒豆般响了起来，水溅进了帐篷里，丁晓晓慌忙拉上门帘，他心里还想着真子，他希望这雨能在傍晚之前停下。

雨在傍晚时分停了下来，空气异常清新，马路上积了很多水，四周充满了泥土的气息。丁晓晓走出小卖部，伸了一个懒腰，深深呼吸这雨后清新的空气。

天，好蓝，好蓝。

夏雨新和毛毅又去玩牌了。

丁晓晓如约来到了地下通道，真子却没有来。丁晓晓拉起了二胡，他的心此时有些烦乱。

“一杯一个酒儿嘛哟嗬喂，慢慢地斟啰哟嗬哟。我劝那个情哥嘛咿呀咿得儿喂，你要吃清啰哟哟。情哥那个不吃嘛哟嗬喂，这一杯酒啰哟嗬哟。枉费那个奴家嘛咿呀咿得儿喂，一片心啰哟哟。小情哥呀——喂！小情妹呀——咧！难舍难丢，情哥哥难舍妹儿也难丢哇小情哥呀——喂！下呀不得楼哇，难舍把情丢！”

丁晓晓唱了起来，这是他一直不敢唱的歌，是妈妈唱的歌。这歌声不知给他带来多少伤痛，从他记事起就听到了这首歌。在桃花村的路上、山上、小河里都是妈妈的歌声，那沙哑的歌声令他战栗，令他自卑。

地下通道的尽头出现了一个弱小的身影一瘸一拐地向丁晓晓走来。

这是真子来向丁晓晓学二胡来了。

之后的一段日子里，丁晓晓和真子约定每天晚饭后教她拉二胡。

每天和单纯善良的真子见面让丁晓晓的生活也充满了阳光，他喜欢看见真子的笑容，他的心情也开朗起来。真子现在能拉简单的歌曲了，她每天都来，风雨无阻。

这一天，丁晓晓吃过晚饭，又来到了地下通道，真子还没有到，丁晓晓决定先拉一段曲子。

二胡响了起来，丁晓晓深深吸了一口气，静下心来。此时此刻，仿佛他坐在桃花村青青的草地上，溪水从他身边缓缓流过，垂杨柳拂着水面，微风荡起层层的波纹，有野花，有燕子，还有那美丽的蝴蝶飞过……

丁晓晓拉二胡的手抖动得更快了，他要让二胡声来征服一切，他的心是如此的快意，此刻他是最幸福的。谢谢你，父亲，你给了我最伟大的父爱。

周围的行人大都被这美妙的乐曲吸引驻足，有些人还慷慨解囊，甚至还鼓起了掌："太棒了！"

"拉的什么狗屁玩艺儿，走！走！"五个衣着破烂的小混混嘴里骂骂咧咧地朝丁晓晓走来，行人见状，纷纷散去。丁晓晓见真子还未到来，想必今天是来不了，便赶紧收拾地上的钱，他可不愿意招惹这帮无赖。

"想走？这是老子的地盘，你以为想来就来，想走就走的呀？"

五个人将丁晓晓围在中间，丁晓晓见此忙解释道："朋友，我是在等人，教一个小女孩拉琴的。"

"等人的，那你手里拿的什么东西呀？我看你他妈的欠揍。"其中一个人说道。

"揍他，揍他。"另一个人起哄道。

丁晓晓和他们厮打在一起，他感到头上、身上重重地挨了几拳，嘴里和鼻子里有热乎乎的东西往外流，他被打倒在地。

后来，他听不见周围的声音，他只感觉他们在狠狠地踢打他。他眼睁睁地看见他心爱的二胡被扔在了地上，五个人在踩它，狠狠地踩它，他们脸上带着狂笑，那种放纵残忍的笑。

丁晓晓的心被踩碎了，那是他的一切，它伴随着他多少个日日夜夜。今天毁了，毁在这伙无耻之徒的手上。

“我跟你们拼了！”丁晓晓站了起来，向那伙人狠狠地冲了过去，他用尽了全身的力气。那些人见丁晓晓要拼命的架势，吓得跑了，丁晓晓一瘸一拐地往回走。在路过小卖部时，正好撞见林晓雯出来倒水。

“你怎么了？”林晓雯见丁晓晓满脸是血，吓得大叫起来。

“没事的。”丁晓晓回答道。

“赶紧进来。”林晓雯将丁晓晓拉进小卖部里，赶紧用水将他脸上的血迹擦洗净。

“你是招惹谁了吗？”林晓雯问。

“我没招惹谁，我在那地下通道拉二胡，然后一伙无赖出来就打我。”丁晓晓答。

“这里比较乱，下次就别到处乱跑了。”林晓雯嘱咐他。

丁晓晓感觉林晓雯像姐姐一样关心他，他不由得又想起了躺在床上的姐姐，他一定要早点儿好起来，他需要钱去救姐姐。

第二天，林晓雯特意来看望丁晓晓，她的笑容总是那样迷人，不免使丁晓晓烦乱的心得到了一丝安慰。

丁晓晓整整躺了三天，林晓雯天天来看他。为了给丁晓晓解闷，她还给他买了一本书《简·爱》。

《简·爱》里的主人公简使丁晓晓懂得要更加珍惜生活，珍惜生命中的每一个机会，人生不会总是一帆风顺的。

第四天，丁晓晓出现在工地，尽管身上的伤还没有痊愈，但他必须尽快攒钱好拿回去给姐姐医病。

这天，吃罢晚饭，丁晓晓回到了他的住处，大伙儿都聚集了过来。屋子里的温度顿时上升了起来，甚至有些让人窒息，空气中夹杂着汗味和脚臭味。夏雨新端了一盆凉水进来，用手洒在地上，空气中顿时夹杂着灰土的气息。林晓雯今晚也和他们一样盘腿坐在凉席上，大家说话做事也文明了许多，连平日爱说笑话的老林头也闭上了嘴，坐在墙角默默地抽烟，屋子里静了下来。

“怎么，大家不欢迎我？”林晓雯意识到她的存在抑制了大家的交谈，站起身说。

“没……没有，不……不……不是的。”夏雨新一边摆手，一边说。

“大憨给大家唱一首。”毛毅提议。

大憨清了清嗓子说：“唱就唱，就是没有乐器。”

“有。”毛毅找来洗脸盆，一边用筷子敲，一边喊着，“大憨，唱。”

“停，停，你那破玩意儿不好使，晓晓来伴奏吧！或许你的伤会好得更快。”林晓雯说。

丁晓晓摇了摇头，他已经没有了二胡。

“大家想不想听晓晓演奏？”林晓雯兴奋地问。

“想，想。”大家异口同声。

林晓雯跑回了小卖部，拿来了一个包袱，她将包袱一层一层打开，是一把崭新的二胡。她微笑着递给丁晓晓说：“送给你的！”

丁晓晓简直不敢相信自己的眼睛，感动得眼泪都流了下来。

二胡声响起，大伙顿时静了下来，大憨唱了起来：“你是不是像我在太阳下低头，流着汗水默默辛苦地工作。你是不是像我就算受了冷落，也不放弃自己想要的生活。你是不是像我整天忙着追求，追求一种意想不到的温柔。你是不是像我曾经茫然失措，一次一次徘徊在十字街头。因为我不在乎别人怎么说，我从来没有忘记我。对自己的承诺对爱的执着，我知道我的未来不是梦……”

丁晓晓在工地的这段时间得到了林晓雯和工友们的许多关心和照顾，他不善于用语言来表达他的谢意，他唯有用音乐来表达他的感情。一曲拉完，丁晓晓还陶醉其中，大伙都鼓起了掌。

丁晓晓心想如果以此能带给大伙儿一点点辛苦之余的欢乐，他愿意每晚都拉上一段，同时也是对林晓雯最好的报答。

二十三

上海的夜，没有桃花村那般黑，四周都有射出的光亮，星星也少了桃花村那般的繁杂，只有几颗象征意义地点缀着这个夜空。

受伤的这段时间，丁晓晓没能去地下通道拉二胡，也不知道真子还有没有去那边，她的二胡学得如何了。今晚，丁晓晓打算去老地方转转。在离地下通道不远处，丁晓晓停了下来，他听到了二胡声，不是很流畅的二胡声。

是真子，一定是真子。丁晓晓加快了步伐。他第一眼就看见了真子，她正专心致志地拉着二胡，一把崭新的二胡，丁晓晓激动地大喊起来："真子！真子！"

真子听到喊声，回转身看到了丁晓晓，兴奋地叫了起来："大哥哥！"

丁晓晓紧紧地将真子拥在怀里，眼泪忍不住掉了下来。

真子仰起了头，脸上依然带着灿烂的笑容。真子见丁晓晓哭了，伸出手轻轻地擦去了他的眼泪。

"大哥哥，你哭吧！哭完之后就会坚强起来的。"

"是吗？这话谁跟你说的，是妈妈吗？"

"是妈妈跟我说的。"真子说得很开心。

"大哥哥，你是不是生病了？我每天都到这里等你。"

丁晓晓默默地点了点头，他强忍着眼泪，他不愿真子再看到他的眼泪。

"以后你还来拉二胡吗？还教我拉吗？"真子问。

“我，我……我不知道。”丁晓晓不敢正视真子的眼睛，那是一泓清泉，清澈见底。他无法向真子承诺什么。

“这二胡是爸爸送给我的。”真子像是在自言自语，她的脸上没了笑容，她静静地注视着二胡，然后紧紧地将二胡贴在脸上。

真子没有哭，丁晓晓分明看到了她的眼泪，她在抑制着，抑制着她本不该抑制的东西，她的表情是那样的孤单无助。

丁晓晓感到心里一阵刺痛，他咬了咬牙说：“大哥哥以后还教你二胡！”

“谢谢你，大哥哥！”真子抱着丁晓晓高兴地哭了，丁晓晓忍不住也想哭。

“真子，我送你回家吧！”

“好啊！我爸爸说也想见见你，要感谢你。”真子高兴地说。

丁晓晓随着真子来到了她的家门口，真子高兴地敲门，门开了。

“爸，我带大哥哥来了。”真子兴奋地说。

丁晓晓和真子爸同时怔住了，真子爸爸竟然就是包工头吴胖子。

吴胖子客气地把丁晓晓让进了家门。

房间不大，一个卧室，一个客厅，算是一个一居室。

“这房子是临时租的，我们干工程的四海为家，就是苦了孩子。”吴胖子说。

“你喝茶。”吴胖子的媳妇倒上茶水客气地说。

“想不到我女儿念念不忘的大哥哥，是你呀！”吴胖子兴奋地说。

“你们认识？”吴胖子媳妇惊讶地问。

“认识，天天见面，他在我工地上干活。”

“这事真巧呀！”吴胖子媳妇也很惊讶。

“小兄弟，你不像个打工仔，有哪个打工仔会拉二胡呀！”吴胖子媳妇又接着说。

“我们村子里人大都会拉二胡。”丁晓晓解释说。

“我家真子以前在学校可自卑了，不和同学们说话，在家也不言语，可把我们急坏了。”吴胖子媳妇说。

“都怪我，在她三岁时，我把她带到工地，一时没看住她，她跑到马路上被车撞了，腿落下了残疾。”吴胖子自责道。

“自从她学会了二胡，她和以前大变样了，还时不时在同学面前显摆，话也多了，我们也放心了，真的要好好谢谢你！”吴胖子媳妇激动地说。

“晓晓，非常感谢你！我给你开双倍工资，上次给你的工资实在是有些少。”吴胖子不好意思地说。

“吴老板，你千万别这么说，如果当时你不留下我在工地干活，我都不知道去哪里，我得谢谢你。”丁晓晓感激地说。

“老吴，你可不能亏待了人家啊！”吴胖子媳妇叮嘱道。

“放心吧！”吴胖子说。

丁晓晓在真子家停留了一会儿就离开了，他的心中豁然开朗。

第二天，吴胖子就把丁晓晓调到材料库去看管材料，这个工作比较轻松些，丁晓晓的工资也涨到了每个月六百块钱，这可羡慕坏了夏雨新和毛毅。

“晓晓，你的运气真好，有本事就不一样。”毛毅嫉妒地说。

“要……要不，你……你也教我们拉二胡。”夏雨新说。

“好呀！只要你们想学。”丁晓晓说。

“学个屁，干活去吧！没那个命！”毛毅说完，气哼哼地干活去了。

丁晓晓调到材料库，最高兴的要数林晓雯了。

“好人有好报，这一下你不用那么辛苦了。”林晓雯高兴地说。

“比较幸运，可这点钱还远远不够用呀！”丁晓晓长叹道。

“刚出来不容易，慢慢来，过个一年半载，像洪文一样承包工程就好了。”林晓雯安慰道。

“我恐怕等不及了。”丁晓晓说。

“到底发生了什么事？”林晓雯好奇地问。

“我姐姐在山上摔了，变成了植物人，我要带她来上海治病，我一定要治好她。”丁晓晓难过地说。

“怪不得你出来打工，你学习那么好，我早该想到你家里可能出事了。”林晓雯也很难过。

“我现在唯一要做到的就是赚钱，可眼前这点工资简直是杯水车薪。”丁晓晓很茫然地说。

“治病可是要花很多的钱，别说咱们这么穷，就是富有人家也是难事呀！”林晓雯说。

“再难我也要去做，我一定要把姐姐救醒。”丁晓晓坚定地说，姐姐是他的全部。

“你出来时间长，除了这工地之外，还有其他的挣钱方法吗？”丁晓晓突然问。

“其他的方法？我想想。”林晓雯在思索。

“譬如咱们白天在工地上班，晚上也可以打一份工，多挣一份钱。”丁晓晓提示道。

“有倒是有，恐怕你吃不消。”林晓雯说。

“什么工作？”丁晓晓兴奋地问，只要能挣钱就行。

“我以前在大别山食府上班，晚上有歌曲表演，每晚从九点到十二点共三十元钱。”林晓雯说。

“那你怎么没干了？”丁晓晓问。

“太累了，每晚很晚才下班，不过白天倒轻松。后来碰到了我堂哥，有一次一个酒客喝多了，非得拉着我喝酒，我堂哥因此和酒客打了起来，我也就干不下去了。”

“那你还认识大别山食府的老板吗？”丁晓晓问。

“我和那里的主管很熟，主管人很好。”林晓雯说。

“能不能介绍我去？”丁晓晓焦急地说，只要有挣钱的路子，他不会放过的。

“你会唱歌？”林晓雯问。

“不会，我会拉二胡。”丁晓晓答。

林晓雯没有再问下去了，现在人们都爱听流行歌曲，少有人再听二胡了，她不忍伤丁晓晓的心。

“好吧！我去和主管谈谈，你等我的消息吧！”林晓雯说。

“好的，一定啊！”丁晓晓很兴奋地说。

林晓雯来到了大别山食府，大别山食府的主管是一个五十多岁的老人，他喜欢音乐，不管在什么场合他都小声地哼哼。而餐厅的老板从来没有来过大别山食府，从装修到经营一切都是主管打理，可见主管与老板的关系非同一般。主管喜欢大别山食府的氛围，这是他一生追求的东西，不过他从来不喝酒，他喜欢看别人喝酒，看别人喝葡萄酒和桃花醉酒。别看他岁数不小，可还像小孩一样喜欢玩，整天乐哈哈的，对人异常和蔼。因为他无妻无女，孤独一人，别人都叫他孤老头。孤老头还有一个嗜好就是下象棋，没事的时候，他就摆出棋谱，一个人在那琢磨。

今天有件事令孤老头高兴，他没想到林晓雯又回来了，而且向来不求人的林晓雯求他了，他感到高兴。

“伯伯，我求您件事行吗？”林晓雯说。

“行，行，没问题。”孤老头就爱听这话，忙答应，生怕晓雯突然改口不求他了。

“我有一位朋友，二胡拉得非常好，想多挣一些钱给姐姐治病。我想求您给他机会在这边拉拉二胡，好吗？”林晓雯拉着孤老头撒娇说。

“二胡？”孤老头问。

林晓雯点了点头。

孤老头收敛了笑容，他不能拿生意开玩笑，在食府开设二胡表演助兴，他太没把握了。况且这不是他的餐厅，他承担不了这个风险。

林晓雯见孤老头不说话了，忙改口说："伯伯，您看这样行不行，就让他拉一首曲子，我主唱，这样想必客人没意见。如果你感觉不好，就让他下来，这样也不影响生意。"

孤老头思虑再三说："好吧，就给年轻人一次机会吧！我可说好了，这是看着你的面子啊！"

"谢谢伯伯！"林晓雯又撒起娇来。

"鬼丫头，不过我有一个条件。"孤老头说。

"什么条件？"林晓雯紧张地问。

"你必须回来唱歌，上次你走后，害得我这里流失了很多客人，你得补偿我。我们旁边新疆餐厅主要有新疆舞蹈和蛇舞表演，东北饭馆有二人转表演，他们的生意都红火，只有咱们没有特色，生意一天不如一天，客人都去他们两家了。"孤老头无奈地说。

"咱们大别山食府也有特色呀！"林晓雯说。

"什么特色？"孤老头问。

"大别山的民歌和舞蹈就是特色。"

"没有人会呀！"

"我们都会呀！"林晓雯说。

"那太好了。"孤老头很高兴。

"我刚才说的那位朋友，他父母就是我们乡里的民歌一绝。"

"你和他就赶紧过来吧！"孤老头迫不及待地说。

林晓雯爽快地答应了孤老头，为了丁晓晓，她什么都愿意去做。

在大别山食府的第一次演出，丁晓晓决定拉父亲改编的曲子《十杯酒》，这也是他最熟悉的一首，旋律最优美的一首，也是难度最大的一首。可林晓雯唱什么曲子呢？这不禁使丁晓晓犯难了。

一整个上午，丁晓晓和晓雯都没想出什么曲子与《十杯酒》相配，而晚上就要演出，这不得不令他俩着急。

时间在焦急中总是过得那么快，那么催人。

“有了，我知道唱什么曲子了。”林晓雯突然兴高采烈地说。

“什么曲子？”丁晓晓忙问。

“暂时不告诉你，到时你就知道了，你只管拉你的二胡，其他的就交给我。”林晓雯卖着关子不说，她要给丁晓晓一个惊喜。

林晓雯带着丁晓晓走进了大别山食府，餐厅三三两两地坐着一些客人，他们来到这里的原因多是喜欢喝桃花醉酒，今天又有音乐助兴，应该别有一番滋味。

灯光暗淡了下来，二胡声响了起来，时而轻盈悦耳，时而婉转低沉。似有风在林中游玩，有鱼在水里嬉戏，有花开的声音，还有蛙鸣。布谷鸟也叫了起来，泉水叮咚，风从耳旁掠过，桃花开放在溪水边，溪水边传来了棒槌的声音，是谁家的女子在溪边捶衣服？她一边捶一边唱着:“一杯一个酒儿嘛哟嗬喂，慢慢地斟啰哟嗬哟。我劝那个情哥嘛咿呀咿得儿喂，你要吃清啰哟哟。情哥那个不吃嘛哟嗬喂，这一杯酒啰哟嗬哟。枉费那个奴家嘛咿呀咿得儿喂，一片心啰哟哟。小情哥呀——喂！小情妹呀——咧！难舍难丢，情哥哥难舍妹儿也难丢哇小情哥呀——喂！下呀不得楼哇，难舍把情丢！……”

这是林晓雯唱的，丁晓晓做梦都未料到她会唱这首歌，当年父母就是凭这曲《十杯酒》而闻名桃源乡。可今天，在这种场合，他和她演奏了父母当年的成名曲。也许唯有这首歌才配这首曲子，也唯有这种场合才配演奏这首曲子。丁晓晓和林晓雯配合很默契，他们的首场演出很成功，孤老头答应他们以后可以在这里常驻演出。

二十四

桃源乡过年是最热闹的，打工的大人们都回来了，可高兴坏了孩子们，他们也只能在过年时才能相聚。孩子们也明白父母是为了过上好日子，才不得不离开他们。

肖老三叫人捎回了一些半新的衣服，然后让他妈分给大家。今日已经不同于往日了，没有人再稀罕那些衣服了。周二婶看都不看一眼，她整天穿得花枝招展的，她每年回来就是为了显摆。李老太太只好将那些衣服送给未出去打工的人家，在她们的眼里那才是求之不得的。

桃花村最高兴的要算山子了，过完年村子里就要修路了，测量工作都已经完结了，这次是大修，这几年他算没有白忙活。路通了，他的产品就有了出路，他还有更大的计划要实施，桃花村的好日子就不远了。而更令山子高兴的是他老婆要生了，他要做爸爸了。

“你听，宝宝在踢我。”桂花挺着大肚子说。

“真不老实，在肚子里还这么淘气，一定是个儿子。”山子兴奋地说。

“你喜欢儿子还是女儿？”桂花问山子。

“都喜欢。”

“我喜欢儿子。”桂花说。

“我更喜欢女儿一些。”山子还是比较喜欢女儿，女儿比较贴心。

桂花临盆的日子到了，山子全家都捏着一把汗。从早上到晚上，桂花都还没有生下来，这可急坏了山子的母亲：“这该怎么办呀？这该怎么办呀？”

“赶紧去医院吧！”山子说。

“可路途这么远，万一要在路上生了怎么办？”林孟华说，他也急得像热锅上的蚂蚁。以前生孩子他也没在意，都不知道怎么生下来，转眼就长大了。

“孩子太大了，生不下来。”接生婆焦急地说。

“那就赶紧去医院生吧！”林孟华命令道。

山子找了几个年轻力壮的小伙子，将桂花放在担架上抬着往乡医院跑。

一路上桂花痛得大叫，抬担架的人不得不停下来。

“山子，我要死了，我不想活了。”桂花大哭道。

“桂花，你坚持住啊！马上到医院了，到医院就好了。”山子安慰道。

大伙儿在崎岖的山路上摸着黑，深一脚浅一脚地走着。

桂花的喊叫声慢慢地小了，也许她喊累了，睡着了。在天亮之前，他们赶到了乡医院，大伙儿都累得抬不起头来。

“桂花，醒醒，到医院了。”山子不停地喊桂花，桂花没有回答。

山子扶起了桂花，桂花睁开了眼睛，看了看了山子说：“到了，我痛……”

桂花说完又晕了过去。

“桂花！桂花！”山子大喊道。

很快桂花被推进了产房，过了很长时间，大夫出来了。

“谁是产妇的家属？”大夫喊道。

“我是。”山子赶紧来到门前说。

大夫摘下口罩说：“保孩子，还是保大人？建议保孩子，医院医疗条件有限，恐怕保不住大人。”

“我要大人和孩子都安全。”山子大哭道。

“那我们尽力保吧！”大夫说完关上了门。

约莫一盏茶的工夫，产房的门开了，大夫擦了一把汗说："孩子总算保住了，大人大出血没保住。"

"我的桂花呀！"山子伤心欲绝。

大伙儿只好将桂花抬回了林家湾，山子抱着刚出生的婴儿一路上哭着，他的泪已经流干了，他的桂花没了。

林孟华的老伴听到桂花死的消息，顿时就晕死过去了，好一阵掐人中才醒过来。

"桂花啊！我可怜的桂花，我怎么对得起你爸妈啊！"林孟华的老伴大哭道，林孟华也暗暗流泪。为什么这么不幸的事情要发生在他的头上啊，上天啊！你要惩罚就惩罚我们，放过孩子们吧！

"幸好孩子保住了，是个男孩。"大家安慰着林孟华的老伴说。

最伤心的是山子，这几天他精神恍惚。桂花的声音就在他的耳边，她没死，她只是睡着了。山子做着噩梦，说着胡话，可急坏了林孟华。同时林孟华的老伴也卧床一病不起，她整天以泪洗面。

"桂花啊，我的桂花啊！"桂花的母亲沈小红和她的父亲刘春生赶到了桃花村。沈小红趴在女儿的棺材上哭得死去活来的。

"我亲手把桂花交给你的，可现在她不在了，你说过要好好保护她的。"刘春生也痛哭流涕的，他抓住山子，他真想狠狠地打他一顿。他的心在刺痛，他就这么一个孩子，可今天……

"天啊！"刘春生大哭着，他无法抑制住胸中的悲痛。

"你打死我吧！我给桂花偿命，是我的错，是我的错。"山子已经没有眼泪了，他的心都死了，他也不想活了，他说着就向桂花的棺材撞去。大伙见此赶紧挡住才没撞上，山子瘫倒在地上。

刘春生见山子如此悲痛，他也不好再说什么了。毕竟这不是人能控制得了的，那时候医疗条件差，在农村生孩子都是这样的，一切听天由命。

刘春生和沈小红在桃花村待到女儿桂花下葬后就走了，临走时，刘春生说:“我这一辈子再也不想到这里来了。”

刘春生头也没回地走了。

桂花死后，山子就整日躲在山里忙碌，忙碌可以缓解他的悲痛，他又像是在赎罪。

林孟华对此也束手无策，只好由着山子了，也许过一段时间他就会好起来的。

上海的冬天，雪花夹着刺骨的寒风，湿冷湿冷的。大街小巷都结了一层厚厚的冰，一不小心就会滑倒。

丁晓晓在上海转眼大半年过去了，他白天看管着材料库，晚上和林晓雯一起演出。真子学二胡很认真，她的进步令丁晓晓吃惊，她不但会拉几首现代的流行音乐，连《二泉映月》都会拉了。有时她也会到大别山食府的台上独自拉一曲，尽管显得有些稚嫩，功底还欠缺，但在她这种年龄已经是大大的不易了，台下的人们还热烈地鼓掌鼓励她呢。

一年转眼又要过去了，春节马上就要来临了。丁晓晓每天算计着过日子，他的心早飞回了家。奶奶还好吗？姐姐是不是能说话了？他的心在颤抖，他感到他的肩上有一座山。

“看你这几天魂不守舍的，想家了吧！”林晓雯看出了丁晓晓的心思。

“奶奶年纪大了，我担心她照顾不了姐姐，也不知道爸妈回去没有。”丁晓晓的心里想着家。

“放心，邻居会帮忙的。”林晓雯安慰道。

“你不回去看看吗？”丁晓晓问。

“我不回去了，我不想见到他。”林晓雯伤心地说。

“事情过去这么多年了，你父亲也许不再赌了。”丁晓晓安慰道。

“不可能的，他永远改变不了。”林晓雯流着泪说。

林晓雯还是爱着父亲的，丁晓晓知道短时间是改变不了她对她父亲的恨，她父亲伤害她太深了。

“好吧！需要我做什么吗？”丁晓晓问。

“你帮我把学费带给我弟妹，一定要交到他们手里，千万不要给我爸，不然他又拿去赌钱了。如果我爸问起我，就说我死了。”林晓雯恨恨地说。

“那样不太好吧？”

“没事，告诉我弟妹要好好学习，姐姐这里一切都好。”林晓雯说完已泪流满面。

丁晓晓禁不住流下泪来。

丁晓晓该回家了。他来到了火车站，跟着人群向前走动着。他多么希望再多看一眼上海呀！他喜欢看上海的灯红酒绿，万千变化。

火车慢慢启动了，丁晓晓思乡的心情更加强烈了。他真恨不得一下飞到桃花村，飞到日夜思念的姐姐身边。在姐姐的眼里，他是一个永远也长不大的小弟弟。临走前，他给姐姐买了一件连衣裙，换季的服装比较便宜，他再也不忍心看到姐姐夏天穿那蓝布衣了。上次肖老三送的，姐姐穿破了都舍不得丢掉。姐姐穿上这件连衣裙一定很美，丁晓晓围着连衣裙转了好几圈，姐姐似乎就站在他面前，他满意地笑了。他心满意足地竖起大拇指称赞：“姐姐是世界上最漂亮的女人！”

冬天的夜晚总是使人困倦，月光照着树影在奔跑，四周黑魆魆的大山要向火车压过来似的，清冷的风夹着一丝山的凉气吹来，车内的人们都进入了梦乡。丁晓晓也进入了梦乡，他又梦到了姐姐，他小时候，姐姐就是在这样的月夜里抱着哄他入睡。

“月亮走，我也走，我帮月亮提花篓。一提提到姐门口，打开花园摘石榴。石榴叶儿一坨油，姊妹三个梳油头。大姐梳个磨镰月，二姐梳个凤凰头。只有三姐不会梳，拿着梳子哭溜溜。……”姐姐哼着歌，他就这样在姐姐的怀里不知不觉地睡着了。

皎洁的月光跟着火车在飞奔。

一路奔波，丁晓晓终于到了桃源乡，迎面扑来的阵阵清新的泥土气息让他倍感亲切。他深深地吸了几口新鲜的空气，心情清朗多了。

“晓晓回来了。”丁晓晓走到村口碰到了肖长河，他拄着拐杖在散步。

“肖叔身体还好吧？”丁晓晓问。

“什么好不好，老了不中用了。”肖长河叹道。

“你姐姐醒来了。”肖长河又道。

丁晓晓高兴得跳了起来，他三步并作两步赶紧跑回家去。

“姐姐，我回来了。”来到家门，丁晓晓大喊道。

桃花打开了家门，疑惑地看着丁晓晓问：“你找谁？”

“姐姐，我是晓晓，你不认识我了。”丁晓晓焦急地说。

“晓晓？不知道。”桃花摇了摇头说。

“桃花，他是你弟弟，真是的。”桃花奶奶说着来到门口。

丁晓晓走进了屋子，放下背包问：“奶奶，姐姐怎么不认识我了？”

“哎！你走后不久，有一天夜里，你姐姐醒了过来，到伙房找吃的，当时吓了我一跳。现在人是好了，可是谁也不认识。”桃花奶奶叹气道。

“姐姐能醒过来就是好事，慢慢她就会认识我的。”丁晓晓异常的兴奋。这是一个好的开始，过完年他要带姐姐去上海治疗，也许很快姐姐就会痊愈的。

“姐姐，我是晓晓，你弟弟。”丁晓晓来到姐姐的面前说。

“晓晓？弟弟？”桃花面有难色道。

“你不记得我了，我小时候，你抱着我一边唱歌，一边哄我睡。”

“小时候？不记得了。”桃花摇了摇头说，她一脸茫然。

“姐姐，我给你买了好看的裙子。”丁晓晓拿出了粉红色的连衣裙交给了姐姐。

桃花将连衣裙套在身上，高兴得在风中起舞，那粉红色的身影像三月盛开的桃花，那么动人，那么艳丽。

“奶奶，爸妈有信回来吗？”丁晓晓见父母没回来，焦急地问。

“没有，不知道他俩怎样了，是不是饿死了。”桃花奶奶说完眼泪掉了下来。

“奶奶您放心，爸妈会没事的。”丁晓晓安慰奶奶道，他的心里也沉甸甸的，父母这一走音信全无，不知死活。

“但愿吧！”桃花奶奶叹息道。

通过一段时间的相处，尽管桃花想不起以前的事情，还是认不出丁晓晓，但也不再排斥丁晓晓了。丁晓晓看到姐姐的状态一点点变好感到很高兴。

过年之前，丁晓晓还要去一趟林家湾，办完林晓雯交代的事情。

丁晓晓来到了林晓雯的家门前，他正要敲门，耳边突然响起了一个苍老的声音：“你找谁？”

丁晓晓吓得一回头，一个满脸皱纹、头发花白的老人拄着拐杖站在他身后。老人身上的棉袄又脏又破，许多地方棉絮都露在外边。他腰间系了一根草绳，绳子上挂着一个烟袋，脚上的解放鞋不但非常破旧而且也分辨不出本来的颜色。

“你是晓雯的爸爸吗？”丁晓晓问。

“你是……”

“我是晓雯的朋友，从上海回来的。”丁晓晓说。

“哦！她是叫你送钱给我的吗？”老人问。

丁晓晓也有些厌恶他，如果他对晓雯好点，晓雯也不会不回家，也不会如此伤心，他心中的火在涌动。

“晓雯她死了。”丁晓晓说道，他倒要看看这个铁石心肠的老人该如何。

“死了……死了……”老人驼着背在风中不停地颤抖，他用枯枝般的手指擦了擦眼泪喃喃地说。

“我苦命的孩子呀！你来到这世上没过一天好日子，都怪我不好，我对不起你……”老人断断续续地哭着，像寒风中的一片枯叶，可怜巴巴的，丁晓晓忍不住扶着老人。

老人用拐杖杵着地哭着说：“哎！我这把老骨头，早该死了，这是我前生作孽啊！老天这样来惩罚我，遭报应啊！”

老人悲惨的哭声像是哀鸣，令人心酸落泪。

丁晓晓心中也难过，他不应该欺骗老人，忍不住扶着老人来到了门口。

“爸爸。”一个女孩打开了大门，她太像晓雯了，白皙的脸上有两个甜甜的小酒窝。

老人用拐杖指了指她说：“她是晓雯的妹妹晓华。”

晓华向丁晓晓点头笑了笑，带着山村女孩的羞涩。她上前扶着父亲埋怨说：“这么冷，你就别出来了。”

“多亏了晓华，她就一直照料这个家。”老人说。

晓华目光转向丁晓晓问：“你是我姐姐的朋友？”

丁晓晓点了点头。

“我姐姐好吗？”晓华问。

“她死了。”老人说完又哭了起来。

“死了？不可能的！”晓华大喊道。

丁晓晓再也不忍心欺骗他们了，他心中像压了千万块石头般难过。

“你姐没死，刚才我是骗你们的。”丁晓晓愧疚地说。

“真的？”晓华破涕为笑。

“真的，你爸伤透了你姐姐的心，你姐让我故意这么说的。”丁晓晓点了点头说。

“告诉我姐姐，我爸不再赌了，他也很想姐姐回来看看。”晓华哭着说。

“骗我的？你这年轻人安的什么心？你的良心被狗吃了，我真为晓雯有你这种朋友难过哇！”老人突然像发怒的狮子拿起拐杖就要打丁晓晓，幸好被晓华拦住。

“爸，这也怪你，谁叫你爱赌，不顾家里，把姐姐都气走了。”晓华埋怨道。

老人愣在那里。

“都怪我，年轻人求求你，见了晓雯叫她回来吧！只要她回来，我什么都依她。”老人说完跪在了丁晓晓的面前，吓得丁晓晓赶紧扶起他。

“好的，您的话我会带到的，回不回来那就要看晓雯的了。”丁晓晓说。

“好，好。”老人不住地点头道。

丁晓晓将钱交给了晓华，他高兴地离开了林家湾，他的心中终于可以长长地出一口气，他为晓雯高兴，他恨不得马上回到上海把这个好消息告诉晓雯。

春节过后的上海，街上的行人热闹了起来，丁晓晓将姐姐接到了工地上。桃花就和林晓雯住在了小卖部里，林晓雯照料着她。这里对桃花来说，一切都是那么的新奇，丁晓晓和林晓雯带着姐姐到上海的景点四处走走，桃花高兴得合不拢嘴。这天，丁晓晓带着姐姐来到医院进行了检查。

“你姐姐是暂时失忆，大脑受过损伤，里面有淤血，把淤血清理掉就有可能恢复记忆了。”医生告诉丁晓晓说。

“那该怎么治疗呢？”丁晓晓激动地问。

“要做开颅手术。”医生说。

“那做吧！只要能治好就行。”丁晓晓说。

“那你先去交住院押金吧！”医生说。

“交多少押金？”丁晓晓问。

“五万。”医生说。

“这么多？”丁晓晓为难地说。

“这还多？前前后后下来估计得十来万元。”医生又说。

丁晓晓犯难了，这半年来省吃俭用也就积攒下来一万两千块钱，过年回去花的以及还完欠债也就剩一万块钱了，可离这十万块钱太遥远了。

“钱不够是吧！回去想办法，凑够了再来，但这病得尽早治不能拖。”医生说完走了。

丁晓晓回到了工地。

“医生看得怎么样？”林晓雯关心地问。

“医生说要动手术，把淤血清理掉，姐姐就能恢复记忆。”

“好呀！这是好事。”林晓雯高兴地说。

“可是……”

“可是什么呀？赶紧准备做手术。”

“可是先要交五万元押金，前前后后下来估计得十来万元。”丁晓晓无奈地说。

“这么多啊？”林晓雯也很惊讶，这可不是一笔小钱。

“我这里有两万可以借给你，我们会想到办法的。”林晓雯安慰道。

“我这里有一万，一共三万，那还差两万，后期的治疗还得要钱。”丁晓晓说。

这一切太难了，这已经是他们的全部了。

为了桃花的住院费，丁晓晓和林晓雯每天晚上拼命地工作到凌晨一点多，他们要挣更多的钱。大别山食府里每晚坐满了人，丁晓晓和林晓雯是他们眼中的金童玉女，他们喜欢丁晓晓的二胡，还有林晓雯的微笑。

孤老头依然很孤独，他深居简出，生活也异常的简朴。他依旧窝在他那间房子里，只有象棋一直陪伴着他。丁晓晓每晚陪他下一盘棋，无论输赢他只下一盘，这是他的规则。孤老头也只下一盘，他从来没有要求丁晓晓多下一盘，这一点令丁晓晓很钦佩。

丁晓晓走进大别山食府，孤老头只抬了抬眼皮，算是看见了他的到来。丁晓晓找了一个僻静的地方坐下，他不愿意打搅他。

“晓晓，咱们喝一杯。”孤老头说。

“喝酒？”丁晓晓很惊讶。

“我突然发现，原来我也喜欢这酒。”孤老头拿起了酒杯。

丁晓晓没有说话，在这种场合，不需要语言。

“没想到我这一生还能坐在这里品尝这酒！”孤老头说。

看着孤老头发红的脸，丁晓晓想到了老三叔送给他的象棋，也许只有孤老头才配用老三叔的象棋。

“伯伯，我送你一件礼物吧！”他要将象棋送给孤老头，他才是这副象棋的拥有者。

丁晓晓离开前，孤老头已经醉了，他在床上鼾声雷动。

丁晓晓将象棋放在屋子中间的棋盘上摆好，他突然感觉孤老头就像老三叔一样，不过他比老三叔幸运多了。

孤老头醒来时最先看到的是丁晓晓送给他的象棋。棋子是手工雕刻的，然后用油漆涂在字眼里。象棋很旧很旧，字眼里的漆也脱落了，棋子的周围也磨得异常的光滑，这简直是一个老古董。孤老头忍不住大笑起来，他真想不到丁晓晓会送给他一副破棋，连收破烂的人都不要的破棋。

丁晓晓走进孤老头的房间时，他正看到孤老头看着那副棋在笑，笑得眼泪都出来了。

“亏你想得出，送这么一副破棋给我，是笑话我？”

丁晓晓明白了孤老头为什么笑得如此狠，是在笑他的那副棋子。

丁晓晓默默地收起了棋子，今天他才意识到这棋子太过时了，也许只有桃源乡才用得上。

“送给我的礼物干吗收回去？”孤老头问。

“它太过时了。”丁晓晓有些尴尬地说，“我看我还是拿走，它在这棋盘上也太不相称。”

“你有棋子难道没棋盘？”孤老头问。

“有，不过是一张很旧的纸，我怕它难看就没摆上。”丁晓晓解释说。

“摆上。”孤老头手一挥，命令道。

棋盘不过是一张纸，上面的棋格都是人工画成的，不难看出是用毛笔勾画出来的。由于时间太久，棋盘已经褶皱得不像棋盘，倒像一张废纸。

丁晓晓又将棋子摆上了，旧旧的棋盘和棋子倒十分融洽。

“你为什么要送这么一副棋给我？”孤老头不明白地问。

“因为我认为只有你才配拥有它。”

丁晓晓说完，孤老头又笑了，这次他笑得很认真。

“为什么这么说？”孤老头笑着问。

“这副棋是我们村一个叔叔送给我的，在我们那里下棋他没有对手，他只有跟他自己下棋。别人都认为他是疯子，只有我能明白他的心情。因为那是他的命，他宁可什么都不要，但他不能没有象棋。”丁晓晓说。

“想不到还有像我一样如此喜爱下象棋的人？”孤老头长叹一声。

他异常的兴奋，因为世间又多了一个疯子，像他一样的疯子。

淡淡的风，淡淡的月色，一个夜晚又来临了，五月是上海最好的季节。大别山食府的里里外外都被打扫得干干净净，孤老头的房间也焕然一新。丁晓晓走进孤老头的房间，首先就看到了那副旧象棋，中规中矩地摆在房子的中间。

“今天是什么日子？这样里里外外地打扫。”丁晓晓问。

“重要日子，老板要来检查。”孤老头紧张地说。

夜，慢慢地降临了，孤老头一直站在餐厅的门口焦急地等待着。

一辆黑色的轿车停在了大别山食府的门口，孤老头迎了上去，他今天穿了一身黑色的唐装，显得很精神。

孤老头毕恭毕敬地打开了车门，车上走出一个人，穿着一身黑色的唐装，有着孤老头一样消瘦的身材。孤老头和他紧紧地拥抱在一起，似乎两颗惺惺相惜的心聚在一起。

“半年不见，你还是那样精神啊！”孤老头兴奋地说。

“你也一样，一点都没变。”来者哈哈大笑说。

“老三叔。”丁晓晓大喊起来。

丁晓晓简直不敢相信自己的眼睛，丁晓晓冲了过去紧紧抱住了肖老三，肖老三认出了丁晓晓，拍着他的肩高兴地说：“孩子，你怎么也到这儿来了？”

“来打工。”丁晓晓高兴地说。

“看到你，我真高兴。”肖老三说。

肖老三的到来让大别山食府变得分外热闹，更多的人是想看一看食府真正的东家，而在丁晓晓的眼里，肖老三更多了一份不可思议的神秘感。

“老三叔这几年是怎样熬过来的？听说你是这儿的老板？”丁晓晓忍不住问。

肖老三笑眯眯地说：“能有今天，我非常感激吴二妮，当初要不是她，说不定今天我依旧在桃花村放牛。离开桃花村的时候，当时我非常担心，我什么都不会做，像一个废人，我离开桃花村就是死路一条。”

肖老三说得很慢，很伤感。他长长叹了口气接着说：“离开桃花村，我就一直往前走，我也不知道去哪儿，哪儿对我来说都一样，饿了就去乞讨。我就这样一直活着，倒也饿不死。突然有一天，我有一个想法，我即使死也要死在大城市，也不枉我来到世上一场。于是，我就稀里糊涂来到了上海。”

林晓雯将水递上前轻声地说：“老三叔，你喝一口水吧！”

肖老三抬头看了看眼前这位漂亮的姑娘，因为大别山食府的一切都是孤老头打理，他对大别山食府的人和事一切都不了解。

“你叫我老三叔，你是……”肖老三很惊讶林晓雯对他的称呼。

“她是林家湾的晓雯。”丁晓晓赶紧介绍说。

“林家湾？晓雯？”肖老三记起来了，“想起来了，你父亲喜欢赌钱，我见到你时，你还是一个小丫头，如今长得这么漂亮。唉！岁月不饶人，我们都老了，你爸妈好吗？”

“我妈妈很早就死了，爸一直在赌，听晓晓说他不再赌了。”林晓雯微笑着说，她说得很轻松，可她眼里含着眼泪。

“苦命的孩子！”说到桃花村，肖老三无限的感慨。

“她是我们这里的主唱，大别山食府的招牌。”孤老头插话说。

“好孩子，叔叔谢谢你。有什么困难直接跟我说，我虽然不是这儿的老板，可跟老板没什么两样。”肖老三说。

“你不是老板？那老板是谁？”丁晓晓更加好奇了。

大家也异常惊讶，连孤老头也感到惊讶，这事他一直蒙在鼓里。

肖老三笑了笑说：“听我慢慢说，你们就知道了，晓晓，我刚才说到哪儿？”

“刚才说来到上海。”丁晓晓说。

“对，我当初来到这里根本不知道是上海，后来听人说才知道是上海，是大城市。起初我一直靠乞讨拾破烂为生，同时也在天桥上摆棋式。直到有一天我碰上了肖安……”肖老三继续说。

“肖安？”丁晓晓打断了肖老三的话，惊奇地问。

“对，肖安也是离家出走来到了这里，当时他身无分文，饿了好几天。当初他看到我异常的兴奋，我做梦也想不到在这里还能碰上亲人，我俩就相依为命靠拾破烂为生。后来肖安找到一份在工地干活的苦差，每晚遍体鳞伤的回来，那段时间可苦了那孩子。可肖安有毅力，一直干到老板的位置。再后来肖安有了自己的公司，公司越来越大，于是就有了这大别山食府。他没时间管理这些就交给了我，我不是这块料，我就交给了孤老头管理。”肖老三说完了，他为他们能有今天感到自豪。

“原来肖安是这儿的老板。”丁晓晓心里说不出的滋味，但他为肖安感到自豪，肖安才是桃源乡真正的男人。

“那你和肖安为什么不回去看看？大家都挂念着你们。”丁晓晓说。

“挂念我们？”肖老三苦笑了笑说。

“是不是挂念我死没死，如果死了，该是个如何死法，最后不过是一声叹息罢了。”肖老三明白桃花村人对他的想法，这也怪不了人们，他在桃花村本来就是个可有可无的人。

“说心里话，肖安对来投奔他的村民那么无情无义，我哪还有脸回去啊！”肖老三叹息道。

“肖安哥是因为爱林玲才那样的。”丁晓晓说。

“你家里人都好吗？”肖老三问。

“父母出走了，姐姐前年摔伤了，现在是失忆的状态，需要做手术才有望恢复。”丁晓晓说。

肖老三站起身来长长地嘘了一口气，他的心里异常的沉重，说道：“我知道了，你没有钱，才到这里打工是不是？”

丁晓晓点了点头。

“孩子，放心，你姐姐会好起来的。咱们出门在外不容易，乡里乡亲的，在这又遇见了，那是不寻常的缘分，现在我们有能力了，就一起想办法解决。”肖老三安慰道。

丁晓晓留下了感激的泪水。

他们寒暄叙旧之后，肖老三对孤老头说：“咱俩杀一盘棋，去年咱俩还没比出个输赢来呢！”

“好，谁怕谁呀！”孤老头也很兴奋。

大别山食府里有的是美食和好酒，可今天人们没有心思喝酒，孤老头的房间里挤满了围观的人们。当时针指到九点时，肖老三和孤老头走进了房间。肖老三首先就看到那副旧象棋，伴随着他三十多年的象棋，今天他竟又见到了它，一时间，往事奔涌而来，肖老三忍不住落下泪来。肖老三稍稍平复了一下心情，开始和孤老头下棋。棋逢对手，这一次，他俩又打成平手，相约下次再战。

二十五

桃花村的公路在王新礼的带领下开始动工了，各矿业主出钱，桃源乡人们出力，桃花村顿时炮声连天。王新礼雇来了县里的挖土机，从乡里开始往桃花村这边挖，这挖土机就是厉害，一天有时能挖出几百米路。

“这样下去，不出半年，咱们的路就可以通车了，这挖土机贵，一般人请不起啊！”林孟华兴奋地说。

“有钱就是好办事。”丁二哥接茬道。

“可不是啊！这比修乡公路时都快，路通了，咱们山上的木材就值钱了。”肖长江高兴地说。

“路通了，电就来了，这都不敢想象的事啊！”丁二哥感叹道。

“你说欧阳振华干了这么多年，咋就没能力修通这条道呢？”肖长江好奇地问。

“是呀！这新来的乡长就是厉害，一来路就通了，矿开起来就有钱了，咱们也要奔小康了。”丁二哥高兴地说。

“那是你有钱了。”肖长河愤愤道。

大理石矿在丁二哥的山上，铁矿在林家湾林老二的山上，这可把桃花村的村民眼红得不行，这两家走了狗屎运，真是上辈子修的福气。这一开矿，这两家得拿多少钱呀！人们在背后计算着，可是也没有法子，只能眼红眼红，谁叫自家山上没矿呢？

“二哥，你家矿山卖了多少钱呀？”肖长江问。

“没多少钱！”丁二哥说。

“有什么不能说的，害怕我向你借钱？”肖长江不高兴地说。

“真没多少钱，况且我现在也没见到一分钱。”丁二哥着急地说。

“一百万还是二百万？”肖长河问。

“这个真不能说。”丁二哥有些急了。

肖长河见问不出来，转身问林孟华：“林主任，你肯定知道啊，你来说说。”

“这个我还真不知道，说是要保密不让人知道的。”林孟华说。

“林主任你也变得不地道了。”肖长河不高兴地说。

林孟华干笑了几声，他懒得搭理肖长河，转身走了。

“当个村主任，看把你能得！”肖长河更来气了。

丁二哥见此也转身走了，他一边走一边唱道：“一杯一个酒儿嘛哟嗬喂，慢慢地斟啰哟嗬哟。我劝那个情哥嘛咿呀咿得儿喂，你要吃清啰哟哟……”

“看把你们都能得！”肖长河也气呼呼地回家了。

公路转眼修通了，宽的地方有三米五，窄的地方三米，勉强能通过大货车。不过，这些已经是奢求了。路修完后就开始架电线，要把电引到各矿场，各村子里的电线只能自己出钱出力了。

“林主任，架电线还得你挑头，按需分配，出外打工的家庭多出钱，家里贫困的少出钱，五保户的就算了吧！”肖长河说。

“电线杆以山上木头为主，四五里路的电线，最关键的是变压器，这是难事！”林孟华说道。

“木子乡有一台半新的变压器闲置，我去一趟看能不能买回来，这样价格也便宜一些。”山子上次去木子乡无意中听说的，没想到今天能派上用场。

“山子，你就安排吧！我们大家配合。”肖长河说。

林孟华突然感到，肖长河不当村主任了，大家反而比较和谐。他家出事后村子里的人们似乎也变了，大家也少了争斗，都比较配合他的工作，以前要是这样多好呀！

肖长河也感到桃花村在变，至少没那么自私了。山子现在提出来的事情，大家都一致支持，大家都知道山子是为了桃花村的发展。山子还说等路修好了，他的事业上去了，村里愿意留在家乡的人，都可以去他的果园、林场上班，他每月给开工资。山子有这一份心，大家都心领了。

“比我那不争气的儿子强多了啊！”肖长河叹息道，他一想到肖安就心痛，你说他要是像山子那样该多好哇！他有钱有什么用，不孝啊！

“那我就安排了，我爸负责安排上山采伐电线杆以及立电线杆的事。肖叔面子大就负责各家各户集资，最主要是外出打工的，我负责变压器。”山子说。

“没问题，电线杆采伐后要刷上桐油防止腐烂。”肖长河叮嘱道。

“谁家不出钱就不让点电。”肖长河放出了话。

肖长河的话很快传到了在外打工的人的耳朵里，大家听说村子里可以通车了，同时要装电线，于是纷纷解囊。连那搬走的肖长水也出了两千块，这令肖长河有些惊讶，后来才知道，肖长水要回村子里盖楼房，免得屋基地荒废被别人占去了，以后也便于回家养老。

大家听说肖长水要回家盖房，出外打工挣了钱的也纷纷想回家盖楼房。一来住着舒服，二来也显示自己的实力，免得在村子里被人看不起。

这几天犯愁的是肖长河，架电线还差两万块钱，大家都尽力了，出外打工也是挣一些辛苦钱，也没有过多的闲钱。

正在肖长河急得像热锅上的蚂蚁时，有人传来了好消息：肖安说差多少他就补多少，同时给他肖长河三万元盖楼房用。

“这王八崽子的钱我不用，就是电线架起来了我也不用。”肖长河的牛脾气又起来了，这些年，他心里就不是滋味。

“你这是何苦呢？”肖长河的老伴叹息道，她整天思念着儿子，可肖安走了这么多年也不回来看看，真是愁死人了。

最近桃花村又有一个新闻，丁二哥要盖新房了。他要选取一块风水宝地，地势要高，他可以将桃花村尽收眼底。同时他要盖最好的楼房，他要让桃花村的人们望尘莫及，以免小看了他丁二哥。

“二哥有钱了，听说抽的是熊猫烟，国宝级的！”

“他手上戴的是金表，听说是纯金的，可值钱了！”

“他那茶壶是紫砂的，听说要好几万，可真是有钱啊！”

…………

村民们议论纷纷，大多叹息他走狗屎运了。

不过对架电线的事，丁二哥出了三千块钱，这对村里人来说算是多的了，肖长河也说不出什么。

转眼，桃花村的电线都架了起来，变压器就安装在肖家冲的广场边。林家湾眼看着高压线从他们村子上空通过没办法停留，谁叫肖家冲财大气粗的。林家湾不得不从肖家冲接线往下走，然后通到每家每户。桃花村转眼一片灯火通明，尽管变压器功率有些小灯光有些暗，但这也是有史以来的光明，桃花村的人们都感觉有些刺眼。

丁二哥的房子很快建起来了，看着崭新的房子，他心里美滋滋的。丁二哥点亮了一根烟，惬意地在他家院子的躺椅上半躺着，躺椅前面的茶几上他媳妇给他沏好了上好的瓜片（中国十大名茶之一，产自安徽省六安市大别山一带）。他一边品尝着瓜片的清香，一边听着收音机里的黄梅戏《天仙配》。

夕阳的余晖再次点亮了桃花村，山村每个角落洒满了一片金黄，照耀着田野里忙碌的村民。丁二哥深吸了一口烟，烟上的火光和夕阳交相辉映，他喜欢看到这样的情景，这也是他一直梦想的生活。在他家的院子上看田野里忙碌的人们，尽收眼底，这也是他想要的。他就要把房子建得比别人家的都高，那样他才解气。谁叫他们一直都看不起他，拿他不当“干粮”，没想到他也有今天。想着想着，丁二哥脸上露出了满意的笑容。

丁二哥家山上的大理石矿不断地传来了炮声，绿绿的青山瞬间撕裂开了一道口子。工人们将石头切成块，装上车运到乡政府附近的加工厂，然后加工打磨，最后运到全国各地去。

最近桃花村来了很多收购木材的大车，村民们忙着将自家山上的木材都判卖给木材收购商。一车一车的木材都运出了桃花村，村民们手上的钱也多了起来，看着自己慢慢鼓起的腰包，大家从心眼里感谢乡长王新礼。这一切都是新乡长带来的，王新礼每走到一处，大家就热烈地欢迎他，王新礼心里也是美滋滋的，他终于把欧阳振华比下去了。

几个月过去了，桃源乡山上的木材也慢慢地变少了，村民们也没有太多的木材可变钱了。这时，铁矿厂传来消息，收购铁砂，人们都争先恐后拿着簸箕来到桃花河里淘铁砂卖。顿时，桃花河热闹起来，大家都起早贪黑生怕别人把铁砂都淘走了。整个桃源乡的河流都动了起来，大家都在争抢着，干劲十足。一个月过去了，桃源乡的河流都被翻了个底朝天。

桃源乡的村民手里也有钱了，慢慢地盖起了楼房。王新礼看到村民一处处的小楼房，他心里忍不住的高兴，他觉得他要带着大家共同奔小康。

肖长河眼看着桃花村的青山绿水慢慢地变成了秃子，他的心里极其的痛苦，忍不住大骂道：“你们这帮败家子，会遭到报应的啊！”

桃花村没有人搭理他，大家都忙着去赚钱，有谁还管他这个瘸子。连他的老伴都不爱搭理他了，也忙着去淘铁砂卖，肖长河只能自己垂头丧气地骂着。

桃源乡又传来消息，王新礼在县里拿了大奖，获奖的理由是王新礼摘掉了桃源乡贫穷落后的帽子，经济从全县倒数第一，一下子名列前茅。同时县里也组织其他落后的乡镇来考察，王新礼一时成了县里的红人和其他乡镇学习的榜样。王新礼还有更大的目标，他要建炼钢厂，这样铁矿石就可以深加工，卖出去的就是钢材成品。

“你这个计划有些大，暂时缓一缓，先一步一个脚印。”县委书记王洪涛制止王新礼说。

“好的，一步一步来。”王新礼点头道。

“这次招商引资你们乡做得比较好，起了带头作用，增速比较快，再接再厉。”县委书记王洪涛叮嘱说。

“书记放心，在县领导指导下，我一定带着桃源乡奔小康，不奔小康我誓不离开桃源乡。”王新礼信誓旦旦地说。

“好，好，如果其他的乡领导都像你这样，那我们县委也就放心了。”县委书记王洪涛高兴地说。

王新礼高高兴兴地回到了桃源乡，他的干劲更足了。

二十六

桃花住进了医院，肖老三交完押金，医院很快安排了手术。

“你们在外边等着，手术完告诉你们。”医生说。

“好，好。”丁晓晓答道。

他们焦急地等着，丁晓晓感觉度日如年，他心中暗暗祈祷上天保佑姐姐手术成功。

从上午九点到下午六点，手术室的门终于开了，主治医师摘下口罩疲惫地说：“手术很成功。”

丁晓晓和林晓雯激动得紧紧抱在一起。

“什么时候能见病人？”丁晓晓激动地问。

“过几天吧！手术完后病人住进了无菌病房，不能打扰，能见时通知你们。”主治医师说。

“好吧！我也先走了，过几天我再过来。”肖老三说完也走了，他是没有时间待在这里的。丁晓晓和林晓雯也回到了工地，这一天下来，他俩累得都快要虚脱了。

“有钱别有病呀！”林晓雯感慨道。

“是，既遭罪又伤财啊。”丁晓晓垂下头说。

之后，丁晓晓每天都抽时间去医院看望照顾姐姐，桃花也一天天康复起来。待桃花情况稳定了，丁晓晓就启程回去参加高考了。为了给姐姐治病，他休学了这么长时间，但是他的求学梦还没有圆，现在姐姐一天天好起来，他该为这个梦想继续努力了！

火车向前，带着丁晓晓回到了最初的地方。在黄昏，丁晓晓回到了学校，他最爱的学校。校园的黄昏多美好啊，夕阳将最后一缕霞光洒向了小河旁。高大的杨树，墨绿的树叶，幽深而又清凉的小河，如诗，如画，如歌……

“真想不到你又回来了，我以为你被困难击倒了，再也见不到你了。”花蝶兴奋地说。

“你家里出这么大事情，怎么不告诉我们？”王明埋怨道。

“你姐姐还好吗？”余莉关切地问。

“是呀！这么大的事情应当告诉我们，我们也可以出一份力。”王霞道。

同学们关切的神情令丁晓晓无比的感动。

“谢谢大家，我姐姐现在在上海很好。”丁晓晓非常感激地说。

“过几天要考试了，如果有不明白的答题可以问我们。”花蝶关心地说。

“对，对，我们毫无保留地告诉你。”王霞接着说。

“好的，不明白向你们请教。”晓晓说。

“晓晓，我发现你同刚来学校时完全变了一个人似的。”余莉说。

“变得更加自信和开放了，也没有当初的自卑了。”王明说。

同学们你一言我一语的，丁晓晓同他们开心地谈论着，这一切都要感谢上海给予他的。

“我们考试完了，我请大家去看县剧团的节目吧！县剧团的节目有了新的改变，听我妈说非常不错。”花蝶提议道。

“好的，我同意，也算是毕业后的放松。”王霞说。

“考试完，我们也该放松一下了，我们等着啊！”王明说。

“花蝶，到时别反悔啊！”王霞接着说。

“放心吧！”花蝶满不在乎地说。

“丁晓晓一定要去啊！这次可不能又偷偷地走了。”花蝶补充道。

“一定去。”丁晓晓答道。

吃罢晚饭，丁晓晓不知不觉又踱到了小河边。明天就要开考了，丁晓晓来到这里放松一下紧张的心情。

“你也出来放松一下？”花蝶也来到了小河边。

“这里比较安静。”丁晓晓说。

“你姐姐的情况怎么样？”花蝶问。

“还好，在医院躺着。”丁晓晓说。

“你也不必担心，好好考试就是对你姐姐最好的报答。”花蝶安慰道。

“是，她太累了。”丁晓晓忧伤地说。

“志愿打算填哪里的大学？”花蝶问。

“我也不知道能不能考上大学，如果能考上，我还是想去上海。”丁晓晓说。

上海的一切都是那么的熟悉，那么令他怀念。

“我想去北京。”花蝶说。

“大学毕业后有什么打算？”花蝶又问。

“没敢想那么远，我现在只是想考上大学。”丁晓晓说。

“我想好了，大学毕业后我要去最困难的地方。”花蝶高兴地说。

丁晓晓看了看花蝶那兴奋的神情，他不忍打断她，他是从困难的地方走过来的，像她一个城里的孩子，也只是说说罢了。

“早点回去休息吧！明天考场见。”丁晓晓提醒说。

“好的，你也早点休息吧！”花蝶说完走了。

考试结束后的第二天，丁晓晓随着花蝶来到了县剧院，花蝶请了要好的几个同学看演出。县剧团主要表演当地一些有名的传统曲目。同学们议论纷纷，对这些曲目指指点点，甚至抱怨这些传统曲目不如流行歌曲好听。花蝶心中老大的不高兴，不悦道：“听戏，别打搅别人。”

大家都不再言语了，丁晓晓此时是那样地思念母亲，他从小就是听这些歌曲长大的，这些歌曲对他来说是那样的亲切、熟悉。

“接下来是我们的压轴戏《十杯酒》……”主持人拿着话筒充满深情地说。

“一杯一个酒儿嘛哟喃喂，慢慢地斟啰哟喃哟。我劝那个情哥嘛咿呀咿得儿喂，你要吃清啰哟哟。情哥那个不吃嘛哟喃喂，这一杯酒啰哟喃哟。枉费那个奴家嘛衣呀衣得儿喂，一片心啰哟哟。小情哥呀——喂！小情妹呀——咧！难舍难丢，情哥哥难舍妹儿也难丢哇小情哥呀——喂！下呀不得楼哇，难舍把情丢！……”

丁晓晓看到舞台上父亲拉着二胡，妈妈在唱曲，原来他们来到了县剧团谋生，他高兴地流下了眼泪。演出结束后，丁晓晓急急匆匆地和同学们道别，他要赶紧去看父母，他悬着的心终于落下了。

高考结束了，丁晓晓还要赶回上海去照顾姐姐，他和花蝶依依惜别，相约以后有缘再见。

丁晓晓又回到了上海，此时，他已收到了上海一所大学的通知书，终于如愿以偿。桃花已经恢复得差不多了，可以随时出院了。桃花出院这天，肖老三和肖安也来了，肖安还买了一束花。

“老三叔，谢谢你的帮助！”桃花感动地说。

“别谢我，这些都是肖安做的。”肖老三说。

“谢谢你，肖安哥。治疗费用，我们会慢慢还给你的。”桃花说。

“不用，看到你好了，我就放心了。”肖安开心地说。

“肖安，我有一件事要告诉你，林玲躲在桃花庵，我劝过她很多次叫她来找你，可她的性格太固执了。”桃花说。

“林玲，桃花庵，太好了。”肖安兴奋地流泪了，这个消息对他太重要了，他恨不得马上飞回去。

“谢谢你告诉我。”肖安流着泪说。

“你赶紧去找她吧！她太不容易了，她是真心爱你的。”桃花叹气道。

“好……好……我马上回去找她。”肖安激动得有些语无伦次了。

肖安决定马上回桃花村，他要找到林玲，他不能再让她受苦了。

二十七

桃花村美的不单单是暮色，桃花村的日出时分一样美丽。人们没有时间欣赏这些，人们除了忙碌就是忙碌。山子走在村头新修的公路上，他的心中只有悲伤。

山子不知不觉又来到了桂花的坟前，在这样的夜晚，桃花村是没有人敢走出来的，因为有桃花庵的鬼。山子不怕，他相信桂花会保佑他的，桂花就在他身边。他到现在都不敢相信桂花已经离他远去了，他一直觉得桂花不过是临时出门，她还会回到他身边的。

山子突然停住了，他听到了哭声，从桂花的坟前传来。

山子蹑手蹑脚来到了桂花的坟前，坟前的空地上跪着一个黑影，是她在哭泣。

“你是谁？”山子惊讶地问。

黑影突然站了起来，转身就往前跑，似乎是被山子不经意的问话吓跑了。

“你别跑，你是谁？”山子一边喊着一边追，他一定要弄清楚那人，她和桂花到底什么关系，她为什么伤心哭泣？

经过一路追赶黑影钻进了桃花庵里，桃花庵里漆黑一片，透着一股阴森的冷气。山子不禁一激灵打了个冷战，他突然想到桃花庵一直闹鬼，尽管他不相信，可现在他感到后脑勺发凉，浑身直起鸡皮疙瘩，腿也迈不动了。

桃花庵内突然亮起了灯光，火红的灯光闪着令人心悸的光。一个长发披肩的女人站在灯光里，她浑身上下透着一股冷气。山子硬着头皮走了进去。

“你是谁？”山子问道。

“哥哥。”长发女人说话了。

长发女人用手分开了头发，露出了她的面孔，白皙的面孔在灯光下很动人，原来她竟是一个漂亮的女人。

“妹妹。”山子认出了林玲。

“哥哥。”

他们兄妹抱头痛哭。

“你怎么不回家呢？爸妈都急死了。”山子责怪道。

“我害怕回家。”林玲胆怯地说。

“不用害怕，有哥哥，跟哥哥回家。”山子安慰道。

“哎！可惜嫂子这么年轻就走了。”林玲内心也无比的痛苦，她也接受不了桂花难产而亡的事实。

“没办法。”山子痛苦地说。

“听说晓晓带着桃花去上海治病去了，也不知道怎么样了？”林玲问。

“还没回来，他一家也真不容易。”

“希望桃花能好起来，哥，你那么爱她，如果她好了，希望你俩能在一起。”

“不可能了，我对不住桃花。”山子难过地说。

“这不怪你，咱们没办法，生在了这样的家庭里。”林玲恨恨地说。

“现在爸妈都老了，也改变了，不像以前了。”

一提到父母，林玲泪如雨下，她的出走本来就是个错，现在她意识到这个错了，可倔强的她是不会回头的。

“很晚了，你今天必须和我回家。”

“哥，我不想回。”林玲哀求道。

“不行，你必须回去，爸妈见到你一定高兴坏了。”

“求求你，哥，再给我几天的考虑好吗？我一定会回去的。”林玲跪在了山子的面前哀求道。

“你，气死我了。”山子拿他妹妹真没办法，他也知道林玲从小脾气倔强，没想到倔强到这种地步。

“好吧！不能太久了，不然我就告诉爸妈啊！”山子叮嘱道。

“好的。”

“我给你拿些吃的和衣服吧！”山子说完，连夜把妹妹的一些吃穿用品拿了过来。

“你这事我瞒不了太久啊！”山子临走叮嘱道。

“我知道。”林玲点头道。

桃花村的家家户户都安上了电灯，出外打工的人们也带回了电视，尽管都是黑白的，这对桃花村来说也是一个巨大的改变。

肖家祠堂的广场上也没有了往日的喧闹，一向爱打闹的孩子此时也没有了踪影，都围在电视前，那里才是他们快乐的来源。

桃花村现在最寂寞的是桃花奶奶，她的年岁已经高了，行动也大不如从前。最令桃花奶奶痛心的是，自从有了公路和电以后，她便没有了听众。从前她在桃花村是何等的受人瞩目，无论大人和小孩都敬重她三分，可现在没有人理会她，孩子们对她的故事和谜语也不感兴趣，他们只喜欢电视。她也偷偷地看过几次电视，里面太神奇了，难怪孩子们整天围着电视转。

“唉！时代变了，我们这帮老废物也该死了。”桃花奶奶伤心地说。

“老嫂子，好的日子刚开始呀，你可不能死啊！”吴老太太又出现在桃花奶奶的门前，她笑容满面，她比桃花奶奶小十岁。

“唉！该死了。”桃花奶奶叹气说。

“晓晓刚刚考上大学，他前途无量，难道你不想抱重孙吗？”

提到晓晓，桃花奶奶的脸上又露出了幸福的笑容，这是她的骄傲，是桃花村的骄傲。

“恐怕我等不及了，我做梦都想抱重孙呢！”

“放心！就你这身子骨活一百岁没问题。”

桃花奶奶和吴老太太都大笑起来。

不久，桃源乡传来了一个轰动的消息，肖安和肖老三要回家了。这像是一颗炸弹，引爆了桃花村。本来沉寂的桃花村，一下子沸腾了，人们在议论纷纷。

“这两个忘恩负义的还有脸回来？”

“回来大家都关上门，不要让他俩进来，我们去上海时，他俩是怎样对待咱们的，人面兽心啊！”

“他还有脸回来，桃花村在他眼里算得了什么，他有钱算个屁！”

…………

人们都痛恨肖安和肖老三，尤其到过上海的人。

肖长河也痛恨肖安，都是因为他，他在桃源乡丢尽了颜面。

“他们何必又回来呢？这个现世报。”肖长河顿足捶胸恨恨地说道。

桃花村唯一高兴的是肖长河的老伴，她听说儿子要回来了，她已经高兴得都合不上眼。她可不在意桃花村对自己儿子的评价，他们是在嫉妒他，眼红他，她为有这样的儿子而骄傲。

这一天，桃花村的天转眼就黑了，天空也渐渐下起了雨。

汽车在肖家祠堂的广场上停下了，肖安、桃花和肖老三下了汽车，桃花独自回家去了。

桃花村一片灯火，这是他们从小的梦想，而今天这一切都变成了现实。肖安看到眼前的一切忍不住落下泪来，他突然之间感到他是个局外人，他愧对家乡的父老。

肖安看到了自己的家，依旧是他走时破旧的瓦房，屋子里也没有电灯的光亮。他愕然了，看来父亲一直在恨着他，他僵在了广场上。

“走，回家，这么大的雨，回去向父母认个错就行了，没有父母不疼爱自己孩子的。”肖老三安慰着肖安，以打消他的疑虑。

“我应当时常回家看看。”肖安忍不住哭了，他心中无比愧疚，对家乡、对父母充满愧疚。

肖安走到了自家漆黑的大门前，他抬起了手，他没有勇气敲门。

“敲门呀！”肖老三有些着急了，平日一向天不怕地不怕的肖安，今天倒连敲自家门都害怕。

“开门，大哥，你儿子回来看你啦！”肖老三拍着门板喊了起来。

“我没儿子，你们走吧！”屋里传来肖长河粗粗的嗓音，紧接着屋子里传来打斗的声音，想必是肖长河和他老伴打了起来，同时也传来了肖长河老伴的哭声。

“他们是不会原谅我的，我的罪孽太深了。”肖安心如刀绞，他腿一软跪在了门前。

肖老三的心情也好不起来，沉吟半晌，开口说道：“这样吧！今天先去我家睡一晚，明天再说。”

“你去吧！我不会走的。”肖安下定决心，他一定要求得父母的原谅，如果连父母都不原谅他，还有谁原谅他呢？

“这么大雨，你这是何苦呢！”肖老三叹息地说道，他知道肖安的脾气，没有人能改变他的主意。

桃花村一片静寂，在一片黑暗中，唯有肖长河家里还亮着光。肖安依旧跪在门前，他是不会起来的，这一切都是他造成的，是他的过错，他没有尽到一个做儿子的责任。

肖老三是没有心情待在肖长河的门前的，他又饥又饿，他得赶紧回家，这里没有人欢迎他的。想不到他到了这种年纪，竟然落得如此田地，他的心不由沉痛起来。

“唉！天作孽不可为，人作孽不可活啊！”肖老三垂头叹息地回到了家，这里是永远欢迎他的，他妈已经搬到大哥家里了，只留下空空的房子。肖老三忍受着饥饿躺下了，他睡不着，他担心着肖安，他清楚地知道大哥的脾气，就算他肖安跪一晚上，他也不会开门的。想不到大哥对他自己的儿子也这么狠心，肖老三不由佩服起大哥来，佩服他做人有始有终，这怎么又能怪他绝情呢？

雨，越下越大，桃花村的山川田野笼罩在一片雨雾中。

肖老三走出了房子，他饿得实在是睡不着，他担心着肖安的安危。

肖老三走到肖长河的门前站住了，肖安已经不见踪影，想必肖长河已经原谅了他，他苦笑一声。

“看来我的担心是多余的，我该担心我自己。”

肖老三不知不觉走到了桃花的家门前，要是以前他不用打招呼就走进去，桃花奶奶以前也没少照顾他。

“老三叔。”

肖老三听到喊声猛然转身，他看到漆黑的大门开了一条缝，光亮从门缝里射了出来。

“进来吧！”桃花打开大门说。

肖老三走了进去，室内如春天般的温暖，火苗在闪动着，他心中有说不出的感动。

“老三，这些年好吧？”桃花奶奶关切地问。

“唉！什么好不好，我都没脸见你们。”肖老三羞愧难当地说。

“还没吃饭吧？桃花，锅里还有饭菜，拿给老三叔吃。”

桃花将饭菜端给了肖老三。

肖老三实在是太饿了，他狼吞虎咽吃起来。吃完饭，喝了一杯水，他感觉身子舒服多了。

“老三，桃花这次能治好病，要谢谢你和肖安了。”桃花奶奶说。

“都是一个村子里的，说什么谢不谢的。”肖老三说。

肖老三稍为宽慰地说：“想不到我大哥这么快就原谅了肖安。”

“他不会原谅的。”桃花说。

“他不会原谅？那肖安去哪儿了？桃花村连我都不欢迎，更没有人欢迎肖安的。”

肖老三说的对，桃花村是没有人欢迎肖安的。

“桃花庵欢迎他。”桃花很有把握地说。

“桃花庵，对，我早该想到。”肖老三恍然大悟道。

“桃花庵怎么了？”桃花奶奶不明白地问。

“林玲住在那里。”肖老三说。

肖老三说出了林玲的秘密，因为这将不再是秘密了。

“你说那失踪的林玲一直住在桃花庵？”桃花奶奶迷惑地看着桃花问。

桃花点了点头说：“桃花庵其实没有鬼，那是林玲故弄玄虚，为了不被人发现。”

“那你是怎么发现她的？”桃花奶奶接着问。

“有一天，我去山上采猪菜时碰到了林玲，她采野菜充饥。”桃花说。

桃花奶奶活了这么一大把年纪什么怪事都见过了，今天这事倒给她弄糊涂了。

“这些孩子真令人操心，作孽呀！”桃花奶奶痛苦地说。

林孟华因为失去林玲而整日愁眉苦脸，他越来越想念着林玲，是他对不住她。

“林玲，你快回来吧！是爸爸的错，爸爸再也不会干涉你，你想干吗就干吗，你愿意嫁给肖安就嫁给他吧！”林孟华总是一个人面对夕阳自言自语，他在忏悔，忏悔他的过错。现在林家湾和肖家冲的人们在结亲，他林孟华装作什么也不知道，他知道了又有什么用，他现在已经不是当年的林孟华了，现在桃花村也不是当年的桃花村了。

林孟华想到这些，他的心里不由有些酸楚。

“想念孩子吧？”

林孟华猛然转身看到了肖长河，肖长河站在他身后问，肖长河是在嘲笑他，还是在可怜他？

林孟华皱起了眉头，这要是在往日他俩又是一番嘲讽，他们都喜欢看到对手的悲哀。可今天，肖长河主动跟他说话，这简直是破天荒，别说他不相信，桃花村都不信。

林孟华清清楚楚地听到了肖长河的问话，他找了一块干净的石头坐下，他不想再和肖长河斗。和他斗已经没有了意义，既然没有了意义，他何必去理会肖长河。

肖长河见林孟华低头不语，他也找了一块干净的石头坐下，他理解林孟华的心痛。

“别难过，孩子会回来的。”肖长河在安慰着林孟华。

林孟华抬起了头，他在注视着肖长河，他看到了肖长河真诚的目光，他不是在故意伤害他。

“都是我的错。”林孟华长叹了一声说。

“我也有一部分责任。”肖长河也长叹一声。

夕阳的余晖洒在了桃花村的公路上，蜿蜒地伸向夕阳，那是桃花村的出口。

在暮色来临之际，肖长河和林孟华各自回到了家里，他俩是不需要沟通的，他俩太了解对方，甚至都超过了对自己的了解。而今天的相会，他俩只有叹息，十年前他俩如果能彼此原谅对方，也不至于现在伤痛，同时也令桃花村伤痛，他俩是桃花村的罪人。

欧阳振华在暮色中来到了桃花村，桃花村一片灯火，他喜欢看到这样的景色，有灯光的景色。

欧阳振华的车在肖家祠堂的广场上停了下来，停在了肖安的车旁，他是应肖老三和肖安的邀请做说客的，说服肖长河。

欧阳振华穿过广场来到肖长河的门前，肖长河就是肖长河，他依然住着他的老房子，点着煤油灯，他是不用电灯的，他发誓不用电灯。肖长河现在心里只有恨，恨他那个不孝的儿子，这几年他也变得沉默寡言了，肖家冲的人甚至有些同情他。

欧阳振华不只千百次地劝说过他，盖一栋楼房，他是有条件过上城里人生活的。可这些肖长河是不会听的，他不愿意用肖安的钱，他肖长河是有骨气的，既然他没有能力改变眼前的状况，这平房还是比较适合他的。

肖长河家的大门紧闭着，欧阳振华伸手推了推门，门没有上栓，欧阳振华就势走了进去。

“肖老主任，肖老主任。”欧阳振华喊了起来。

肖长河听到喊声迎了出来，他满脸的倦意，打着呵欠说：“欧阳乡长，你来了，稀客稀客，快坐。你看家里乱成一团，也没有开水了，老伴烧水给欧阳乡长泡茶喝。”

肖长河的老伴从里屋走了出来，一边走一边擦着眼泪，为了肖安的事，看来没少吵架。

“欧阳乡长你给咱评评理，你说儿子大老远回来，他就不让他进屋，大下雨天儿子就一直跪在门口。”肖长河的老伴说着又气得哭了起来。

“肖老主任，这就是你的不对，肖安有千错万错也不该让他跪在外边呀！肖安呢？”

“我也不知道。”肖长河叹息一声，低着头不再言语，他现在也想通了，只要肖安向他认个错，他也就算了，毕竟他是自己的儿子。

“欧阳乡长，你调哪里去了？今天怎么有时间过来呀？”肖长河惊讶地问。

“我调到邻县去了，你儿子请我来做说客的，怕你不原谅他，同时也去看看山子。”

“山子？”肖长河不懂地看着欧阳振华。

欧阳振华说：“现在山子在山里干得不比他们去外边打工的差，

而且以后会更好的。”

“是，山子干得不错。晚上咱俩喝一杯，自从中风后我就没有喝过酒了。”

肖长河是不喝酒的，他今天想喝，他竟然对酒有一种冲动。

“好。”欧阳振华很爽快地答应了。

“老婆子，今晚我和欧阳乡长喝两杯，你弄几个好菜。”肖长河招呼他的老伴。

“我去一下山子家，待一会儿回来。”欧阳振华说完走出了肖长河的家门。

欧阳振华一出大门就看到了丁晓晓的家，漆黑的大门在暮色里更加深沉，欧阳振华看到这些他心里酸酸的。单凭目前的情况是改变不了这些的，桃花村像这样的人家太多了，多得令人心痛，而唯一令他欣慰的是这门里出了一位大学生，欧阳振华的心情高兴起来。

西边的山头隐去了天边的最后一抹红，桃花村便静寂了，只有风在吹着，吹拂着桃枝。

欧阳振华在桂花的坟前找到了山子。眼前的这位年轻人更加的消瘦，沉默。桂花的死对他是一种致命的打击，来到这里他都感到心痛，桃花村失去了一位好儿女。

山子听到了欧阳振华的咳嗽声，他想象不到欧阳振华会出现在这里。

欧阳振华找了一块干净的石头坐下，咳嗽令他喘不过气来。

“欧阳乡长，你怎么会来这里？”山子惊讶地问。

“来，看看你是不是倒在了桂花的坟前。”

“我不会倒下的。”山子说。

“但愿吧！可我看到你跟倒下没什么分别。”

“有分别，我现在站着。”山子的情绪有些激动。

“可你的心倒下了，你站着有什么用。”欧阳振华说完又咳嗽起来。

山子没有说话，他无话可说，欧阳振华说的对，他的心已经倒下，他站着有什么用。山子也找了一块干净的石头坐下。

“桃花村的公路通了，你们如愿了，是不是全乡的人们都怪我欧阳乡长没能力呀？”欧阳振华问。

“以前我热切地希望公路修到家门口，可现在通了，我又担忧起来。”

“为什么呢？”欧阳振华不解。

“你看看这山和河流都面目全非了。”山子说。

“公路修通是好事，得有序地管理，什么该做什么不该做的，得管控。现在大家是靠破坏环境换来眼前的利益的，当初我就不同意开矿，桃源乡最好的是旅游资源，现在都破坏了，太可惜了。”欧阳振华痛心地说。

“是，村民可不管，只要能变钱的，都认为是好的。”

“眼下大家都是摸着石头过河，没有经验，难免会急功近利的。”欧阳振华叹息道。

欧阳振华说完走了，他该去喝酒了，今天的夜晚他需要桃花醉来陪伴。

月夜，桃花村的月夜，是那样的静谧。除了点点星火，四周是那样的幽深和迷离。

桃花庵也笼罩在月光中。

桃花庵现在没有了尼姑，桃花村没有人愿意去，他们认为那是很晦气的地方。家里的小孩一哭闹，大人只要一提到桃花庵小孩便不哭了。于是，桃花村没有人不忌讳桃花庵，人们早早地关上门窗待在家里，肖家祠堂的广场也冷冷清清没有了生气。

山子又来到了桃花庵，桃花庵亮起了灯火，昏暗的光在夜色里闪动。

山子走了进去，林玲坐在火堆旁，烤红薯散发着诱人的香味。

“怎么受伤了？”林玲看着哥哥不解地问。

“没什么？”

“是不是又想嫂子了？”林玲问。

山子点了点头。

“肖安没来找你？”山子问。

“来过，我将他赶走了。”林玲惨淡地笑着说。

“这是何苦呢？”山子深深地叹了口气。

“我也没办法，我本打算去上海找那该死的，可听到村子里人们对他的评价，我的心都凉了，我竟然一直爱着这么个无情无义的人。”林玲说完，眼泪又掉了下来，这么多年也苦了她，她真是一个倔强的女孩，命运啊！

“肖安不是那种人，他不像村子里人们说的那样。”山子安慰着她。

“哥哥，你不用安慰我，村子里的人们不会瞎说的，肖长河不会瞎说的。”

山子无言以对，他舔了舔嘴唇笑了笑说：“很晚了，我该回去了，你要好好照顾自己，坚持不住就回家吧！”

“我知道。”林玲答道。

山子走出了桃花庵，他心中感觉舒服多了。

二十八

初升的太阳散发出万道光芒，新的一天又开始了。

肖老三和欧阳振华来到了桃花庵，后面还跟着肖长河和他老伴。

肖安走出了桃花庵，他这次回来要做的只有两件事：一件事是求得大家的原谅；另一件事是他要寻回这一辈子只爱过的唯一女人，那便是林玲。自从林玲失踪后，他的心也失踪了。今天，林玲出现了，他找到了他心爱的人，什么事他都无所谓了。

“爸，我错了。”肖安见父亲来了，扑通跪在了父亲的面前，肖长河的老伴赶紧冲了上去拉起肖安。

“孩子，妈想死你了。”

“妈，我也想你。”

母子二人抱头痛哭。

“林玲，我的女儿呀！”

林孟华和他的老伴哭喊着也跑来了，他是接到肖长河的消息赶来的。

“爸、妈，我错了。”

林孟华老两口和女儿也泣不成声，寂静的桃花庵沸腾了。

“真是，不是冤家不聚头呀！”

欧阳振华哈哈大笑起来，看到眼前的情景，他很欣慰，只是这种场景来得有些晚，要是早几年这样该多好呀！他的心里免不了酸溜溜的，说不出的感慨。

“谢谢你！肖老主任。”林孟华擦了一把眼泪来到肖长河的面前说。

“惭愧，惭愧。”肖长河也忍不住落泪，这一切都是他一手造成的，他愧对孩子们，他还有什么不能原谅他们的呢？

“都快一家人了，不必这么客气。”欧阳振华笑着说，看来这门喜酒他是喝定了。

“一切听欧阳乡长的！”肖长河和林孟华异口同声地说。

“哈哈，现在倒听我的了，看来我不做主都不行了。”欧阳振华说完，周围的人都笑了起来。

这一天，肖长河和林孟华两家充满了团圆的喜悦。

肖安在家住不了几天，他就要带着林玲去上海，公司里一大堆事情，他是没有时间待在桃花村的。

桃花村最忙碌的要算山子了，自从桂花死后，他的心就凉了，他一心扑在了事业上。他在乡里成立了一个药材收购站，同时还销售桃花醉酒。他要把桃花醉酒销往全国，他要让全国的人民都能喝到桃花醉。他已经申请注册了“桃花醉”商标，接下来他计划在桃花村建酒厂，只有这样才能保证产量。产量和规模上去了，才有好的销路。最近他的桃花醉酒都供不应求，甚至有些人专门跑到桃源乡来喝桃花醉，弄得他们过年留给自己喝的桃花醉都卖出去了。

“你这倒好，到时过年都没酒喝了。”林孟华有些埋怨，但他的心里是高兴的，看到山子的生意这么好，他也就放心了。

林孟华的老伴不放心，桂花的死对山子和他们打击很大，她担心山子的婚事。她不知多少次想劝劝山子再找个媳妇，可她一直不敢开口。

“他爸，你劝劝山子吧！他这样一直下去也不是个事。”林孟华老伴说道。

“过一段时间再说吧！”桂花的死，林孟华也感到愧疚，如果他们不逼着山子娶桂花，也许就不会发生这件事。

“我也没脸说这事。”林孟华的老伴更没法说这事，当初是她要死要活的要山子娶桂花的。

“那就顺其自然吧！各人有各人的命。”林孟华安慰他老伴说道。

“可这长期下去也不是办法呀？”

“那又能怎么办？至少山子现在事业还挺好的，他自己的事他自己做主吧！我们也别再掺和了。”

“我现在倒感觉他和桃花挺配的，桃花那姑娘是个吃苦耐劳的好姑娘。”林孟华老伴说道。

“这事可别再瞎掺和了，通过上次的事，我们一定要长个教训。”林孟华严肃道。

“唉，我不就随口说说嘛！”林孟华老伴抱怨地说道。

过年的桃花村也没有了往日的热闹，往日大家从东家喝到西家的。现在桃花村的酒都不够喝了，一夜之间，桃花醉好像消失了一样，惹得大家对山子一阵抱怨。

“山子，这就是你不对啊！弄得大家都没有了酒喝，你说这年叫我们怎么过呀？”肖长海玩笑着说道。

“是我的错，明年大家就有更好的桃花醉喝了。”山子说道。

“是吗？明年你不收酒了？”丁二哥有些疑惑地问。

“收，我明年计划建一个酒厂，那样大家不都有酒喝了。”

“建酒厂算我一个。”肖安也出现在大家的面前。

“好啊！我就愁钱的事，这下有金主了。”山子高兴地说。

“我本来想利用我们这里的资源和优势发展旅游业，一来能带动经济，二来大家也不必出外打工了，这是个两全其美的办法。”山子又高兴地说。

“可是现在的桃花村大变样了，没有以前的原汁原味了。”肖安说。

“说来说去的，还不是你们一家人的事。”肖长海说完，大家都乐了。肖长河和林孟华成了亲家，这肖安和山子的组合，可不就是一家人的组合。

“要开发旅游，这可不能少了我啊！”夏大炮也加入了这里。

“你说你一个卖鞭炮的能干吗？”肖长海没好气地说。

“不对啊！旅游区建成了，晚上大伙不得乐和乐和，我改卖烟花，晚上放烟花多喜庆啊！”夏大炮说。

“大炮，真有你的，脑子好使。”肖长海夸赞道。

“穷则思变呗！大家都变了，我再不变不是等死啊！”夏大炮说。

大家又是一阵大笑。

“肖安，我们什么时候喝你的喜酒啊？”夏大炮好奇地问，这也是大家关心的问题。

“明年过年吧！林玲的身体和心情都要缓和一段时间。”肖安说。

“哎！有情人终成眷属，山子，什么时候再喝你的喜酒呀？”夏大炮又问。

“我，我也不知道，目前没这想法。”山子黯然地说。

“事情都过去了，想开点，桃花是个好姑娘。”夏大炮安慰山子说道。

“她不会原谅我的，况且我已经结过一次婚了。”山子忧伤地说。

“事在人为，你不去做，怎么知道她不原谅你。”肖安说道。

“大家都去我家喝桃花醉吧！保证大家喝个够。”肖安紧接着说。

肖长河拿出了这几年珍藏的桃花醉，他高兴，他要让大伙一醉方休。

他们从下午一直喝到晚上，大家才跌跌撞撞地走出了肖长河家的门。肖安也喝得不省人事，他从未如此痛快地喝过，他在上海自己开的大别山食府里都未如此地醉过。

山子也喝醉了，他一想到桃花，他就醉，他跌跌撞撞地来到了桃花的门前。这里有他心爱的女人，他没有勇气去敲门，是他辜负了她，他没有脸面去见她。

山子流着泪走了，这一切桃花都看在眼里，她理解山子的痛苦，她的心也在流泪。可她作为一个女人，她总不能主动去找他吧！

一年转眼又要过去了，春节马上就要来临了，丁晓晓整天算计着过日子，想得更多的是假期的勤工俭学。

明年的学费更令丁晓晓心碎，而且课程的日益繁重，他没有更多的时间去勤工俭学。这几年他像是在进行一场马拉松，他时刻在告诫自己：坚持，坚持，再坚持，一定要实现自己的理想。

丁晓晓的情绪非常低落，被那一批批回家人们的喜悦弄得心思难收。每当看见那一张张回家的笑靥，他的心就飞回了家，奶奶还好吗？姐姐是不是在挂念他？

丁晓晓不能回家，他要节省每一分钱，他要拿到毕业证书，那样才能对得住姐姐，对得起乡亲父老。

在这最重要的节日里，他只能遥远地向姐姐问候一声，把所有的苦痛、内疚、乡思和爱凝成：姐姐，弟弟在远方祝福你，好人一生平安。

丁晓晓有时呆坐在床上做梦，这也是他最近爱做的梦。梦中奶奶和姐姐住在那漂亮的房子里，再也不用没日没夜地劳作了。妈妈再也不疯了，而是用那甜美的歌喉唱那《十杯酒》。

夜，又来临了，华灯初放，上海的夜晚另有一番风情。

吃罢晚饭，丁晓晓突然想去看看林晓雯，自从他开学后就没有回去过，不知道她现在怎么样了？

丁晓晓来到了小卖部，小卖部的门紧锁着，林晓雯不在，她可能去了大别山食府。丁晓晓来到了工地，毛毅和夏雨新走了，从大伙的口中得知夏雨新偷看晓雯洗澡被抓住痛打了一顿，晓雯的堂哥林三还警告他说：如果再见到他，将打断他的腿。于是，夏雨新被吓跑了。很多熟悉的工友也都离开了，这里重新换了工人。

夜晚九点，丁晓晓来到了大别山食府，大别山食府的霓虹灯在夜里是那样的显眼。

丁晓晓不由自主地走了进去，在一个暗的角落里坐下，他要了两个小菜和一瓶桃花醉酒，他在大别山食府吃喝是免费的，这是肖安给他的特权。餐厅四周暗暗的灯光，散发着文人的酒气。

酒，醉人的桃花醉，他耳边响起了晓雯的歌声，也只有这样的餐厅才配她的歌声。

“去年今日此门中，人面桃花相映红。人面不知何处去。桃花依旧笑春风……”

丁晓晓又听到了晓雯的歌声，那天籁般的声音，那思念的声音。晓雯站在舞台的中央，笑靥如花。今夜，他又见到了她，丁晓晓激动得流下泪来，在这样孤独的异乡，两个相知的年轻人能够互相取暖支撑，真好！

二十九

桃源乡又传来消息，欧阳振华调到了县里，当上了副县长。新来的县委书记是一个年轻人，听说是名牌大学毕业的高才生。

“看来桃源乡的好日子要越来越好了！”肖长河很兴奋地说。

“欧阳振华去了县里，他太保守了，不知道是福是祸？”林孟华担心地说。

“也不知道新来的县委书记怎么样？他的一举一动都影响着老百姓啊！”肖长河说。

很快，县政府发出了通知，整顿各开矿企业野蛮施工状况，对环境造成破坏的要及时修复，否则就停工，还要遭到处罚。桃源乡的各矿场相继被停工整顿，村子里去矿场打工的人们也只好回家。

“这欧阳振华一回来就没什么好事。”

“好好的矿场就停了，还砸了我们的饭碗。”

“桃源乡经济发展势头强劲，欧阳振华一回来就断了大家的财路。”

…………

村民们对欧阳振华纷纷抱怨，把各种的不平都怪责到他头上，甚至有人还说：“如果我碰到欧阳振华，见他一次打他一次。”

大家都认为欧阳振华挡了他们的发展，断了他们的财路。桃源乡接连开了三天的会议，以应对这次的危机，会开来开去桃源乡要想发财致富，只有这条路可行，可现在这条路被堵死了。这个问题被反映到县里，欧阳振华专门下乡来给村民们做思想工作。

“整顿开矿企业是为了保护我们赖以生存的环境，开矿肆意地破坏我们的山地，造成大量水土流失，这样容易引发自然灾害，到时候后悔都来不及了！我们要悬崖勒马，不能吃子孙饭，要搞可持续发展。”欧阳振华说。

“不开矿，怎么发展经济？桃源乡没有其他的经济收入来源。”林孟华说。

“是呀！我们也不想破坏环境，可是没有其他的收入来源。”其他人附和道。

“我知道，这需要我们探索一条路，我们也正在想方设法来发展经济，这需要时间的，我们不能急功近利以破坏环境为代价来发展经济，否则就会遭到环境的报应的。”欧阳振华意味深长地说，“你们放心，矿业整顿不是不开采，我们要有序地开采，在最大限度保护环境的基础上适当开采矿藏资源。”

经过欧阳振华耐心地解释和宣传环保的重要性，村民们才对整顿开矿企业的决定有了一些理解和信心。

欧阳振华的工作，得到了新上任的年轻县委书记张文涛的认可和支持。二人因为工作理念相合，工作作风一致，成为很好的工作搭档。

这一天，县剧团有重大演出活动，邀请了张文涛和欧阳振华参加，其中一个节目就是丁瞎子夫妻俩演唱的《八月桂花遍地开》。

张文涛在观看这个节目时，突然感觉丁瞎子夫妻是那样的亲切，似乎在哪里见过，可又说不出来，这歌曲似乎也很熟悉，好像在哪里听过。张文涛不自觉地流下眼泪，他也不知道为什么自己突然流泪。

三十

桃花村人们的生活越来越好，家家户户都开始翻盖新房。转眼，桃花村的新房都建了起来，宽敞明亮，大家都高高兴兴地搬进了新家。桃花的父母也退出县剧团的舞台，回到了家。

看着眼前的新家，林孟华感慨万千。他已经打算辞去村主任的职务。他的思想落伍了，新时代要有新的发展思路，他也该歇一歇了，他突然有些羡慕肖长河的自由自在。

山子很快接替了村主任的担子，这是桃花村人众望所归，山子的实力是大家有目共睹的。

这天，张文涛下乡考察，来到了桃花村。他打算利用桃源乡的天然旅游资源，开发全县旅游产业来拉动经济发展。

肖长河听说县委书记要来，他准备了上好的桃花醉，还有鞭炮。

张文涛刚到广场，广场上鞭炮齐鸣，大家都出来迎接县委书记。

张文涛看了看肖家祠堂，虽然有些破旧了，不过门前的石狮子依旧那样的威武。他突然感觉在哪里见过这些，他快步走近祠堂里东看看西望望。

大家都莫名其妙地看着张文涛，不知道他在找什么。

张文涛坐在了祠堂的大门槛上，他感觉头有些痛，有些东西想不起来。

“这里我来过，这里我来过。”张文涛自言自语。

“你什么时候来过？”肖长河惊讶地问。

“我不知道，我不知道。”张文涛在竭力地想着。正在这时，不知谁家的小孩好奇地来到张文涛的身边和他一起坐在了门槛上。肖长河见此，上前就是一耳光，大骂道:“赶紧滚！这也是你坐的地方？”

小孩哭着跑了。

“我想起来了，你打过我。”张文涛突然说。

“书记你可别开玩笑，我什么时候打过你？”

“就像刚才那小孩一样，我也是坐在这里。”

肖长河有些糊涂了，大家都糊涂了。

“我小时候坐在这里，你打过我。”张文涛补充道。

“你小时候，怎么会呢？”肖长河更糊涂了。

肖长河突然想起来了，他记得有一年祭祖时，丁文坐在了门槛上，肖长河就打了他。

“你是文文，你是丁文。”肖长河老泪纵横。

桃花村沸腾了，张文涛就是丢失的丁文。

“文文！”桃花奶奶和丁瞎子都出来了，桃花奶奶拉着丁文的手痛哭。

“桃花妈，儿子终于回来了。”丁瞎子也泪流不止。

丁文跪在父母的面前泪流满面，这就是他时时梦到的地方，原来这就是他的老家。

“你妈想你都想疯了。”丁瞎子哭着说。

“妈妈，儿子回来了。”张文涛拉着妈妈的手哭道。

“文文。”桃花妈喃喃道。

桃花妈流泪了，大家都泪流不止。

最高兴的是桃花，她丢失的哥哥终于与他们团聚来。

桃花抱着哥哥痛哭起来。

“桃花，这么多年你受苦了！”张文涛哽咽说道，“山子是个值得托付的人。”关于桃花家的情况以及桃花与山子的事情，张文涛也有所耳闻。

“桃花一切听哥哥的。”桃花说道。这么多年过去了，家里情况好多了，哥哥也回来了，她也该考虑考虑自己的事情了。

转眼，春节就快到了，出外打工的、上学的人们都早早地回到了桃花村。丁晓晓见到了哥哥也是非常高兴。

夏大炮不但备好了鞭炮，还备好了烟花。他知道今年一定大卖，因为这是桃花村有史以来最热闹的春节。

“大炮，我家烟花要好的呀！”肖长河早早地和夏大炮打好了招呼，他的儿子肖安和林玲过年回来要办婚事。他早就叫人酿好了桃花醉，杀好了猪，万事俱备只欠东风了。林孟华也做好了准备，他儿子山子和桃花要成亲，女儿林玲要出嫁，真是双喜临门，可把林孟华夫妇俩高兴得合不拢嘴。

“大炮，鞭炮要响的啊！”肖长江也打招呼，他的儿子肖伟过年要带着儿媳妇和孙子回来了，一想到这些，肖长江就乐。

“亲家，咱们村子里的婚事，大家不如一起办吧！场面大，多热闹呀！让县委书记做主婚人，咱们也打破传统来一个新潮的。”肖长河提议道。

“好呀！这主意不错，县委书记做主婚人，这是咱们村有史以来没有的事呀！咱们乐个三天三夜。”林孟华高兴地说。

“要不咱们今年再到狮子山和桃花山比一比？”肖长河说。

“比就比，谁怕谁。”林孟华说完，大家都大笑起来。

桃花村请来了黄梅戏班、皮影戏班，他们要在婚庆的日子里好好地唱几天。

婚礼的日子转眼到了，到处是鞭炮齐鸣，锣鼓喧天，整个村庄沉浸在喜庆的氛围里。

“小小鲤鱼粉红腮，上江游到下江来，头动尾巴摆，不为你冤家不然不下来，（小小郎儿来）小小金钩子，钓将鱼起来。小小紫竹瘦苗条，送给我郎做根箫，我郎会吹箫，句句吹的相思调，（小小郎儿来）先吹满江红，后吹侉侉调。小小仙鹤一点红，一翅飞到半空中，张生拿弹弓，红娘一见搂抱在怀中，（小小郎儿来）人到天涯走，何处不相逢。小小镜子二面光，里面照见我才郎，镜子送给我才郎，才郎带镜在身旁，（小小郎儿来）送镜给我郎，照照好容光。……”戏班子在尽情地唱着。

桃花奶奶的脸上露出了安详的笑容，这也许是她最后一次听到戏班子的歌声了。她也跟着唱了起来，在歌声中她看见她的清松向她走来……

尾　声

两年后，丁晓晓大学毕业，他选择去甘肃陇南白河镇中学支教两年。他是从困苦中走过来的，他深知道教育对困苦中孩子的重要性，他们只有通过知识才能改变自己的命运。

“我想好了，大学毕业后我要去最困难的地方。”丁晓晓突然想起花蝶分别时的话语。她是不是也像他一样来到了最贫困的地区。

有时候，命运真是神奇，丁晓晓和花蝶毕业都选择了来山区支教，缘分让他们再次相遇，他俩被分到了同一所学校。

“你终于实现了自己的理想。”丁晓晓看见花蝶激动地说。

“没想到在这里见到你，真是有缘千里来相会。”花蝶高兴地哭了。

“是，世界真的好小。”丁晓晓说。

丁晓晓和花蝶紧紧地抱在了一起。

“其实我有两个愿望：一个是到最贫困的地方去工作，另一个是我要你爱我一辈子。”花蝶哽咽着说。

“现在你两个都如愿了。”丁晓晓也感动得泪流满面。

“我还有一个秘密没告诉你。”花蝶擦了一把眼泪说。

“什么秘密？”丁晓晓好奇地问。

“我爸爸是欧阳振华，自从你进入学校那天起，我就一直在关注你。”花蝶说。

“你爸爸是欧阳振华？”丁晓晓惊讶地睁大了眼睛，“这怎么可能呢？”

“我随我妈姓。”花蝶微笑着说。

“原来如此，你瞒得真紧，以后可不能有什么事瞒着我呀！”丁晓晓假装生气道。

“那要看你的表现了。”花蝶笑着挣开了丁晓晓的怀抱，在丁晓晓的身后留下了一串银铃般的笑声……